KB267178

마도의사 4

최용섭 판타지 장편 소설

초판 1쇄 찍은 날 § 2002년 6월 7일
초판 1쇄 펴낸 날 § 2002년 6월 15일

지은이 § 최용섭
펴낸이 § 서경석

편집장 § 문혜영
편집책임 § 권민정
편집 § 장상수 · 박영주 · 김희정 · 이종민
마케팅 § 정필 · 강양원 · 김규진 · 안진원

펴낸곳 § 도서출판 청어람
등록번호 § 제1081-1-89호
등록일자 § 1999. 5. 31
어람번호 § 제1-0249호

주소 § 경기도 부천시 원미구 심곡1동 350-1 남성B/D 3F (우) 420-011
전화 § 032-656-4452 팩스 § 032-656-4453
http://www.chungeoram.com
E-mail § eoram99@chol.net

ⓒ 최용섭, 2002

값 7,500원

ISBN 89-5505-365-7 (SET)
ISBN 89-5505-384-3 04810

난 모험이 싫어!

4

최용섭 판타지 장편 소설

NEW SENSE STORY & FANTASY

마도의사

도서출판
청어람

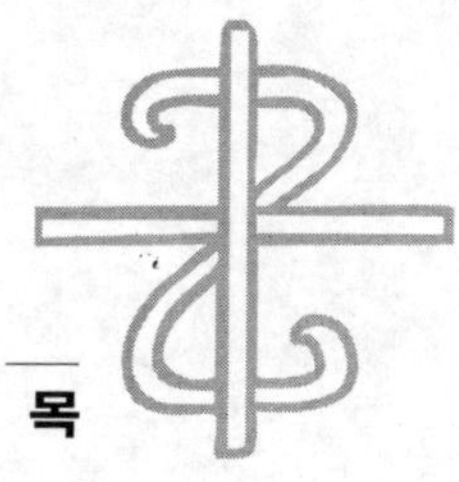

目

차

롬의 숲

"우리가 알아봐야 하는 일은 그저 기형 몬스터만이 아닙니다."

가는 도중에 덴이 설명을 했다.

"기형 몬스터도 문제지만 이상하게 사람들이 죽어갔습니다. 물론 사람이 산에 들어가 죽는 것은 그렇게 이상한 일이 아닙니다. 독사에 물리거나 독버섯을 먹거나 절벽에서 떨어지거나 산적을 만날 수도 있지요. 아무튼 산에는 위험 요소가 많습니다. 하지만 어떤 위험 요소도 젊은 사람을 순식간에 늙어 죽게 하지는 않습니다. 분명 뭔가 있는 것입니다. 그래서 우리 생각으로는 그 기형 몬스터와 무슨 관련이 있지 않나 하는 생각입니다."

뭐야? 이거 처음하고는 다른 말이잖아! 그때는 그저 기형 몬스터나 괴수에 관한 말이었지 이런 말이 아니었잖아. 사람을 늙어 죽게 해? 그건 기형 몬스터나 괴수보다 더 까다롭고 어려운 문제 아냐? 왜 그런 말을 지금 하지? 처음부터 했으면 우리가 이렇게 같이 안 가잖아. 이건 사기야, 사기! 물러줘~ 하지만…

"그런가요? 어떻게 그런 일이… 일이 정말 그렇다면 우리도 열심히 돕겠습니다."

이라는 우리 일행들의 결의 어린 표정과 말에 난 내 생각을 말할 수가 없었다. 하지만 이봐, 죠세프. 우린 지금 도망칠 시기란 말이다. 예나, 도망가자. 다리온, 도망쳐야 한다니까요. 어이, 이브린, 도망가야 하는데… 아르티닌, 도망쳐야 한다고 생각하지 않아?

"감사합니다. 역시 제가 사람은 잘 봤지요. 사실 사람이 순식간에 늙어 죽는 일은 보통 일이 아니죠. 그리고 위험한 일일 겁니다. 게다가 제가 지금에야 말했으니 여러분이 그냥 안 간다고 하셔도 전 어쩔 수가 없었을 겁니다. 처음부터 사실대로 말을 안 한 저희 쪽의 책임이 크니까요. 하지만 어려운 일인데도 이렇게 계속 도와주시겠다니… 정말 감사드립니다."

덴이 웃으면서 죠세프에게 말했고…

"하하하, 일이 어렵다는 것은 덴 씨가 다할라를 가지고 있을 때부터 알고 있던 것 아닙니까? 일이 쉽다면 누가 그런 귀하디귀한 물건을 빌려주겠습니까? 아무리 왕이 믿는 사람이라 할지라도 말입니다. 다할라야말로 국가의 소중한 보물이니까요. 그런 다할라를 빌려줄 정도로 어려운 일이기 때문이 아닙니까?"

"하하하, 그렇군요. 잘 보셨습니다. 사실 다할라는 우리 모노르의 국보입니다. 그건 저희 나라 전하께서도 사사로이 쓸 수가 없답니다. 그걸 알아채시다니 과연… 하하하."

이렇게 둘이 웃고 있었다. 이, 이런! 그렇단 말야? 그렇군. 그래, 정

말 그래. 왜 그 생각을 못했지? 다할라에 대해 자알~ 알고 있었으면서
도… 으으윽. 나이가 너무 들다 보니 치매가 온 건가? 흑.

　숲의 길은 정말 꼬불꼬불한 것이 미로 같았다. 이런 길을 헉헉대며
걷는 것도 이젠 지겨웠다. 얼마나 더 가야 하지? 난 페린에게 길이 얼
마나 남았는지 물어보았다.
　"이봐요, 페린. 얼마나 남았지요?"
　"……."
　"페린?"
　"……."
　"아니, 못 들었나?"
　내가 다시 물으려 할 때 멜리사가 나를 말리고 페린에게 물었다.
　"페린, 얼마나 남았나요?"
　"…그, 그게……."
　"응? 왜 그래요? 뭔가 일이 생겼나요?"
　"아, 아니… 응. 생겼지. 그러니까… 큰일이… 가 아니고… 아주 작
은 일이… 그래, 작은 일이……. 우리… 길을 잃은 것 같아."
　음… 뭐라고 말을 해야 할까. 너무나 담담히 말하는 페린의 모습. 이
거 말도 안 나오네. 아니, 생각조차 안 난다고나 할까? 하아~ 숲 속에
서 길을 잃은 것이 작은 일? 그럼 큰일은 어떤 일을 말하는 거지? 하…
길을 잃었다라… 길을 잃었다. 그래, 차라리 잘됐다. 가기 싫었는데.
　우린 아무 말 없이 그냥 걸었다. 페린의 말이 충격적이긴 한 모양인
데… 그렇게 얼마 정도 걸은 후에…
　"페린! 무슨 말이에욧?!"

멜리사의 고함이 터져 나왔다. 지금에야 제정신을 차린 모양이었다.

"길을 잃다니요! 이게 말이 돼요?!"

"아, 글쎄, 이놈의 산이 우릴 싫어하나 봐."

페린의 궁색한 답변. 아무래도 저 삭막한 얼굴과 분위기, 강인한 근육, 은연중에 피어나는 카리스마 등을 가진 페린은 보기와는 다르게 공처가인 모양이었다. 흠… 멜리사의 눈치도 보는군. 불쌍하게… 설마 요즘 유행하는 매 맞는 남편은 아니겠지?

"처음 오는 사람은 그렇게 길을 잃어버리죠. 특히 미로라면 길을 아는 사람도 아차 하는 순간 길을 잃습니다. 하긴 저 미로는 그게 목적이니까요."

누군가 뒤에서 말을 걸어왔다.

창창.

"누, 누구냐?"

우린 놀라서 뒤를 돌아보았고 페린과 다섯 용병 출신은 칼을 뽑았다. 하지만 힘이 빠지는 것이 우리 앞에 있는 사람은… 아니, 사람이 아니었다. 날렵한 몸매, 신비스런 분위기를 풍기는 아름다운 얼굴, 푸른빛이 도는 금색 머리카락을 가진 여자, 그리고 그 여자의 길고 뾰족한 귀.

"엘프?"

난 좀 놀랐다. 엘프라니… 지금 우린 여기에 무언가 이상한 일이 있어서 왔는데 설마… 엘프가?

"전 네이린이라고 합니다."

자신을 네이린이라고 소개한 엘프 여자는 우리에게 가볍게 인사했다.

"원래 이곳은 사람들의 출입을 막고 있는 곳입니다. 그래서 미로로 만들었습니다. 들어온 사람들을 헤매게 해서 침입을 막았죠. 그렇다고 위험한 미로는 아닙니다. 보통의 사람은 미로에서 잠시 헤매다 처음 왔던 곳으로 가게 되게 하는 그런 구조를 가진 미로입니다. 그런데 이상하게도 여러분들은……."

네이린은 뒷말을 흐렸다. 아마 좋은 말은 아닌 모양이다. 하지만 할 말은 해야 했는지 다시 입을 열었다.

"대체 여러분들은 무슨 능력이 있으시길래 제자리로 안 돌아가고 계속 다른 길로 헤매게 되는 것이죠? 이런 경우는 처음입니다만……."

크으… 역시 좋은 말은 아냐. 무슨 능력? 당연한 거 아냐? 길 잃는 능력이지. 그런 능력 정말 필요없는데.

"그런데 왜 우리를 막는 거죠? 왜 못 들어가게 하죠?"

멜리사가 눈꼬리를 치켜 올리며 물었다. 허어, 역시 미인은 화내도 아름다운… 앗! 아니다. 남의 여자를 탐하지 말라. 흠흠.

"전 여러분을 막지 않습니다."

네이린은 미소를 지으며 말했다.

"오히려 그 반대입니다. 다른 사람들은 못 들어오게 했겠지만 저는 여러분을 안내하려고 온 것입니다. 그래서 전 여러분이 이 미로로 들어간 곳에서 기다렸습니다. 저 미로의 구조상 여러분들은 당연히 들어갔던 곳에서 나오기 때문에 그곳에서 기다리면 만나게 될 것이라고 생각했습니다. 하지만 제 예상과 다르게 여러분은 제자리로 안 돌아가고 미로를 계속 헤매서서 저도 미로를 헤맸습니다. 여러분을 찾기 위해. 그리고 지금에야 여러분을 찾은 것이랍니다. 원래의 계획대로라면 벌써 여러분께 점심을 대접했어야 하는데 시간이 많이 지났군요."

네이린은 그렇게 말하며 하늘을 보았다. 아! 하늘 참으로 맑군. 오늘 따라 하늘을 보니 비참한 기분이 든다. 밥도 굶고 다리 아프게 헤매고… 난 원래는 '왜 우릴 안내하려는 거죠?' 라고 물어보려 했는데 지쳐서인지 엉뚱한 말이 나왔다.

"그, 그렇군요. 지금은 점심 먹을 때가 한참이나 지났으니까요."

이, 이런 엉뚱한 말을… 하지만 한번 놓친 끼니는 다시 찾을 수 없는 법이란 말야.

"이, 이런! 한번 놓친 끼니는 다시는 찾을 수 없는 법이란 말야, 이 화상아! 넌 맞아야 해."

퍽퍽!

투닥투닥.

아, 페린이 구타를 당하는구나. 역시 저들도 나와 같은 생각이었어. 엉? 그러면… 나와 저 용병 출신인 페린의 동료들 수준이 같다는 거야? 이, 이런, 흠흠. 그래도 사람 구타는 안 하니까. 근데 저 용병 출신들 페린의 부하가 아니었나? 부하들이 상사를 패네? 완전 하극상이로구만. 콩가루 조직이 따로 없어.

"이상하게 보지 마세요. 지금 공식적으로는 제 남편의 밑이지만 사실은 같은 용병단에 있었던 절친한 친구들이랍니다."

내가 저들을 한심한 눈으로 본 걸 눈치 챈 모양이다. 멜리사가 저 사람들을 변명해 주는 걸 보니. 역시 동료애인가? 그건 그렇고 나도 표정 관리를 해야겠는데? 내 생각을 그대로 들켜 버리다니. 그나저나 멜리사도 페린에게 화가 난 모양이었다. 남편이 맞는데도 안 말리네? 하하, 난 나중에 절대 저런 여자 아내로 얻지 말아야지. 자고로 좋은 아내란 남편이 맞을 때 같이 맞아주는… 이건 아니군. 같이 때려주는… 이건 더 아니군. 말려주는… 이건 좋다. 아무튼 그런 아내가 좋은 아내 아니냐? 에고에고, 어쨌거나 산에서 헤맨 데다 점심 얘기를 들으니 윽! 배고파. 나도 페린이 미워진다. 몰래 한 대 때려줄까?

우린 네이린을 따라가고 있었다. 길을 꼬불꼬불 도는 것이 네이린도 길을 잃은 것처럼 보였지만 길 자체가 미로라서 그렇게 돈다고 했다.
"네이린님이십니까?"
우리가 미로를 빠져나와서 위로 약간 올라갔을 때 누군가 네이린을 불렀다. 누군가 마중을 나온 모양이었다.
"체퍼?"
네이린이 마중 나온 사람을 마주 불렀다. 이름이 체퍼인 모양인데… 어? 사람이 아닌 것 같은… 사람 아닌데?
"예, 네이린님께서 안 오셔서 마중 나온 거예요."
체퍼라고 불리운 이상한 생물이 우리에게 다가왔다. 그런데… 왜 이상한 생물이냐 하면… 그 생김새가 툭 튀어나온 주둥이에 커다란 눈, 부푼 듯한 볼. 꼭 두꺼비처럼 생겼다. 그리고 머리에 뭔가 두 개 나온 것이 있는데 음, 크기를 봤을 때 분명 뿔이겠지? 암만 봐도 혹 같지만. 그리고 몸통은 오크같이 생겼다. 하지만 털이 있는 것이 아니라 개구리 같은 미끈한 피부를 지녔는데 우습게도 자신의 꼬리를 들고 있었다.
통통한 몸에 걸맞게 뭉툭한 꼬리를 지닌 생물이 있는데 희한하게도 꼬리 끝은 둥근 공처럼 생겼다. 그 공 같은 꼬리 끝은 꽤 컸는데 거의 몸통의 절반 가까운 크기였다. 덕분에 저렇게 들고 다니는 모양이었다.
"아무래도 키메라 같군요."

다리온이 체퍼를 살피더니 말했다. 나도 다리온의 의견과 같았다.

"그런데 좀 실패작 같아요. 저 꼬리를 보세요. 자기 꼬리 끝을 들고 다녀야 하는 꼴이라니……."

"그런데 이상한데요? 제가 보기에는… 마치 저 꼬리 끝의 공을 무척 소중히 하는 것 같아요. 저 들고 있는 것을 봐도 그냥 들고 있는 것이 아니라 마치 품에 품고 있는 것 같지 않나요?"

다리온의 말이 있어 자세히 살피니 정말 그런 것도 같았다. 마치 어미 새가 알을 품듯이 소중히 들고 있었다. 왜 저러지? 설마… 저 꼬리 끝에 뇌가 들었다거나 간 같은 중요한 내장 기관이 들어 있다거나 하는 것은 아니겠지? 에이, 설마.

"전 세상에 단 하나뿐인 존재죠."

길을 가는 도중 체퍼는 자신의 이야기를 했다. 역시 체퍼는 키메라였다.

"세상에 저 같은 생물은 오직 저 하나예요."

내가 볼 때도 그래. 나도 너 같은 키메라는 처음 본다.

"그래서 자랑스러워요."

글쎄, 자랑스럽다라… 그 말에 대한 내 생각은 아무래도… 하긴 뭐 본인이 그렇다고 하면 인정해야지.

"그런데 그렇게 단 하나뿐인 것 때문에 딱 하나 나쁜 점이 있거든요?"

겨우 하나?

"좀 외로워요."

응, 그럴 거야. 그건 나도 인정해 주지. 결혼이나 할 수 있겠어?

“그래서 박사님께서 제 외로움을 달래주려고 제 짝을 만들어준다고
하셨어요.”

그래? 좋겠네.

“하지만 전 양성체거든요.”

엉? 그렇단 말야? 불쌍한 녀석.

“그래서 전 제 짝 대신 애완 동물을 달라고 했지요.”

그래서? 나 같으면 어차피 키메라니 몸을 조작해서 남자든 여자든
하나의 성을 가진 생물로 만들고 이성의 짝을 만들어달라고 부탁했겠
다.

“그래서 박사님께서 제 애완 동물을 만들어주셨어요. 바로 제 꼬리
안에 있죠. 여기 꼬리 끝 부푼 부분에요. 이제 며칠만 있으면 태어날
거예요.”

“엥? 그럼 그게…….”

난 체퍼의 말을 듣는 도중 황당함을 느껴야 했다. 뭐? 뭐?! 애완 동
물이 꼬리에? 그런 일이 가능하단 말야? 박사가 누군지 몰라도 이거 완
전히 생명체를 가지고 노는 녀석이네? 아니, 그놈은 생명의 존귀함도
모른단 말야? 대체 어떤 두뇌 구조를 가졌기에 멀쩡한 남의 꼬리에 애
완 동물을 달아줄 생각을 했지?

“헤헷, 조심해야죠. 아~ 가슴이 두근거려요. 어떤 녀석이 태어날
까?”

하… 가슴이 두근거려? 이건 키메라가 아니야, 괴물이라구. 꼬리에
또 다른 생물이 달렸다면 그게 괴물이지 뭐가 괴물이야?

“안녕, 네이린 언니.”

또 뭔가가 왔다. 응? 이번엔… 뭐, 뭐야?! 엘프… 가 아니라… 분명

엘프 같은데… 아니, 분명 상반신은 엘프였다. 하지만 그 밑은 사슴이었다. 마치 켄타우르스에서 인간 부분이 엘프고 말 부분이 사슴으로 바뀐 것 같은…….

"왜 이렇게 안 와? 그리고 체퍼, 네가 마중 가면 어쩌니? 너 같은 느림보가."

그 이상한…—대체 이름이 뭐냐? 뭐라고 불러야 하냐고!—생물이 체퍼를 타박했다.

"왜 그래? 내가 갈 때는 안 말리더니… 그리고 이제 다 왔잖아."

체퍼가 입술을—그렇잖아도 나온 입술을—쭉 내밀며 투덜댔다.

"이 아이는 디프라는 종족입니다. 체퍼의 경우는 이 세상에서 유일한 존재라 특별한 종족 명칭은 없지만 디프는 어느 정도 개체가 되기 때문에 종족 이름이 있죠. 이 아이의 이름은 레엘라라고 합니다."

네이린이 웃으면서 설명해 주었다. 그런데 디프? 역시 들어본 기억이 없었다. 그럼 혹시?

"설마 이 아이도 키메라입니까?"

다리온이 내 대신 물어봤다.

"예, 굳이 따지면요. 하지만 우리들은 이런 새로운 생물들을 샤모스라고 합니다."

샤모스라… 샤모스라는 말이 내가 알고 있는 말이라면 마도 시대의 위대한 시인인 코메니트의 서사시에 나오는 신세계 사람을 뜻하는 말인데… 코메니트의 시에 이런 것이 나온다.

〈그대 위대한 자여, 차원을 갈라 새 세상을 여니…(중략)
이제 그 세상에 샤모스가 그대와 함께하리니…….〉

이런 글귀가 있었다. 위대한 자는 코메니트의 서사시에 나오는 가상의 영웅 크샨샤르를 말하는데 그가 차원을 갈라 새 세상으로 가서 그곳의 사람들인 샤모스와 함께한다는 내용이었다. 시를 별로 좋아하지 않는 나도 몇 구절이나마 그럭저럭 외우는 유명한 작품으로 위대한 시인의 최고 걸작이었다. 하지만 세월이 세월인지라 그 시는 이제 드래곤과 하이 엘프만 아는 시가 되었다. 나도 스승님인 카나이드와 다른 드래곤들이 흥얼거리는 것을 워낙 많이 들어서 조금이나마 외우게 된 것이다. 그런데 그 시를 아는 사람이라… 혹시 누군지는 모르지만 자신이 만든 키메라를 다른 키메라와 차별화하기 위해 이름을 지었는데, 그 이름이 우연히 코메니트의 서사시에 나오는 생물과 맞아떨어진 건 아니겠지? 확인해 봐야겠군.

"저 혹시 샤모스란 것이 무슨 뜻이죠?"

난 설마 하는 마음으로 물었다.

"샤모스란 것은 지금은 잊혀졌지만 위대한 시인 코메니트의 서사시에 나오는 내용으로 신세계 사람이란 뜻입니다. 여기서 사람이란 단순히 사람이란 한 종족만을 말하는 것이 아니라 이성과 지능을 갖춘 모든 종족을 뜻하지요. 박사님께서 알려주셨지요. 아, 다 왔습니다. 박사님!"

네이린은 내 질문에 웃으면서 대답을 했다. 드디어 우릴 안내하려던 곳에 다 온 모양이었다. 네이린은 어떤 문 앞에서 박사를 불렀다. 하지만 난 네이린의 말을 듣고 있을 정신이 아니었다. 그 박사란 사람은 지금은 잊혀진 마도 시대의 서사시에 대해 알고 있었다. 그렇다면 마도 시대의 지식을 가지고 있다는 뜻이고 이렇게 키메라를 만들 정도의 지식이라면…

“혹시 이 근처에서 바스딤을 캐지 않았나요?”

난 단도직입적으로 물었다. 내 일행들도 순간 정신이 든 모양이었다. 칼 손잡이에 손이 가는 죠세프와 아르티닌. 멜리사의 일행도 우리의 행동에 뭔가 느낀 모양인지 멈칫해 있었다.

“글쎄요… 저희에게 바스딤이 있기는 하지만…….”

더 물어볼 것도 없었다. 움토르 주변에서 이드를 채취해 바스딤을 추출한 자. 그자는… 박사였다. 그리고 내 예상이지만, 아니, 우리 전부의 예상이겠지만 그렇게 은밀히 한 것을 보니 좋은 일을 하려는 사람은 아니었다. 게다가 이드를 캐고 바스딤을 추출할 정도의 시간과 인력이면 움토르에 일이 생겼다는 것도 알 수 있었을 것이다.

하지만 아무런 도움도, 조치도 없었다. 그건 뭔가를 숨기기 위해서이거나 아니면 아이들이 죽든 살든 관심도 없는 악당이라서가 아닐까? 그리고 지금 있는 이상한 생물들. 우리와 대화를 한 것은 체퍼라는 키메라와 레엘라라고 하는 디프였지만 그 외에도 이상한 생물들이 눈에 띄었다. 체퍼와 레엘라, 네이린 모두 아는 눈치. 그렇다면 분명 그들은 모두 박사의 키메라들. 은밀히 바스딤을 추출하고 키메라를 만든다? 이건 뭔가를 꾸미는 인간이었다. 더 볼 것 없었다. 난 문을 박차고 들어갔다.

쾅! 이 아니라 퍼억!

“아, 네이린 왔… 커헉!”

누군가 내가 문을 박차기 전에 문을 열었다가 내 발에 얻어맞고 넘어졌다. 박사겠지. 넘어뜨린 것은 미안하지만 물어봐야겠어. 대체 무슨 짓을 꾸미는지. 나 겁 안 나! 내 뒤에는 소드 마스터인 죠세프도, 드래곤인 아르티닌도, 여검사인 이브린도, 다리온—아! 다리온은 아니다—
그리고 거친 용병 출신의 페린과 그의 일당들도 있단 말야!
　"박사라고 했나? 넌 대체 누구냐? 대체 무슨 일을 꾸미는 녀석이
지?"

　방은 꽤 깔끔했다. 물론 내 눈에 비치는 옷장 밑으로 조금 삐쳐 나온
천 쪼가리며 깨끗한 바닥과는 대조적인 먼지 쌓인 책상 밑 등은 급조
된 깔끔함이라는 것을 여실히 보여주고 있었지만 그래도 이것도 안 하
는 사람이 많다는 것을 생각하면 꽤 신경을 쓴 거였다. 그리고 난 그
신경을 쓴 사람과 단둘이 방에 있었다.
　"아, 글쎄, 미안하다니까. 누가 너인 줄 알았냐?"
　난 지금 열심히 사과를 하고 있었다. 하아… 어쩐지 마중이니 뭐니
했을 때부터 짐작을 했어야 했지만 내가 무슨 예언자도 아니고 점쟁이
도 아니고 내 친구가 여기에 있다고 생각을 했겠냔 말이다. 오랜만에
만난 친구 반기려다 졸지에 한 방 얻어맞은 녀석한테 정말 미안할 따
름이다. 그러게 왜 신비에 싸인 사람 흉내를 내냔 말야. 처음부터 밝혔
으면 이런 일이 없잖아.
　난 이드필의 문제 때문에 좀 신경 과민이랄까? 정확히는 이드필이나
바스딤 자체가 아니라 그것에 대한 지식을 가지고 있는 사람들이 신경
쓰인 것이었다. 움토르에서 이드필을 보긴 했지만 그저 발견만 했고
내가 볼 때 은밀히—이드필이 있는 것을 보면 그렇게 은밀한 건 아니지만 사
실 요즘 세상에 누가 이드필을 알아보냔 말이다—사람들 몰래 채취한 것으
로 보아 분명 뭔가 일을 꾸미는 자의 소행이라고 생각했다. 하지만 결
국 아무런 단서나 흔적도 없어서 움토르에서 그냥 떠나왔었다. 만약

바스디윰이 질이 좋지 않은 사람들에게 들어가면 정말 위험하겠지만. 한마디로 목구멍에 가시가 걸린 채로 돌아다니는 듯했던 것이다. 그런 데 여기에 바스딤이 있다는 말을 듣고 나도 모르게… 그런데 그게 좀 과격하긴 했나? 흠… 다짜고짜 했으니 좀 덜렁대기도 했군. 하아, 나도 오랜만에 성격 나왔어. 쩝.

"야, 임마. 아프단 말야. 으으… 아파라. 으흑. 난 그저 친구를 맞이 하려던 것뿐인데… 내가 무슨 잘못이 있다고……. 아름다운 엘렌디아 여신이여, 제게 왜 이런 시련을… 어흐흑. 아파……."

그런데 이 인간 엄살이 심하네?

"임마, 일어낫! 정말 엄살 부릴래? 대체 드래곤의 힘을 가진 녀석이 나 같은 약골에게 맞고 엄살이냐!"

이 녀석의 이름은 로뮤. 그냥 흔히 롬이라고 불렀는데 이 녀석, 이래 뵈도 내 스승인 카나이드의 아들이었다. 정식 이름은 로뮤 카나마시드 요스페르트 코토렌. 카나이드가 인간 세상으로 여행을 떠났을 때 만난 여자와의 사이에서 낳은 아들로 그 여자 이름이 테이나 코토렌이란 여 자였는데 무척 똑똑한 여자였다고 한다. 그녀는 카나이드와 만난 후 이야기 구성상 당연하게도 카나이드와 사랑에 빠졌다고 한다. 그런데 그 테이나란 여자, 정말 똑똑했던 모양이었다. 카나이드의 능력이나 행동, 가치관, 사상 등을 살펴 드래곤의 폴리모프한 것임을 알아냈다고 한다. 하지만 카나이드가 드래곤인 것을 알고도 계속 사랑했고 그에 감동한 카나이드는 자신의 능력으로 비록 일부이긴 하지만 그녀의 아 이가 드래곤의 힘을 가질 수 있게 했다.

그가 바로 로뮤였다. 나중에 카나이드는 다시 인간의 세상을 떠나 자신의 레어로 돌아가고 그녀는 혼자서 로뮤를 낳고 길렀다. 스스로도 대단한 능력을 가진 것을 안 로뮤는 테이나에게 그 이유를 물었지만 그녀는 말을 하지 않다가 로뮤가 17살 때, 그녀가 죽기 전 로뮤의 출생의 비밀을 말하고 그의 아버지인 카나이드를 찾아가게 했다.

로뮤는 어머니인 테이나의 말을 듣고 충격을 받았지만 곧 정신을 차리고 그녀의 장례를 치른 후 1년 간의 갖은 고생 끝에—간단히 말해 거지로 구걸하며 찾아갔었다고 한다. 카나이드가 테이나를 만날 때 한 유희가 거지 생활이었다고 하는데 혹시 유전인가? 그런데 왜 하필 거지였고, 테이나가 본 능력은 어떻게 된 건지 묻지 마라. 나도 모른다. 말을 해줘야지. 아무튼 롬은 가업(?)을 이어 거지 생활 하며 아버지를 찾아간 것이라고 보면 된다—카나이드를 찾아와서 아들로 인정받게 된 것이다. 음… 그러고 보니 완전 소설이구만. 카나이드나 로뮤나 아버지와 아들 찾아서 다 좋은데 테이나만 고생하다 죽었네그려. 어차피 떠날 무책임한 인간, 아니, 드래곤을 사랑하는 바람에… 하긴, 이런 경우야 여자만 불쌍한 거지 뭐.

아무튼 지금 이 인간은 인간인 주제에 힘이나 마법 능력은 드래곤과 같았다. 물론 무척 약한 드래곤의 능력 정도로 보면 될 것이었다. 정말 드래곤의 능력이면… 어휴~ 엄청난 거지. 그리고 수명이야 잘 모르겠지만 수천 년은 살 수 있을 것이다. 지금도 수명이 음… 나보다 50살이 많으니까 370살이 넘었나? 절대로 나에게 맞아서 아프다고 할 수 없는 괴물이란 소리였다.

"으으… 아픈데……."

"시끄럿! 네가 아플 정도면 내가 드래곤 슬레이어가 되겠다. 대체 부하들한테 부끄럽지도 않아? 나한테 채여서 넘어지다니."

"뭐가 드래곤 슬레이어냐? 그래, 내가 드래곤의 힘을 가지긴 했지. 하지만 제대로 된 드래곤의 힘은 아니란 말야. 게다가 비록 진짜 드래곤의 힘이 아닐망정 그 힘은 인간을 기준으로 보면 너무 강한 힘이라서 난 언제나 힘을 갈무리하고 있단 말야. 그런데다 방심하고 있었으니 네가 약골이라고 해도 내가 당하는 것이 당연하잖아. 그리고 더 중요한 것은 내 피부는 드래곤 피부가 아니란 말야. 연약한 인간의 피부란 말야. 그런데다가 감각은 인간보다 더 뛰어나서 아픔도 커!"

흥! 아픈 인간이 말도 잘하네.

난 말 대신 행동의 중요성을 느꼈다. 과연 다급한 상황에서도 이렇게 엄살을 부릴까?

"알았어. 그나저나 너, 옷 더럽다. 내가 갈아입혀 줄게."

롬은 내가 제의한 의외의 친절에 고마운 표정을 지었고 난 롬의 옷을 벗겨주었다. 몽땅. 아아, 세월이란 사람을 이렇게 순진하게 바꾸어 놓는구나. 난 사악한 웃음을 지으며 행동을 개시했다.

"이봐, 모두들 들어와! 이제 안 아프다는데?"

난 문을 열고 크게 소리치며 사람들을 불렀다. 그리고 내 말을 들은 사람들이 달려왔다. 그들은 나와 롬의 오붓한(?) 재회를 방해하지 않으려고―정확히 생판 모르는 사람이 자신의 일행의 발길질에 넘어져 아프다는데 뭘 하겠냐고―밖에서 이것저것 구경하고 있었다. 그러다가 내가 부르는 소리를 들었겠지. 호, 생각보다 달리기가 빠르군. 그런데 여자가 의외로 많네?

난 롬을 슬쩍 보았다. 역시 예상대로 당황해서 허둥지둥했다. 음… 저기에 여자가 에나, 이브린, 멜리사, 네이린, 그리고 은회색의 탐스런 머리카락에 은회색의 신비스런 눈동자를 가진 아직 이름도 모르는 여인―내가 장담한다. 저 여자, 롬을 좋아하고 있다―그렇게 다섯이었다. 거기다 저 밖에 디프들도 있고 다른 이상한 생명체들도 있었는데 그중에 여자가 몇이나 있을지 모르는 일이었다. 그러니 롬이 당황할 수밖에.

"으악! 안 돼! 드, 들어오지 마! 5분, 아니, 10분만……."

나에게 애원하는 롬. 하지만 번지수가 틀렸다. 내가 아니라 내가 문을 닫기 전에 벌써 들어와 버린 레엘라에게 했어야 했다. 늦게 들어오라는 말로. 여기서 확실히 느낀 건데 디프라는 종족, 정말 빨랐다. 내가 사람들 부를 때는 없었는데 어디서 나타난 거지?

"박사님, 일어… 까아아아악!"

하아, 롬에게 정말 두 번째로 미안하구만. 그래도 친구라고 마중도 하고 했는데 난 두 번이나 망신을 줬으니… 이럴 생각은 아니었는데. 누가 레엘라가 저렇게 빨리 올 줄 알았나? 난 롬만 움빅이게 하고 재빨리 문을 닫을 생각이었는데… 어이, 롬. 정신 좀 차리고 이불이라도 뒤집어써. 왜 꼼짝을 안 하는 거야? 대체 뭘 더 보여주려고.

"흠흠… 소개하지. 이쪽은 내 친구—빠드득!—란셀 카나마시드 헤르타로드 슈만델리오 네르반이라고 하는 엉.터.리.돌.팔.이.마도의사이고 이쪽은……."

쩝. 유구무언. 할 말 없음. 아, 글쎄, 미안하다니까.

롬은 자기 식구들에게 우릴 소개했다. 물론 나만이다. 다른 사람들은 이름이나 아나? 역시 롬은 나만 소개하고 우리 일행을 바라보았다. 그 모습에 가장 빨리 눈치를 챈 사람은 다리온이었다.

"다리온 겔레스라고 합니다."

엉? 다리온 겔… 레… 스? 다리온, 성이 있었나? 있었나? 있었나? 아… 있었다. 전에 만났을 때 말을 했었지. 그런데 그 성이 겔레스였나? 음… 까먹었군. 아무튼 나이가 드니 건망증이… 나 여태껏 다리온은 성이 없는 것으로 알고 있었어……. 미안해요, 다리온.

"죠세프 라만입니다."

"아울 트린입니다."

호오, 내가 만든 성을 쓰네? 왠지 기분이 좋군.

"예나라고 해요."

"이브린 쿼르센."

우리의 소개가 끝나고 멜리사의 일행도 소개를 했다. 응? 그런데 뭔가 분위기가… 무슨 까닭인지 여기 있는 사람들… 음, 남자는 다 괜찮은데 여자들만 롬과 눈을 마주치지 않고 얼굴을 돌리네? 야, 롬. 너 여자들에게 어떻게 대했길래 저러냐? 인기 관리 몰라, 인기 관리? 응? 그런데 왜 롬이 나를 무섭게 째려보는 걸까? 아하하하. 참, 그렇지. 미안, 미안, 롬. 생각보다 많은 여자가 봤네?

"흠흠, 흠흠. 아… 예, 전 로뮤 카나마시드 요스페르트 코토렌라고 합니다. 흠흠, 그러니까… 그… 저… 멜리사 하헬이라고 하셨나요? 이 부근에 문제가 생겨서 오셨다고요? 그렇다면 무슨 일인지 들어봐야겠군요. 이 지역은 제 영역이랍니다. 뭐, 인간들의 국가 개념으로 본다면 모노르란 나라의 영토지만 그건 방금 말했다시피 인간의 국가 개념이고 우리의 기준으로 보면 제 영역입니다. 제 영역에서 일이 생겼다는 것은 제가 용납 못하죠."

"저도 모노르의 영토에서 일이 생긴 것은 용납 못합니다. 제게 이곳은 모노르의 일부, 인간은 자신이 속한 국가의 영토를 무척 소중히 여긴답니다. 비록 작은 땅이라도 말이죠. 따라서 여기도 저에겐 매우 소중한 곳이랍니다."

매서운 말발의 멜리사. 롬도 입맛을 다시는 것이 한 방 먹었다는 표정이다.

"흠흠, 어쨌든 무슨 일이 있다면 그건 국가와 종족을 떠나서 공동의 문제겠죠? 그럼 한번 들어봅시다. 사실 전 이 근방에서 무슨 일이 있다는 소리를 못 들어서요."

그건 정말인 듯했다. 내가 롬의 성격은 잘 알고 있었다. 롬은 여자 앞에서는 절대로 거짓말을 못했다.

"예, 말씀드리죠. 우선 이 근방에서 기이하게 생긴 기형 몬스터가 출몰한다는 말이 있었죠."

멜리사는 그 말을 한 다음 잠시 주위를 둘러보더니 다시 말했다.

"하지만 그건 이미 해결된 것 같군요."

어이, 원흉이 롬 자네라네.

롬은 멜리사를 따라 주위를 둘러보고는 손가락으로 이마를 긁었다. 난감할 때 나오는 롬의 버릇.

"그, 그런가요? 다행이군요. 그럼 일은 다 해결된 겁니까? 생각보다 쉽게 해결이 났네요."

"아뇨, 또 있어요. 이건 기형 몬스터와는 비교가 안 되는 일이에요. 사람이 죽었습니다. 늙어서요."

멜리사의 말에 롬은 웃었다.

"하하하, 사람이 늙으면 죽는 것이 당연합니다. 그건 어떤 생물도 마찬가지지요. 그렇게 오래 사는 드래곤도 수명이 다 하면 죽지 않습니까? 뭐, 드래곤에게 늙는 일은 없겠지만."

"글쎄요. 사람이 수십 년을 살다가 늙어 죽으면 할 말이 없겠지만 젊은 청년이 숲에 들어갔다가 하룻밤 새에 늙어 죽은 채로 발견이 됐다 뭔가 이상한 일이 아닐까요?"

“예?”

멜리사의 말에 롬은 튕기듯 일어났다.

“그게 무슨 말인가요?”

“말했잖아요. 사람이 늙어 죽.는.다.고.요. 젊은 사람이 숲에 들어간 지 하루 만에 늙어 죽었죠.”

“그런 일이 이곳에서 일어났단 말입니까?”

롬의 질문에 멜리사는 고개를 끄덕였다. 그런 멜리사를 보고 롬은 네이린과 다른 주위의 사람(?)들을 쳐다보았지만 내 눈에도 모두 놀란 얼굴인 것이 전혀 몰랐던 듯싶었다.

“모두 몰랐단 말인가? 이곳에서, 내 숲에서 일어난 일을? 사람이 하루 만에 늙어서 죽은 괴현상이 일어난 것을 몰랐다구? 그리고 그걸 타지의 사람에게 들어?”

롬은 중얼거리듯 말했다. 에구, 이거 분위기가 영 아니군. 내가 나서야겠어.

“이봐, 롬.”

“시끄러.”

살벌한 롬의 말.

퍽!

“정신 차려라.”

난 롬의 뒤통수를 한 방 쳤다. 롬의 살벌한 말? 흥이다. 대체 그걸 몇백 번을 써먹는 거냐? 바보냐? 처음 대여섯 번 내가 당하긴 했지만 그 후부터는 전혀 안 당했다 이거다. 그런데도 그 대여섯 번의 성공을 가지고 계속 써먹다니… 롬의 저 살벌한 말투는 일종의 투정이었다.

“왜 때려?”

"그야 네가 정신을 못 차리고 투정이니 그렇지."

난 롬에게 한마디 하고 속으로 혀를 차며 고개를 절레절레 흔들었다. 그런데 엉? 네이린도 그렇고 저 레엘라도 그렇고 체퍼도… 아무튼 이 숲에 사는 롬의 가족들의 저 경악하는 표정은 뭐지?

"왜 그… 러시나요?"

난 뭔가 잘못된 것이 있나 해서 조심스럽게 네이린에게 물었다. 하긴 좀 찔리는 것이 롬은 여기서 박사님 소리를 들으며 최고 지도자의 위치에 있었는데 타지에서 온 사람에게 계속 당하더니 지금은 뒤통수까지 맞은 것이다. 그러니 나도 롬에게 쬐금 미안했다.

"왜 그러다뇨? 당신은 박사님이 무섭지 않나요? 저 살벌한 말투… 저희는 그런 말투를 들을 때마다 오금이 저리는데……."

아! 그렇군. 이들은 롬이 만든 생물이었다. 아니, 네이린은 아닌가? 그리고 저 은회색의 머리카락과 눈동자를 가진 여자도 키메라 같지는 않았지만 아무튼 이곳의 생물 대부분은 롬이 만든 것이었다. 한마디로 롬은 그들에게 창조주이자 절대자였다. 그러니 롬의 저런 살벌한 말투를 들으면 무서워하는 것이 당연했다. 하지만 설사 롬이 그들의 신일지라도 진실은 밝혀야겠지?

"아하, 당신들이 몰라서 그러시는 모양인데요, 롬이 저런 말투를 할 때만큼은 절대! 절대로 무서워할 필요 없어요. 왜냐하면… 헙!"

갑자기 롬이 급히 내 입을 막았다.

"라, 란셀, 천기누설은 천벌을 받을 중죄 행위야."

"웁웁."

롬의 힘은 아까 말한 대로 드래곤의 힘이었다. 내가 빠져나갈 그런 종류의 것이 아니었다. 하지만… 롬은 계속 내 입을 막지는 못했다. 네

이런 등이 보는 앞이니 자신의 체면을 생각해서라도 내 입을 막은 손을 풀 수밖에 없었다. 그리고 자신이 한번 말렸으니 내가 말 안 할 것이라고 생각한 모양이었다. 하지만 내가 누구야? 난 란셀 네르반이야.

"에잇! 퉤퉤. 롬의 이런 살벌한 말투, 사실은 투정 부리는… 헙."

"란셀!"

롬의 다급한 외침과 함께 다시 막히는 입. 하지만 할 말은 다 했는걸?

"그, 그런가요? 어쩐지… 그렇게 살벌하게 말하신 후에는 박사님 뜻대로 일이 되면 금방 풀어지시고 아닐 경우엔 계속 화를 내시더니… 전 그게 계속 이상했는데 투정이라니 이해가 됩니다. 화를 내신 것이 아니라 삐치신 것이로군요."

네이린의 정확한 풀이 해석. 정답입니다. 지금 롬은 내 입을 막은 채로 날 째려보고 있지만 아마 속으로는 울고 있을걸? 그러게 일이 생겼으면 처리할 생각을 해야지 투정은 왜 부려? 나이도 적지 않은 것이.

롬이 투정을 부리는 것이든 정말 화를 내는 것이든 무슨 일이 일어난 것인지는 확인을 해야 했다. 그런데 긴장이 되는 것이… 롬의 능력은 드래곤과 같았다. 힘도 마법도… 그런 롬이 눈치를 못 챌 일이라면 당연히 긴장될 만한 일이었다. 그래서 우린 멜리사의 말을 기초 삼아 그런 이상한 일이 생기는 지점을 유추해 그곳을 찾아가고 있었다.

"그런데 롬, 너 음… 어느 나라였지? 아무튼 그 나라 재상이 아니었나?"

내가 알기에 롬은 지금은 잊었지만 어떤 나라의 재상이었다. 그의 능력을 조금 보여주었더니 재상을 시켜주더라나? 여기까지 들으면 능력을 중시하는 나라라고 생각하겠지만 사실 그때 롬의 보여준 능력은 반짝이는 것을 보여주는 능력이었다고 했다. 간단히 말해 재상이란 자리를 돈으로 산 롬.

그때 그 황제가 롬이 바친 보물과 돈이 자신의 나라 왕실 창고에서 슬쩍한 것이라는 것을 알았다면 재상 자리 대신 감옥행이었겠지만, 다행스럽게도 그것을 알아채지 못해서—알았어도 잡을 수는 없었겠지만—롬이 재상이 되었었다. 그때 롬이 그 이야기를 해주어서 자신의 보물도 못 알아본 그 황제에 대해 마음껏 비웃어주었다. 그런데 어떻게 여기에 롬이 있지? 여기서 롬을 만났을 때는 미처 생각을 못했지만 지금 곰곰이 생각해 보니 왜 여기 롬이 있는지 모르겠다. 그 나라에서 추방이라도 당했나?

"응? 아, 그때가 언제냐… 흠… 100년 전이군. 그때 난 토리안 제국의 재상으로 있었지. 그런데 그때 황제인 알바인 2세란 녀석이랑 문제가 있었거든. 정확히 그 황제와는 직접적으로 문제가 있었던 것은 아니지만 그 황제가 어리석어서 생긴 일이었지. 알잖아, 얼마나 멍청한 녀석이었는지. 그때 난 다른 귀족들과 좀 사이가 안 좋았어. 알지? 내가 시행한 정책들을. 그런데 그게 평민들에게는 도움이 되었지만 귀족들에게는 전혀 도움이 되는 정책이 아니었잖아. 참나, 그런데 어이가 없었던 것은 도움은 안 줬어도 피해는 안 가는 정책이었는데도 귀족들은 내 정책을 그렇게 싫어했지. 모든 정책은 자신들 귀족의 이익을 위해서만 시행되어야 한다나? 그런 억지가 어디 있냐? 국민들이 굶어 죽는 순간에도 귀족들의 곳간에서는 곡식이 썩고 있었단 말야. 이건 과장이 아니라 진짜였어. 그래도 한때는 그 썩은 곡식을 버렸고 국민들은 버려진 그 썩은 곡식이나마 얻어먹었는데 귀족들은 그 꼴조차 보기 싫다고 태워 버렸지. 내가 재상으로 있던 토리안이 그 꼴이었어. 그래서 난 내 정책을 그대로 밀고 나갔지. 황제야 보석만 주면 해결되었으니까. 한데 그 정책으로 토리안 국민들이 좀 먹고 살게 되니 세금을 또 올린 거야. 그렇게 안 올렸어도 세금이 90%란 말야. 그게 말이 되냐고. 어떤 폭정을 당하는 나라도 그 정도는 아닐 거야. 아무튼 난 그걸 막았고 그것 때문에 다른 귀족들이 날 모함했지. 그리고 어리석은 알바인 2세가 그걸 그대로 믿은 거야. 참나, 그런 어설픈 모함에 넘어가다니… 흠… 하긴 이유가 있긴 있었지. 말도 안 되는 이유가. 내가 준 보석보다 많은 보석을 귀족들이 황제에게 주었더군. 그러니 난 유죄였지. 내 죄명은 공식적으로는 황제 모독죄. 비공식적으로는 유전무죄 무전유죄. 어쨌든 황제는 날 처형하려 하더라고. 다행히 알바인 황제의 숙부였던 모데인 토리안이 도와줘서 무사히 탈출했지만. 모데린 토리안은 내 정책을 지지하던 유일한 황족이었어."

흠… 그런 일이 있었군. 그런데 그게 벌써 100년 전이던가? 그럼 도망쳐 오지 않았어도 재상 자리를 그만두었어야 할 시간이었군. 100년을 넘게 사는 사람은 없으니까. 흠… 그건 그렇고 모데인? 토리안 제국의 황제같이 어리석은 사람은 아닌 모양인데? 솔직히 롬이 나한테 '알지?' 라고 물었지만 난 전혀 모르겠다. 아무래도 까마귀 통구이를 먹었던 모양이다.

"그럼 그 모데인인가 하는 사람에게 사례라도 하지 그랬어?"

난 뒤의 이야기가 궁금해서 롬에게 물었다.

"물론 했지. 하아, 원래 토리안 제국은 괜찮은 나라였지. 대대로 현명한 황제들이 나오고. 하지만 알바인 1세가 한번 망치더니 알바인 2세가 완전히 망하게 한 나라야. 그 두 황제만 없었으면 아직도 융성

할 나라인데… 처음엔 나도 그 소문 듣고 한번 잘 나가는 나라에서 재상 노릇 하자고 벼르고 별러 간 것인데 가는 날이 장날이라고 하필이면 최악으로 썩었을 때였으니 나도 참 운도 없지. 아무튼 지금 토리안 제국은 없어. 나라가 붕괴돼서 여러 갈래로 갈라졌으니까. 뭐, 하긴 나 같은 위대한 재상을 쫓아냈으니 당연한 결과겠지만.”

윽! 롬, 그만! 닭살이다. 위대한 재상이라니… 갑자기 뒤의 이야기를 듣고 싶지 않아. 하지만 나의 바램과는 달리 롬의 이야기는 계속되었다.

“이야기가 빗나갔군. 어쨌든 난 우선은 탈출했지. 그런데 문제가 생겼어. 모데인이 날 탈출시킨 것이 들통나서 귀족들이 죽이려고 한 거야. 명색이 황제의 숙부인데, 자신의 숙부를 귀족이 죽이려는데도 황제는 오히려 도와주더군. 그럴 수밖에 없는 것이, 그때 이미 황제는 귀족들의 허수아비였으니까. 하하, 물론 그전에는 나의 허수아비였지만. 그래도 같은 허수아비라면 괜찮은 사람의 허수아비가 낫지 않겠어?”

맞는 말이긴 한데… 어째 뭔가 찜찜한 표현이군.

“그래서 다시 되돌아가서 같이 탈출했지. 나한테야 어려운 일이 아니었으니까. 그리고 토리안 제국이 붕괴되고 분열될 때 그중에 한 지역에 기반을 잡아 그의 아내 성을 따라 나라를 하나 세웠지. 그의 성을 따서 토리안이라고 해봐야 토리안에서 떨어져 간 신생국의 표적이 될 테니까. 왜냐하면 그 당시 토리안에게서 떨어져 간 나라는 모두 토리안의 황제와 귀족에게 당할 만큼 당해서 원한이 쌓여 있었거든. 토리안의 지방 하급 영주들이 반란을 일으켜 나라를 세우고 독립한 거니까 말야. 토리안이 비록 귀족이 세력을 잡긴 했었지만 그건 중앙 귀족이 나라를 좌지우지한 것이고 지방의 하급 영주들은 귀족 취급도 못 받았어. 그래서 수탈 대상이 되었고. 아, 말이 빗나갔군. 아무튼 난 그가 나라 세우는 것을 도와주었지. 그 나라 아직도 있는 것으로 알고 있거든. 음… 들어봤을 거야, 메스나 공국이라고. 하하하, 물론 내가 메스나 공국의 모든 기초를 잡았지.”

오호라, 이런 인연이……. 난 롬의 말을 듣고 감탄사가 먼저 나왔다. 그 말이 정말이라면 우리와 메스나 공국은 대단한 운명의 끈이 연결된 것인지도 모르겠다. 하지만 난 곧 한 가지 의문이 들었으니…

“저… 혹시… 네가 메스나 공국의 기초를 잡았다면 혹시… 공국의 예법도 가르쳤냐?”

“응. 아무리 공국이라도 제국 황제 가문의 직속인데 제대로 가르쳐야지. 확실하게 예법 가르쳤다. 물론 그때 난 재상이었고 교육은 예법학자가 했긴 하지만 그 예법학자를 가르친 사람이 나였지. 너도 언제고 시간나면 가서 봐봐. 예법에 대한 새로운 눈을 뜨게 될 거야.”

이렇게 말하면서 날 바라보는 롬. 마치 나 잘했지라고 묻는 듯했다. 하지만 잘하긴 뭘 잘햇! 그럼 내가 메스나에서 닭으로 폴리모프를 할 뻔한 것이 너 때문이란 말야?! 이 오리살 같은 녀석. 하긴 롬의 말대로 예법에 대한 새로운 눈을 뜨긴 했다. 별… 같은 예법도 다 있네…….

“여깁니다.”

나의 분노의 폭발을 막은 한마디. 덴의 말이었다. 덴은 지도를 들고 이상한 사건, 그러니까 사람이 늙어서 나오는 곳을 가리키고 있었다.

“이 부근입니다. 흠… 찾아봐야겠죠?”

덴은 그렇게 말하고는 눈을 감았다. 다른 사람들—죠세프나 아르티닌, 롬 등—마법을 쓰고 마나를 다룰 줄 아는 사람들은 모두 눈을 감았다. 아마 마나를 느끼려는 모양이었다. 윽! 부럽다…….

“저깁니다.”

맨 처음 말한 사람은… 예나? 예나는 마나를 느끼는 것도 아닌데 어떻게 먼저 알았지? 물론 예나가 지적한 곳이 우리가 찾는 곳이 아닐 수도 있었다. 하지만 맞는다면? 다른 사람들은 지금 정신을 집중하면서도 아직 못 찾은 상태였다. 그런데 예나가 지적한 곳이 우리가 찾는 곳이라면? 그것도 비정상적으로 높다는 예나의 자연 친화력인가?

우린 좀 의심이 들었지만 그래도 조심해서 예나가 말한 곳으로 갔다.

“그렇군요. 여기군요.”

제일 먼저 가서 살핀 사람은 롬의 주변에 언제나 있는 그 은회색의 머리카락과 눈동자를 가진 신비스런 여인이었다. 그 여자가 어느 한 곳을 가리켰다. 누렇게 죽은 풀들이 얽혀 있는 곳. 과연 뭔가가 숨어 있을 만한 곳이긴 했다.

“이것이 문제였어요. 아, 가까이 오지 말아요. 윈드블레이드.”

그 여자는 우리가 오는 것을 막고 주변의 풀들을 없애기 시작했다. 그 여자의 마법으로 풀이 제거된 곳을 보니 거기엔 이상한 도형이 땅 위에 그려져 있었다. 아니, 정확히 말하자면 넓적하고 큰 돌판이 지면과 거의 같은 높이로 있었고 거기에 도형이 새겨져 있었다.

“음…….”

옆에서 롬의 신음 소리가 들렸다.

“란셀, 저것이 뭐 같아?”

“글쎄… 네가 생각하는 것과 같은 것.”

마법진이었다. 보통 저렇게 마법진을 돌에 새기는 것은 반영구적으로 쓰기 위해서였다. 그런데 마법진이 깨끗하긴 했지만 마법진 주변

돌판에 먼지가 뽀얗게 앉은 것을 보니 이미 안 쓴 지 오래된 것 같았
다.

“마나의 왜곡.”

롬은 중얼거렸다. 난 그 의미를 알 수 있었다. 아니, 나만 아니라 다
른 사람들도 알 수가 있을 것이다. 롬이 중얼거리는 것을 보고 흠칫거
렸으니까. 물론 그 다섯 용병 출신은 빼고. 음… 페린은 예상 밖으로
똑똑한 모양이었다.

“훗, 대단한 마법진이야. 아무리 돌 위에 새겼어도… 아니지, 저 돌
이 대단하군.”

난 정말 돌을 칭찬할 수밖에 없었다. 저렇게 돌에 새기면 반영구적
으로는 쓸 수가 있지만 그만큼 관리가 있어야 했다. 언제나 깨끗이 하
는 것은 물론이고 돌에 마법진을 새기면 그 마법진으로 인해 발생되는
활성화된 마나로 인해 돌이 상하게 되는데, 그렇게 되면 당연히 마법진
이 파괴된다.

그것을 막기 위해 쓸 때만 마법진을 발동시키고 그 외에는 언제나
사람이 지키고 관리를 해야 했다. 하지만 지금 같은 경우는 계속 마법
진이 발동되어 있는 상태라고 볼 수가 있었다. 그래서 마법진 주변의
돌판에는 먼지가 앉았어도 마법진은 깨끗했었던 것이다. 하지만 발동
되고 있던 마법진인만큼 계속 누적되는 마나로 인해 마법진의 마나가
왜곡이 돼서 그 왜곡된 마나로 인해 이상 현상이 발생, 사람들을 늙게
만들었던 것이다. 그런데 그렇게 활성화된 마나와 접촉한 돌이면 지금
쯤 어떻게든 망가졌어야 했는데도 아직까지 아무런 이상 없이 그대로
있는 것이었다. 그러니 내가 돌을 칭찬 안 하게 됐어?

“그런데 이걸 누가 만든 걸까요? 그리고 대체 무슨 마법진이죠?”

내 옆에서 죠세프가 의문을 제기했다. 난 마법진을 다시 한 번 자세히 봤다.

"글쎄… 모르겠는걸? 마법진은 이동 마법진이 확실하지만."

내가 아는 상식으로는 이동 마법진이었다. 그런데 그게 사용을 안 하고 오래 방치하니 이상한 작용이 나타난 것이었다. 실제로 지금의 경우만이 아니라 마법진을 오래 방치하면 부작용이 나타나기 때문에 쓰지 않는 마법진은 파괴하는 것이 일반적이었다.

"아마 사람이나 동물이 근처에 가면 그 생명력을 이동시키는 것 같다."

아르티닌이 마법진을 보고 한 말이었다. 그런데 생명력을 이동시켜? 가능성이 있는 가설이었다. 원래는 물질을 이동시켰지만 오래 방치되는 바람에 마나가 왜곡되고 서로 간섭을 해서 그 기능이 변질이 되었을 수도 있었다. 그래서 물질적인 것이 아닌 것, 가령 생명력 같은 것을 이동시키는 마법진으로 변질이 되었을 수도 있었다.

하지만 내가 볼 때는 생명력보다는 젊음을 이동시키는 것 같았다. 그렇지 않고서야 어떻게 사람이 갑자기 늙을 수 있겠는가? 단순히 생명력만 이동시킨다면 늙지 않아도 되잖아? 물론 이것도 아르티닌의 가설이 맞다는 것을 전제로 한 생각이다.

"어쨌든 파괴시켜야겠어. 이게 언제 폭주할지 모르니까. 참나, 이런 게 있었는데도 여태껏 몰랐다니……."

롬이 한탄하듯 말했다. 하긴 한탄할 만도 하지. 롬의 능력이 보통 능력인가?

"그런데 아울 씨의 말대로 한다면 저 마법진을 통해 생명력이 이동되는 것인데… 그럼 그 생명력이 가는 곳은 어딜까요?"

그 은회색 여인의 질문. 우린 순간 흠칫했다.

"그게 무슨 말이지, 시나?"

아하, 저 신비스런 여자의 이름이 시나였군. 음, 이름도 예쁘고… 그런데 저 시나란 여자를 보면 뭔가 생각이 날 것 같은데… 그게 뭔지 모르겠다.

"예, 정말 생명력이 이동되는 건지 아닌지는 모르겠습니다만 이런 곳에 마법진이 있다는 자체가 이상해서요. 누군가 고의로 만든 것은 아닐까 하는 생각이 드는군요. 그리고 마법진을 이용해 어디로 이동했던 걸까요? 또 왜 방치를 했을까요? 이런 곳에 마법진을 설치했다면 뭔가 은밀한 일을 꾸몄다는 소린데 이렇게 마법진을 남겼다는 것은……."

시나의 의문은 우리가 먼저 생각했어야 하는 것들이었다. 이동 마법진을 이용해 이동한 장소가 분명 있었을 것이다. 정말 거기가 어딜까? 그리고 시나가 말끝을 흐리긴 했지만 아직까지 활성화된 마법진이 남아 있다는 것은 혹시 지금도 마법진이 이용돼서가 아닐까? 어쩌면 생물의 생명력을 빼앗아 이동시키기 위한 목적일지도……. 생명력을 어떻게 빼앗기나에 따라 사람이 늙을 수도, 그 상태 그대로일 수도 있는 것을 생각하면… 이거 아르티닌이 말한 것이 정답일 것 같아.

좀 무리가 있지만 우선 아르티닌의 가설에 초점을 맞추기로 했다. 그럼 문제는 누가 이것을 설치했고 또 어디로 가는 것인지가 문제였다. 하지만 그걸 알아내는 일은 어려웠다. 우선 뭘 살피려고 해도 가까이 가야 하는데 이렇게 새파랗게 젊은 나이(?)에 늙어 죽을 순 없는 것이다. 따라서 마법진에 근접 접근은 불가. 그러자니 자연히 떨어져서 보게 되고, 결국 그것이 한계로 다가와 제대로 알 수가 없었다.

"방법은 있어, 아주 간단한 방법이."

롬이 단정하듯 말했다.

"이동 마법진의 이동 위치를 추적하는 방법은 간단하게 세 가지 방법이 있지. 먼저 마나를 추적하는 것, 그리고 마법진에 마법 도형과 같이 그려진 좌표를 읽는 것, 나머지 하나는 직접 이동해 보는 것."

롬의 말은 말 그대로 교과서적인 소리였다. 물론 저 세 가지 방법이 가장 확실하면서도 많이 쓰이는 방법이긴 했다. 하지만 지금의 경우에는 문제가 있었다. 우선 마나를 추적하는 것은 저 마법진이 분명 활성화된 마법진이긴 했지만 이상하게 마나의 반응은 낮았다. 음… 낮다고 한다. 그리고 마나 반응이 커도 마나 왜곡과 간섭이 있는 마법진에서 마나 추적은 사실상 불가능했다.

두 번째 방법인 마법진 도형과 같이 그려진 좌표 추적의 경우는 마법진이 일방 통행일 경우에만 가능한 방법이었다. 무슨 소린가 하면 서로 양쪽에서 마법진을 그려 공유시켜 이동 통로를 만든 경우는 좌표 대신 같은 마법진이며 같이 발동되는 공유된 마법진의 식별 도형을 집어넣으면 되었다. 그 별도의 식별 도형으로 양쪽에서 서로 왕래할 것인지, 아니면 한쪽에서만 일방적으로 갈 것인지를 정하게 되는 것이었다.

또한 같은 방법으로 여러 개의 마법진으로 통로를 만들 수도 있었다. 마법진에 좌표를 넣는 것은 가려는 곳에 공유가 되는 마법진이 없을 경우에 그리는 것이었다. 지금 우리가 보고 있는 마법진은 공유 마법진으로 좌표가 없었다.

마지막 방법론 직접 이동해 보는 것인데, 사실 그것은 확실한 면에서는 제일이지만 정말 무식하디무식한 방법이었다. 마법진의 이동 위치를 추적하는 것은 미지의 장소로 간다는 것인데 무슨 위험이 있을 줄 알고 이동을 해보냔 말이다. 게다가 저 마법진은 생명력—가설이지만—을 이동시키는 것이었다. 여기서 내가 볼 때 아무도 자살하고 싶어하는 사람은 없었다.

"롬, 말이 좋아 추적이지 사실 불가능하잖아?"

난 롬에게 내가 생각한 안 되는 이유를 설명했다.

"물론 그렇지, 란셀. 네 말이 맞아. 하지만 이런 경우가 있잖아, 코틀란의 방법이."

코, 코틀란의 방법? 그렇다면 지금 롬은 마지막 방법, 그러니까 이동시켜서 위치를 추적하는 방법을 쓰자고 하는 것이다. 코틀란의 방법이란 이런 것이었다.

예전 코틀란이란 마법사가 처음 썼던 방법인데 우선 사형수들을 사형시키지 않고 살려두는 것이다. 그 다음에 전쟁이 일어나면 그때 사형수들을 쓰는 것이다. 전쟁이 일어나면 군대의 이동이나 연락을 위해 마법진을 많이 쓸 수밖에 없었다. 그런데 급박하게 돌아가는 전쟁 속에서 썼던 마법진을 모두 말끔히 처리하는 것은 불가능한 일이었다. 그래서 적군이 마법진 중 미처 지우지 못한 마법진을 이용해 적군의 위치를 찾아 작전을 세우는 방법이 등장했던 것이다.

그런데 단순히 마나를 추적하거나 좌표를 읽는 것엔 한계가 있었다. 그래서 살려두었던 사형수들을 이용하였다. 바로 사형수들을 적군의 이동 마법진으로 이동을 시키는 것이다. 그렇게 되면 이동되는 순간 그 마나의 이동으로 확실한 위치를 잡을 수가 있었다. 그건 그저 마법진의 마나를 추적하는 것보다 훨씬 효과적이었다. 그때 사형수에게는 화면 전송 마법인 모닐레인을 걸어서 보내기 때문에 적군의 현황이 그대로 수정 구슬에 전송이 되는 것이었다.

이 코틀란의 방법은 예전 전쟁이 끊임없이 일어나던 암흑 시기에 애용되어 쓰였던 방법이다. 시작된 시기도 그때였고. 하지만 지금은 그것이 금지가 되었는데 아무리 사형수라도 인권이 있는데 어떻게 인간이 인간을 그렇게 이용하냐는 이유에서였다. 하지만 인간이 같은 인간을 짐승 취급하는 노예 제도와 신분 제도가 있는 이 대륙에서 그건 설득력이 없는 이유였고 실제 이유는 따로 있었다.

코틀란의 방법은 마법사라면 누구나 쓸 수가 있었다. 당연한 것이 너무 간단하고 쉬운 방법이었기 때문이다. 어째서 전에는 이런 방법을 쓰지 않았을까 하는 생각이 들 정도의 간단한 방법. 그래서 각국은 서로 코틀란의 방법을 썼고, 그로 인해 서로가 엄청난 피해를 보았기에 각 국가들이 서로가 그 피해를 입지 않기 위해 인권 운운하는 말도 안 되는 이유를 하나 내세우고 서로 안 쓰기로 협정을 맺은 것이었다.

그래서 이 방법은 마법진을 이용한 범죄 조직 소탕 작전에만 쓰이게 되었다. 그나마 코틀란의 방법을 이용하려면 반드시 신고를 해야 했지만. 그리고 그 방법에 이용되는 사람은 물론 사형수였다.

"코틀란의 방법은 란셀, 아니, 여러분 모두 아실 겁니다. 흠흠, 어쨌든 이번 마법진의 경우는 생명을 가진 존재를 마법진 위에 놓는 것입니다. 그런 후에 그 생명력이 가는 위치를 추적하면 되는 것이죠. 간단하죠?"

정말 간단한 방법이었다. 한 가지 문제점만 빼면.

"그런데 누가 올라가지? 너? 아니면……"

난 아르티닌을 보았는데… 나참, 아무리 그래도 그렇지 드래곤이 인간 여자의 뒤에 숨다니. 이브린의 면적이 넓지도 않구만.

"글쎄……."

롬은 말끝을 흐리고 미소를 지어 보였다. 분명 방법이 있다는 뜻. 솔직히 우리 중에서도 롬이 말한 방법을 생각 안 한 사람은 없을 것이다. 코틀란의 방법은 유명한 것이기 때문이다. 하지만 그 방법은 법으로 금지된 방법이었다. 또 한 생명을 희생시켜야 하는 방법이라 쓸 수가 없었다. 물론 아르티넌의 경우는 만 년을 살고 우리도 수천 년으로 예상되는 수명을 가졌기에 코틀란의 방법을 쓰고도 무사할 수 있을지 모른다. 하지만 역시 마법진 위에 올라가는 것은 너무 위험 부담이 큰 도박이었다. 누구 죽일 일 있나고. 하지만 롬의 미소는 해결의 열쇠를 가지고 있는 자의 미소였다.

"방법이 있다는 말처럼 들리는데?"

롬은 내 말을 듣고 다시 미소를 지으며—솔직히 전혀 멋지지 않았다—네이린에게 손짓을 했다.

"그걸 가져와."

"그걸요? 정말 쓰실 건가요?"

"물론. 아마 그건 이때를 위해 존재했던 것 같아."

"그럴지도 모르겠군요. 그럼."

이게 무슨 선문답이란 말인가? 좀 알아듣게 말해라. 이 인간… 과 엘프야.

네이린이 가져온 것은 정확히 물건은 아니고 생명체였다. 그런데… 눈은 없나? 귀는 퇴화됐나? 설마 저 두 개의 구멍이 코? 입은… 아무튼 분명 동물이었다. 그러니 저렇게 꿈틀대고 있지. 하지만 두루뭉실한 것이 하아… 저걸 동물이라고 말하는 내 심정 괴롭다.

"이건 아직 이름이 없어. 보다시피 그저 살덩어리인 생물이지. 물론 생물이니 양분을 섭취해야 하지. 하지만 입이 없어서 그냥 배양액에 넣어놓고 있어. 그러면 피부로 양분을 흡수하는 거야. 이래 봬도 최소한 그 양분을 온몸에 보낼 내장은 있거든."

"그런데 그걸로 뭘 할 건데?"

난 우선 그게 신기했다. 피부로 양분을 흡수한다… 아마 핏줄에서 곧바로 양분을 흡수하는 모양이다. 내장이 있다니 아마 간의 역할도 하는 것이 있겠지. 그 간에서 피부의 핏줄로 흡수한 양분을 해독하는 것일 것이다. 저 생물의 피부색이 붉은색인 것을 보면 내 생각이 아마 정확한 것이다. 그런데 저게 뭐냐구. 왜 저걸 보이지?

"왜? 궁금해?"

당연하잖아.

롬은 피식 웃고 말했다.

"얼굴 표정이 정말 궁금해 못 견딜 것 같다는 표정이군. 그럼 말해주지. 이건 아무런 능력도 없어, 단 한 가지의 능력 외에는. 바로 영원히 사는 능력 하나만 있지."

난 그 말을 듣고 무척 놀랐다.

영생을 하는 생물이라고?

롬의 설명을 이어졌다.

"무척 놀라는 표정이군. 하긴 처음 이 녀석이 생겨났을 때 나도 무척 놀랐지. 아니, 난 황당하기까지 했지, 어떻게 이런 게 생겨났을까 하고. 하지만 불가능한 일은 아니더군. 너무 단순해서 뇌조차도 없이… 아아, 뇌가 있긴 있지. 하지만 그 뇌는 크기도 겨우 좁쌀만하고 그 기능도 거의 없는 것과 마찬가지야. 그저 단순히 생명 유지란 본능만을 지닌 녀석이지. 좀 더 자세히 설명할까? 우선 저 몸의 기초 재료는 트롤이야. 거기에 여러 방법의 배합과 조작을 했고. 그런데 기초 재료가 트롤이어서 그런지 재생력이 탁월하더군. 거기에 노화도 없고 몸의 낡은 부분은 다시 새 것으로 바뀌고… 양분만 제대로 공급하면 영생을 하지. 게다가 좀 전에도 말했지만 기초적인 본능밖에 못 느끼는 뇌라 다른 것을 생각할 여유가 없어서 영생으로 인한 정신 붕괴도 없어. 영생으로 행복을 누리지도 못하지만 불행하지도 않은 녀석이랄까?"

"정말 속 편하게 사는 녀석이로군."

아르티닌이었다. 하아~ 그래, 속 편하긴 하겠군. 남들이야 뇌도 있으나마나 하고 감정도 없으니 불쌍하다고 할 수도 있겠지만 자신이야 아예 생각이란 자체가 없으니 알 게 뭐야. 정말 불행하지도 행복하지도 않은 속 편한 녀석이야. 응? 그런데… 영생? 그럼…….

"저기… 롬, 그게 영원한 생명을 가졌다면 혹시……?"

"혹시가 아냐. 역시지."

그래, 역시구나. 잔인한 놈. 아무리 생물 같지도 않은 생물이라지만 그걸 저 마법진 위에 올려놓으려고 하다니……. 하지만 그때 난 다른 생각이 들었다. 과연 영생을 한다고 생명력이 강한 것일까? 저건 그저 본능에 의해 재생하는 것뿐이었다.

"롬, 하지만 영생을 한다고 반드시 생명력이 강한 것은 아니잖아?"

롬은 나의 말을 듣고 웃었다.

"물론이지. 하지만 이걸 생각해 봤어? 내가 이 녀석이 영생하는지 어떻게 알았을까? 같이 영원히 살아본 것도 아닌데 말야. 사실 이 녀석을 만들 때 신족의 피와 드래곤의 피도 들어갔어. 처음엔 그저 반응을 보려던 실험인데 엉뚱하게 이 녀석이 태어난 거지. 그리고 그 피들의 반응인지 이 녀석의 생명력은 아주 강하더군. 끊임없이 샘솟는 생명력을 가졌어. 그러니 노화도 없고 영원히 사는 거지. 트롤의 재생력? 트롤도 나이를 먹으면 죽는다는 것을 알아두라고. 이놈의 재생력은 트롤에게 받았지만 그 능력은 차원이 달라."

롬은 웃으면서 그 녀석, 아니, 영생을 하는 녀석을 들고 마법진에 영향을 받지 않을 만큼만 다가갔다.

"자, 그럼 이 녀석을 마법진 위에 올려놓아 볼까?"

그러고는 롬은 그 이상한 생물을 시나에게 부탁해 바람을 일으켜 마법진 위에 올려놓았다.

"그런데 언제쯤 결과가 나올까요?"

예나가 그 생물을 불쌍하다는 눈으로 보면서 물었다.

"흠… 금방 될걸? 음… 지금 나오기 시작했다. 여기가… 응? 리즘 분지? 여기서부터 북쪽으로 하루 거리쯤 되는군. 이크! 빨리 빼내자. 시나, 부탁해."

롬이 다시 시나에게 부탁하자 시나는 바람을 일으켜 영생하는 생물을 마법진에서 굴러 떨어지게 했다. 그리고 롬은 급히 달려가 그 생물을 잡았다.

"휴우, 역시 아무런 이상이 없군. 그래도 혹시나 해서 걱정했는데… 그런 표정 하지 마, 란셀. 사실 이 녀석은 중요한 녀석이야. 태어난 것은 우연에 의한 것이지만 이 무한한 생명력으로 할 수 있는 일이 얼마나 많은지 알아? 어떻게 쓰느냐에 따라, 죽어가던 사람도 살릴 수 있어."

난 롬이 그 영생을 하는 생물을 소중히 잡았을 때 이상한 생각이 들었다. 우연히 생겨난 있어도 그만 없어도 그만인 생물을 소중히 다루는 것이 이상했던 것이다. 하지만 롬의 말을 듣고 이해가 갔다. 정말 롬의 말대로 무한한 생명력이었다. 그렇다면 그 쓰임새도 상당히 많을 것이다.

"정말 그렇군. 난 또 네가 대충 다루는 것 같아서. 하하. 그런데 어디라고?"

"리즘 분지. 여기서 북쪽으로 하루 거리야."

"리즘 분지요?"

멜리사가 궁금하다는 듯이 물었다. 아마 모노르에 그런 지명이 있는지 궁금해서일 것이다.

"예, 리즘 분지. 아차! 이건 엘프들의 지명이군요. 인간들은 레카드 분지라고 하지요. 혹시 아시나요? 리즘 분지가 바로 레카드 분지입니다. 저도 지명은 들었지만 아직 안 가봤지요."

롬은 의외로 돌아다니는 것을 싫어했다. 드래곤 특유의 게으른 성질을 이어받았는지 그저 한곳에 죽치고 있는 성격이었다. 그러니 겨우 하루 거리인데도 안 가봤지.

"아, 레카드 분지가 엘프의 지명으로는 리즘 분지군요. 저도 말만 들었습니다. 모노르의 영토도 아닌데다… 아, 레카드 분지는 어느 나라 영토도 아닙니다. 땅이 너무 습해서 병이 생기기 쉬운 데다 들어가는 길도 무척 불편하죠. 땅 자체도 질이 너무 좋지 않은 그야말로 버려진 땅입니다. 어느 나라든지 손만 뻗으면 가질 수 있는 지역이죠. 하지만 레카드 분지에 쏟을 힘을 다른 곳에 쓰면 더 많은 이익이 생긴다고 해서 아예 생각도 안 하는 지역입니다. 그래서 사람들의 왕래조차 없는 그런 곳입니다. 레카드 분지란 이름은 한때 마법사와 정령사까지 소속될 정도의 유명했던 용병단인 레카드 용병단이 그 분지에 들어갔다가 모두 독한 질병에 걸려 죽은 일이 있은 후에 붙여졌죠."

그런가? 그런 땅이? 흠… 뭔가…….

"뭔가 음모를 꾸미기에는 안성맞춤인 곳이군요."

롬이 내 말을, 아니, 내 생각을 가로채며 말했다. 얄밉다.

"우선 누구라도 한번 정찰을 보내야겠군요. 누가 좋을까?"

롬은 잠시 뭘 생각하는 듯했다. 아마 정찰을 보낼 사람(?)을 생각하는 것 같았다.

"미디시아가 어떨까요?"

네이린이었다. 네이린이 누군가를 추천했다. 미디시아라… 여자 이름 같은데?

"미디시아?"

놀라는 롬. 대체 누구길래?

"예, 그녀라면 그 정도는 정찰할 능력이 있다고 봅니다. 물론 위험할지 모르니까 박사님의 발명품 몇 개를 줘서 보내야겠죠."

네이린의 말에 롬은 고개를 끄덕였다.

"미디시아라… 하긴 미디시아가 가장 믿을 만하긴 하지. 그래, 좋아. 미디시아를 보내지. 미디시아!"

롬은 큰 소리로 미디시아를 불렀다. 아마 소리에 마법을 섞었던 모양이다. 잠시의 시간이 지난 후 누군가 날아왔다. 롬이 불러서 왔으니 미디시아인 것 같은데… 웅? 가고일? 가고일이 무슨 능력이… 아, 아냐, 가고일이 아냐. 저건…….

"예, 박사님."

끄억! 난 놀랐다. 그리고 순간 얼어붙는 분위기.

"드… 래고일……?"

아르티닌이 나지막이 중얼거렸다. 그랬다. 미디시아라 불리운 여자는 바로 드래고일이었다. 엘프의 몸에 드래곤의 날개, 인간의 마음을 가진 존재. 드래곤과 엘프와 인간의 혼혈. 그 세 종족의 혼혈답게 드래곤에 버금가는 마법 능력과 엘프의 능력에 버금가는 정령술과 육체 능력을 지닌 존재. 아니, 육체적 능력은 엘프를 능가했다. 거기에 드래곤도 엘프도 아닌 인간의 정신 세계와 마음을 가진 존재. 하지만 하프 엘프가 인간과 엘프 둘 모두에게 천대받듯이 드래곤과 엘프, 인간에게 모두 버림받고 배척당하는 존재. 그것이 바로 드래고일이었다.

지금이야 하프 엘프라도 인간과 엘프 모두에게 한 종족으로 어느 정도 인정을 받는 시대이다. 나이가 많은 노인이나 깊은 산골 마을에 사는 사람을 제외하고는 어느 정도 하프 엘프에 익숙해진 상태였다. 따라서 하프 엘프도 아무 거리낌 없이 활동을 할 수가 있는 시대였다.

예나의 경우를 봐도 알 수가 있는 일이었다. 물론 그녀가 하프 엘프라 당한 일이 있기는 했지만 그건 어느 정도 예외였다. 게다가 거기엔 인간의 욕심도 한몫했었으니까. 하지만 드래고일의 경우에는 아직 환영받지 못했다. 우선 하프 엘프처럼 수가 늘어난 것이 아니었다.

드래곤과 엘프, 인간의 특징이 골고루 균형있게 있어야 탄생되는 것이 드래고일이었다. 그런데 사실 그건 드문 일이었다. 게다가 드래곤과 엘프, 인간이 그렇게 때를 맞춰 만나는 경우도 많지는 않았다. 우선 드래곤과 엘프 또는 드래곤과 인간의 혼혈인 하프 드래곤—명칭은 없지만 설명을 편하게 하기 위해 임의로—이 엘프나 인간과 다시 혼혈을 낳아야 했다.

그런데 문제는 그런 하프 드래곤에 드래곤의 힘이 들어가야 한다는 것. 간단히 말하자면 롬의 경우였다. 만약 롬이 엘프인 네이린과 결혼을 해서 아기를 낳는다면 드래고일이 태어날 가능성이 있었다. 하지만 하프 드래곤이 태어난다면 그 당시 드래곤은 폴리모프의 상태이고 폴리모프의 상태에는 드래곤의 힘이 섞여 들어가지 않는 것이 상식이다.

하지만 가끔 가다 드래곤의 힘이 들어갈 때가 있었다. 그 이유는 드래곤조차 모르는 현상이었다. 또 그렇게 드래곤의 힘이 들어간 하프 드래곤과 엘프나 인간의 혼혈이라도 다 드래고일도 아닌 것이다. 따라서 드래고일은 어쩌다 생기는 희귀종이었다. 그러니 드래고일과는 익숙해질 기회가 없는 것이다.

한데 그것만이 아니었다. 그렇게 세 종족의 피가 섞인 것이 원인인지 특히 드래곤과 엘프, 인간은 드래고일을 볼 때 이상하게 거부감이 드는 것이었다. 단지 순수하지 못한 혼혈이란 이유만으로 배척당했던 하프 엘프와는 전혀 다른 것이다. 그래서 언제나 슬프고 외로운 존재가 바로 드래고일이었다. 그래도 오래 같이 지내면 그런 드래고일에 대한 감정은 없어진다고 한다. 하지만 그 익숙해지기까지 걸리는 기간 동안이 문제인 것이다.

그런데 재미있는 것은 드래고일은 대체로 여자가 대부분이었다. 그것도 여린 심성을 가진 여자. 그래서 뛰어난 능력을 가지고도 홀로 외로이 슬픔을 삭이며 지낸다. 아니, 성격 때문일까? 능력을 잘 쌓지도 못했다. 드래고일이 비록 드래곤과 엘프, 인간의 능력 모두를 가졌다고는 하지만 그건 잠재력일 뿐 배우고 익히고 연습을 해야 하는 것이다. 그렇게 노력하면 드래곤에 버금가는 마법 능력과 엘프의 능력에 버금가는 정령술과 육체 능력을 가지는 것이다. 그전에는 보통 능력이 꽤 강한 존재일 뿐이었다.

아무튼 드래고일이란 종족은 만 년을 넘게 산 내 스승인 카나이드조차 평생 단 두 명을, 모두 다섯 번 만난 것이 전부였다고 한다. 그러니 그런 드래고일이 우리 앞에 있는데 놀라지 않을 수가 없었던 것이다.

"홍, 드래고일이라니……."

"저런 괴물 따위가?"

"쳇, 재수없어."

물론 이런 반응도 나오고… 이런 반응은 아르티닌이나 죠세프도 보였다. 나? 난 예외였다. 내가 인간이기는 했지만 성장 과정이 너무 특이해서 어떤 면에서는 보통 사람들과 다른 면이 있었다. 지금처럼. 예나의 경우는 인간도 엘프도 아닌 하프 엘프라 그런지 그렇게 싫어하는 반응은 아니었다.

그런데 다리온도 특이한 경우의 사람이었나? 나나 예나는 배척도 않지만 호의적인 것도 아니었다. 이건 일반적이었다. 그런데 다리온은 오히려 미디시아란 드래고일을 보며 부드럽게 웃어주고 있었다. 마치 나이 많은 사람이 어린 사람을 흐뭇하게 보며 웃어주는 듯한… 헉! 혹시… 다리온도 드래고일? 에이, 설마… 드래고일이 드래곤에 버금가는 힘이 있기는 해도 절대 못하는 것이 세 가지 있었는데 그건 바로 브레스와 용언 마법, 그리고 드래곤과 같은 완벽한 폴리모프였다.

그러니 다리온이 드래고일일 수는 없었다. 하지만 그럼 드래곤? 훗, 다리온이 드래곤이라… 그렇다면 아르티닌이 알아챘을 테고, 그가 드래고일인 미디시아에게 저런 웃음을 지어주지도 않았을 것이다. 그러니 당연히 다리온은 사람이지. 하면 다리온이 미디시아에게 한눈에 반해서? 에이, 웃음의 종류가 다른데…….

우리가 이렇게 두 가지—다리온을 별도로 한다면 세 가지—상반된 반응 보내고 있을 때 미디시아는 겁먹은 얼굴로 안절부절못하며 서 있었다.

정말 마음이 여리다는 말이 맞기는 한가 보다. 음, 예쁘긴 또 정말 예쁘네. 아유, 드래고일만 아니면… 어쩔 일이라도 있나? 쩝.

"미디시아, 우리가 한 말은 모두 들었지?"

"예, 박사님께서 수정구를 연결해 놓으셨으니까요."

"그래, 그럼 한번 살펴봐 줄래?"

"예, 박사님."

역시 드래고일과도 익숙해지면 거부감없이 잘 지낼 수 있다는 말이 사실인 모양이었다. 지금 롬의 태도가 그것을 말해 주고 있었다.

"그럼 가볼게요."

미디시아가 날아가려고 날개를 쫙 폈다. 그때 롬이 미디시아를 불렀다.

"아참! 미디시아, 내가 깜빡 잊었었다. 자, 이걸 가지고 가라. 이건 환영의 열매다. 이름이 환영의 열매이긴 하지만 이걸 깨면 그 안의 씨앗이 열매를 깬 자와 똑같은 모양으로 순식간에 자라지. 위험할 때 쓰면 빠져나오는 데 도움이 될 거야."

롬이 던져 주는 세 개의 열매. 호오… 그런 것이? 나중에 롬에게 몇 개 얻어야겠군.

미디시아는 열매를 받아 날아가려고 했다. 그때 날아가려는 미디시아를 다리온이 불렀다.

"잠깐. 이것도 가지고 가요. 이건 신기루 마법 스크롤인데, 위험할 때 찢으면 모든 사물이 뒤죽박죽으로 보이게 돼요. 다만 스크롤 찢은 사람만이 사물을 제대로 볼 수가 있지. 그리고 이건 치료 마법 스크롤. 이건 풀잎으로 만든 것인데 입에 물고 있으면 이 풀에서 나는 향기로 머리가 맑아지고 크게 다쳤을 때 씹으면 치료를 할 수가 있지요. 이것들을 가지고 가요."

두 개의 스크롤을 주며 부드럽게 웃는 다리온. 그런 다리온을 보며 미디시아는 조금 의아한, 그리고 당황한, 그리고 고마운 얼굴을 해 보이곤 날아갔다.

흠… 역시 아까 내가 본 다리온의 미소는 잘못 본 것이 아니었어. 어쩌면 다리온이 전에 드래고일이란 종족을 만난 적이 있었을지도 모르겠군. 응? 그나저나 다리온에게 그런 스크롤들이 있었어? 이건 지금까지도 몰랐던 사실이네? 특히 풀잎으로 만들었다는 스크롤. 나도 말만 들은 것이었다.

페키치아란 풀로 만든다는 스크롤. 만들기도 어렵고 페키치아 풀은 희귀한 것이었다. 페키치아 풀은 치유 마법 스크롤만 만들 수 있고 그 만드는 비용도 보통 스크롤의 세 배라 더욱 만들지 않는다고 했다. 그래서 드래곤도 구하기 힘든 것이라고 들었다. 카나이드에게조차 없는 물건. 그걸 다리온이 가지고 있었다니… 역시 사람은 오래 사귀어봐야 한다니까. 한데 그것을 처음 보는 드래고일 여자에게 선뜻 주다니… 응? 역시… 다리온이 드래고일일 가능성도…….

다리온의 행동에 놀란 것은 다른 사람들도 마찬가지인 모양이다. 그런 귀한 것을 고작(?) 드래고일 따위에게 주다니라는 표정들. 표정들을 보니 갖가지 상상을 하는 모양이다. 이럴 때 남의 생각을 읽는 능력이 있으면 재미있었을 텐데.

"미디시아란 드래고일 여자의 눈빛이 무척 맑더군요. 그런 눈빛을 가진 여자를 위험하게 할 수는 없지요. 그러니 이상한 상상 그만 하시지요. 특히 란셀, 전 절대로 드래고일이 아. 니. 니. 까. 염려 마세요."

호오, 또 내 생각을 읽었군. 독심술도 아닌 그저 추리라는데 정말 정확하단 말야. 아, 최소한 다리온처럼 남의 생각을 추리만이라도 할 수 있었으면… 엘렌디아 여신이여, 어떻게 안 될까요?

"그리고 란셀, 남의 생각을 읽는다는 것은 좋은 능력만은 아닙니다. 란셀 자신을 위해서라도 포기하세요. 또 추리할 수 있는 능력이요? 그건 저 같은 대현자만이 가능합니다. 그것도 포기하세요."

알았어요, 알았다니까요. 에잇, 생각도 못하게 해.

미디시아는 사흘 정도 걸릴 거라고 했다. 날아가는 것이니 금방 가겠지만 무슨 일이 있는지 살피려면 그 정도의 시간은 걸릴 거라는 계산이었다.

"자, 그럼 제가 저의 숲을 안내해 드리죠, 아름다운 아가씨."

은근히 멜리사에게 접근하는 롬. 하지만.

"전 아가씨가 아니라 아줌마인데요."

이렇게 말하며 페린의 팔짱을 끼는 멜리사였다. 역시 멜리사는 현명했다. 전에는 그렇게 순수했다는 롬은 몇몇 질이 조금 떨어지는 드래곤과 친하게 지내더니 바람둥이 기질이 전염되어 여자들에게는 기피해야 할 인물이 되었다. 본인은 비록 아니라고 여기지만 제삼자가 객관적으로 보는 바로 롬은 바람둥이였다.

"흠흠. 어, 어쨌든… 미디시아가 올 때까지 제가 이 숲을 여러분께 안내해 드리죠. 흠흠."

뭐, 나쁠 것은 없었다. 대충 보니까 정말 희한하게 생긴 생물들도 많던데 그런 생물을 구경하는 것도 재미있을 것 같았다.

"참, 그리고 전 이곳을 소개시켜 드리는 겁니다. 그러니까 여러분들도 무슨 동물원 동물 구경하듯 하는 마음은 버리세요. 이곳의 생물들은 구경거리가 아니라 제 식구입니다. 뭐, 가축이 있기도 하지만 여러 분들이 그들을 구별할 능력이 없을 테니 제 말에 따라야겠죠?”

롬의 구경, 아니, 소개 전 협박인지 빈정인지 모를 충고였다.

우리가 처음 본 생물은… 둘인 줄 알았다. 하지만 하나였다. 말과 똑같이 생긴 동물—확실히 말이었다—의 등에 인간과 똑같은 생물—진짜로 인간이었다. 다만 허리까지만 있는 인간—의 결합체였다. 이어지는 롬의 설명.

“이건 제가 휴르주라고 이름 붙인 생명체입니다. 종족 이름이 휴르주이고 이름은 멘스코라고 합니다. 그냥 보면 꼭 말에 사람이 탄 것처럼 보이죠? 말의 등에 인간의 상반신이 결합된 형태입니다. 기마 전투에 아주 알맞죠. 절대 말에서 떨어질 일이 없으니까요.”

흠, 인간과 말의 결합이라… 인간과 말의 결합만 말한다면 켄타우르스를 떠올리겠지만 켄타우르스와는 모양부터가 다른 생물이었다. 그런데 한 가지 궁금한데? 절대 떨어질 일이 없다라… 확실히 장점이긴 하지만.

“어이, 멘…….”

“멘스코라고 합니다. 란셀 씨시죠?”

“아, 그래. 멘스코. 음… 이건 말 부분에 묻는 건데 혹시 불편하지 않아? 힘들거나 괴롭거나 무겁거나… 잠잘 때 불편다거나…….”

말 부분의 머리—간단히 말머리—가 한숨을 쉰다. 사람 부분은? 하늘만 바라보며 눈물을 글썽이는… 그래, 말하지 않아도 돼. 이 두 생물…이 아니라 휴르주의 기구한 운명에 나도 슬프다. 근데 군대에 팔면 얼마나 받을까?

롬의 소개는 계속되었다.

"이 생명체의 이름은 슬라우. 멋지지?"

슬라우는 도마뱀처럼 생긴 생명체였다. 언뜻 보면 악어의 등가죽 같은 피부였지만 돌기의 크기가 좀 더 컸다. 그리고 머리에는 두 개의 원추형 뿔이 있었는데 뿔의 길이보다 뿔의 밑동 굵기가 더 굵은 뭉툭한 뿔이었다. 하지만 체퍼처럼 뿔인지 혹인지 헷갈리는 뿔이 아니라 확실히 '뿔이다' 라고 알 수 있었다.

그런데 그 원추형 뿔이 달린 머리가 두 개라는 점이 문제였다. 그냥 머리가 나란히 두 개면 상관이 없는데 양끝으로 머리가 두 개였다. 하반신이 없고 서로 상반신 허리로 이어진 생물. 이런 생물은 동화책에서 많이 봤는데 롬이 드디어 현실로 만들었구나 하는 생각이 들었다. 그러면 이 기회에 내가 어릴 때 가졌던 의문을 풀어야겠군.

"어이, 슬라우."

캬우.

"음… 어떻게 이동하는지는 묻지 않겠어. 알아서 움직이겠지. 내가 궁금한건 말야, 음… 서로 몸이 그렇게 연결이 되었으면 배설은 어떻게 하니?"

갸우우… 우웅…….

애처로운 소리를 내며 고개를 푹 숙이는 슬라우. 음… 말 안 해도 알겠다. 그때 우리와 함께 네이린도 있었는데 슬라우란 녀석이 친한 척 네이린을 혀로 핥으려고 하자 네이린이 피했다. 엘프인 네이린이 피할 정도면… 불쌍한 놈. 어이, 날 핥지 말란 말야.

"자, 이 생물은… 음, 이건 가축입니다. 이름은 오델락. 그렇지. 후훗. 시나, 오늘 저녁은 이 녀석이다."

롬이 입맛을 다시고 있는 저 새는… 오델락? 이거 분명 닭 맞지? 그런데 혹시 이거 원래 이름이 긴목천사장거미닭 아냐? 우선 몸집은 다른 닭과 비슷했다. 약간 큰 정도? 그런데 목은 보통 닭보다 두 배나 길었고—닭 목이 맛있어서 저렇게 늘려놓은 건가?—천사장도 아닌 것이 날개가 12쌍에 다리가 4쌍… 거미 다리냐? 흠, 그래도 먹을 건 많겠군. 음… 저거 요리하면 음… 이런 모양이 될 텐데… 차라리 지네형 닭을 만들지 그래. 닭다리는 지겹게 먹을 텐데.

아무튼 내 머리 속에 그려지는 오델락 요리. 길쭉한 모가지에 등에는 등을 뒤덮듯이 빽빽하게 사정없이 튀어나온 날개, 다리로 꽉 찬 배…

저, 저걸 먹어야 해? 지, 징그러… 왜일까? 갑자기 오델락을 보며 군침 흘리는 롬이 대단해 보인다고 해야 하나? 아니면 야만인 같다고 해야 하나? 아무튼 대단해 보였다.

"저길 보시죠."

롬이 가리키는 곳. 그래, 저건 한번 본 적이 있다. 드디어 제대로 된 정상적인 녀석을 보게 되는군. 저건 분명 낙타였다. 저 몸체와 목, 무엇보다도 등에 솟은 저 양질의 지방으로 꽉 찬 혹. …응? 그런데 양질의 지방으로 꽉 찬? 음… 저건 또 뭐냐… 역시 평범한 낙타가 아니었어. 보통 낙타의 혹이 양질의 지방덩어리란 것은 기초 상식이었다. 한때 물이 들어 있다고 하는 사람도 있었지만 결국 바보 취급을 당했다. 당장 잘라만 봐도 아니까.

낙타가 그렇게 지방덩어리의 혹을 등에 지고 있는 이유는 두 가지였다. 첫째는 먹을 것이 별로 없는 사막에서 양분의 비축 창고 역할로, 두 번째는 열을 막기 위해서였다. 단지 양분 비축으로 지방을 모을 거라면 몸 전체에 지방이 있어도 상관은 없었다. 하지만 더운 사막에서 그런 몸이라면 당장 쪄 죽고 만다. 그래서 낙타의 몸에는 지방이 거의 없고 등의 혹에 몰려 있는 것이다. 그리고 굳이 등인 이유는 그 지방덩어리가 강한 직사광선을 막기 때문이었다. 간단히 말해서 열 차단기랄까?

물론 등 말고 어디에 저런 커다란 지방덩어리를 붙이겠는가? 음… 말은 길었지만 아무튼 낙타의 혹은 지방덩어리였다. 하지만 그 어떤 사람도 낙타의 겉모습을 보고 지방덩어리라고 하지는 않는다. 털가죽으로 덮여 있는 그 지방덩어리는 겉보기엔 그저 등에 난 혹으로 보일 뿐이니까. 하지만 어째서 저 낙타의 혹은 가죽과 털로 안 덮이고 지방질이 그대로 보이느냐란 것이다. 허옇고 단단해 보이는 지방덩어리. 킁킁. 근데… 혹의 지방이 노출되어서인가? 어째 치즈 냄새가…….

"저 동물도 가축입니다. 레코파라고 합니다. 낙타를 기본으로 한 키메라죠. 낙타는 아시다시피 양질의 지방으로 이루어진 혹을 등에 지고 있습니다. 전 그것을 응용했죠. 저 낙타 혹의 지방을 고체화된 우유로 만들고 발효를 시킨 겁니다. 간단히 말해 저 낙타의 혹은 질 좋은 치즈 덩어리라는 말이죠. 시나, 오늘 저녁에 저것도 부탁해. 저 치즈는 무척 맛있답니다. 기대하셔도 좋을 겁니다."

웃으면서 말하는—쫏, 입에 침이 고였군. 침 튄다—롬이었다.

안 먹어. 기대도 안 해. 대체 살아 있는 동물의 등에다 치즈를 만들고 또 그걸 잘라 먹다니… 대체 롬의 성격이 왜 이렇게 변한 거지? 전에는… 이것보다 그래도 아주 쬐끔 덜했는데. 롬 녀석, 내 비위를 상하게 만드는군. 나 오늘 저녁 못 먹으면 어쩌지?

"음… 디프, 디프는 아시죠?"

그럼 알다마다. 켄타우르스의 말과 인간 버전이 아닌 사슴과 엘프 버전. 그런데 또 궁금하네?

"어이, 롬. 그런데 디프를 만드는 것을 엘프들이 용납했어?"

엘프들은 성격이 온순하긴 했지만 자존심과 자긍심은 무척 높았다. 그런 엘프들이 디프 같은 이상한―디프들아, 미안―생물을 용납했을 리 없었다. 물론 네이린이 있기는 했지만 네이린의 경우는 롬과 같이 사는 좀 특별한 경우였다.

"란셀, 일은 저지르고 보는 거야. 일을 저지른 후에 안다고 해도 어쩌겠어? 그리고 이번엔 정말 천기누설하지 마."

하아… 역시… 이거 나중에 엘프들이 알면 좀 시끄럽겠군. 뭐, 이미 벌어진 일이니 어쩔 수는 없겠지만. 롬 성격이 어디 가야 말이지.

"흠흠. 아, 여러분, 저길 보세요."

난 롬이 가리키는 곳을 보았다. 저건 또 뭐야? 온갖 동물을 모아놓은 형태. 그래, 맞아. 저게 바로 진정한 키메라야.

"저건 레키폰입니다. 곰의 몸에 호랑이의 머리와 멧돼지의 송곳니, 악어의 꼬리, 고슴도치의 등, 사자의 다리, 특기한 것은 저 코입니다. 길죠? 그리고 코 같지 않을 겁니다. 예, 맞습니다. 뱀으로 이루어진 코입니다. 코브라죠. 정말 멋지지 않습니까? 저 레키폰을 당할 맹수는 없겠죠? 저걸 만드느라 고생했습니다."

만드느라 고생이 아니라 길들이느라 고생했겠지. 저게 맹수냐, 괴수지. 아무튼 여기 와서 간만에 보는 제대로 된(?) 키메라였다. 그런데…

"롬, 저 레키폰 사람 물거나 하지 않아?"

"당연히 안 물지. 워낙 온순하니까. 참. 란셀, 너 레키폰 놀라게 하지 마. 그러면 겁먹어서 안 돼."

난 롬의 말을 믿을 수가 있었다. 지금 레키폰은 밥을 먹고 있었는데 모두 풀이었다. 간단히 말해 초식 동물이었다. 그것도 겁 많은 순한 동물. 에잇! 생김새가 아깝다.

"그리고 또 있습니다."

롬은 다른 생물을 가리켰다. 거기에는 세 개의 호랑이 머리를 가진 생물이 있었다. 일반적인 호랑이보다 두 배 가까이 덩치가 컸는데 머리를 다 달고 있으려니 어쩔 수 없었나 보다. 그리고 재미있는 것은 다리가 여덟 개라는 거였다. 앞다리 두 쌍, 뒷다리 두 쌍. 다리가 많은데도 걸어가는 것을 보니 꼬이지도 않고 잘 걸어다녔다. 그 외에는 별다른 특징이 없는 생물이었다. 다만 몸의 무늬가 황금색 바탕에 반달형의 검은 줄무늬가 있는 털가죽이었다. 멀리서 보면 용린갑을 입은 것처럼 보일 것이다.

"이 생물은 케포렌이라고 합니다. 보시다시피 머리가 세 개 있는……."

"그런데 저렇게 머리가 많으면 세 개의 머리가 서로 따로 움직이려 하기 때문에 움직이기가 힘들지 않을까요?"

예나의 질문이었다.

"만약에 케포렌이 그저 기형 생물이었다면 그럴 겁니다. 하지만 케포렌은 제가 만든 키메라이기 때문에 절대 그런 일은 없습니다. 저 케포렌의 실제 머리는 하나입니다. 아, 물론 세 개 모두 머리이긴 하지만 뇌가 들어 있는 머리는 저 가운데 머리뿐입니다. 나머지 두 개는 뇌가 없습니다. 다만 신경덩어리가 들어 있어서 감각 기관, 그러니까 눈으로 보거나 귀로 듣는 것, 냄새를 맡는 것 같은 것들이 신경덩어리를 통해 가운데 머리의 뇌로 그 정보가 전달됩니다. 따라서 다른 생물에 비해 더 넓은 범위를 살필 수 있죠. 그리고 그 신경덩어리가 있는 공간을 제외한 나머지 공간에는 독액으로 가득 차 있습니다. 저 양 옆의 머리에 물리면 송곳니를 통해 독액이 주입됩니다. 독사처럼 말이죠.”

케포렌? 정말 무서운 생물이었다. 저 생물을 얻어다 레어를 지키게 하면 정말 든든하겠어.

“거기다가 음식도 많이 안 먹으니 더 좋죠. 그저 하루에 개미 같은 벌레 1크린만 주면 됩니다.”

케포렌은 식충 동물이었던 것이다. 그나마 롬의 말을 들으니 성질은 좀 사납다니까 아까 레키폰보다는 나을 듯했다. 레키폰이 얼마나 겁쟁이면 롬이 나에게 다 주의를 줄까. 하지만 롬은 케포렌에 대해서는 그런 주의를 주지 않았다. 그만큼 레키폰보다는 겁쟁이가 아니란 뜻이다. 물론 꼭 개처럼 꼬리 흔들며 헥헥거리는 걸 봐서는 못 미덥긴 하지만.

“이 생물은 츄말.”

롬이 가리키는 생물. 늑대의 머리와 독수리의 몸, 전갈의 꼬리를 가진 생물이었다. 그런데 꼬리가 전갈의 꼬리이긴 했지만 전갈처럼 위로 들려진 것이 아니라 아래로 처진 꼬리였다. 아마 위에서 아래로 찍기 편하게 바뀐 모양이었다.

“츄말은 하피를 보고 영감을 얻어 만든 것입니다.”

이런이런, 영감을 얻을 것에서 얻어야지. 하피가 그 말을 듣고 시위라도 하면 어쩌려고. 하피가 비록 몬스터로 사람 머리에 새의 몸을 가진 끔찍한 녀석들이긴 했지만 그래도 그 사람의 얼굴은 미인이었다. 절대로 저 혀 내밀고 헥헥대는 늑대가 아니었다. 그런데 저 츄말이란 생물, 늑대의 성질을 더 많이 가지고 있는 모양이었다. 아니, 개인가?

"야, 야, 임마. 꼬리 흔들지 마. 찔려."

반갑다고 꼬리를 흔드는 통에 피해 다니기 바빴다. 에고, 진땀나.

"그리고 저건 텝프랑."

롬이 가리킨 텝프랑이란 생물. 커다란 나비 애벌레처럼 생겼다. 다만 머리가 돼지머리였다.

"보기엔 저래도 정말 맛있어. 특히 통구이를 하면. 뼈 없는 돼지 통구이라고 할까? 나중에 구워줄게."

안 먹어. 정말 보자 보자 하니까 별걸 다 먹네, 녀석.

"자, 이 연못을 봐봐. 저런 땅 위의 생물만 있는 것은 아냐."

우린 롬이 가리킨 연못을 보았다.

"우와! 예뻐라."

"어머, 어쩜 저렇게 예쁠 수가……."

여자들의 감탄 소리가 터져 나왔다.

"예쁘죠? 저건 단풍잎고기라고 합니다. 잘 보시면 지느러미는 모두 붉지만 몸통 색이 다르죠? 붉은 몸통은 암놈이고 초록 몸통은 수놈입니다."

정말 롬의 말대로 두 가지 색의 물고기가 있었다. 작은 몸통에 마치 단풍잎처럼 생긴 지느러미를 가진 물고기였다. 등지느러미, 배지느러미, 꼬리지느러미가 모두 붙어 있었는데 그래서 단풍잎 모양이 나온 것 같았다. 그리고 롬의 말대로 몸통이 초록색인 것과 붉은색인 것, 이렇게 두 가지 색의 물고기들. 그 물고기들은 뭉쳐서 다녔는데 그 우아한 몸짓이 마치 물고기들이 떼지어 춤을 추는 듯한 광경을 만들었다. 그 광경은 정말 장관이었다. 하지만…

"저 녀석들은 특히 튀겨 먹으면 맛있답니다."

롬의 마지막 말에 그 아름다운 광경을 즐기던 기분은 무참히 깨졌다. 아름다움을 모르고 아무거나 먹는 야만인 롬.

우리가 롬에게 비난의 화살촉같이 날카로운 눈초리를 보내고 그 눈초리에 뭔가 찔리는 듯 롬이 식은땀 흘릴 때 롬의 구원병이 나타났다.

"어머? 저게 뭐지?"

맨 처음 발견한 사람은 이브린이었다.

"꽃인가? 예쁘네?"

"그런데 무슨 꽃이 기어다녀?"

그랬다. 이브린의 말처럼 분명 꽃이었다. 하지만 예나의 말처럼 기어다녔다. 저게 뭐란 말인가? 마치 한 마리 동물처럼 기어다니는 식물이라니.

"아, 저것 말입니까?"

롬은 기회를 잡은 듯 급히 말했다. 그리고 그 이상한 꽃(?)을 들고 말했다.

"이 녀석은 페치플타라고 합니다. 음, 우선 정체를 말하자면 꽃입니다. 확실한 식물이죠."

우린 그 페치플타를 자세히 봤다. 다리라고 의심이 가는 것이 네 개, 더듬이라고 생각되는 것이 한 쌍, 배라고 생각되는 부분에는 제법 긴

털(?), 그리고 등에는 초록빛 날개와 예쁜 연분홍빛 꽃을 달고 있었다.

"이 페치플타는 걸어다니는 꽃입니다. 우선 어떤 종류냐 하면… 넝쿨식물입니다. 이 네 개의 다리 같은 부분이 넝쿨입니다. 그리고 이 더듬이 같은 부분도 넝쿨이고요. 이 날개 같은 것은 잎이랍니다. 생긴 것이 꼭 날개 같죠? 예, 이걸로 날 수도 있습니다. 멀리는 날지 못하고 활강하는 수준이지만 말입니다. 그리고 보시면 알겠지만 이 배에 있는 것은 뿌리죠."

롬은 페치플라의 부분을 가리키며 설명했고 페치플라는 롬의 손 안에서 버둥거렸다.

"가만있어. 이 페치플라는 이 넝쿨다리로 이동하다가 배가 고프면 그 자리에서 뿌리를 내려 양분을 흡수합니다. 이 녀석에게 입은 없습니다. 양분을 먹는 부분이 입이라면 배에 입이 있는 셈인가요? 하지만 식물에게 입이 있다고 말하면 그건 무식한 소리죠. 하핫. 그리고 당연한 것이지만 눈도 없습니다. 대신 이 더듬이 모양의 넝쿨이 주위를 감지합니다. 제가 알아낸 바로는 색 식별 능력과 사물 감지 능력이 거의 사람과 같습니다. 간단히 말해 생긴 것은 이렇지만 거의 사람 눈과 같다고 할까요? 지능도 꽤 있는데 대체 어디로 생각하는지는 아직 모르겠습니다. 뇌가 없거든요. 그리고 자기들끼리 의사 소통을 하는데, 그건 페치플라의 몸에서 합성되는 특수한 화학 약품을 발산해서 냄새로 합니다. 솔직히 제가 만든 키메라 중 가장 신비스럽고 만들었으면서도 모르는 부분이 더 많은 유일한 녀석이죠. 하지만 이건 확실합니다. 페치플라는 앞으로 식물계를 이끌어 나갈 차세대 식물이라는 것입니다."

롬의 마지막 말은 확실히 황당한 말이었다. 아마 자신도 모르는 부분이 많으니 무안해서 저런 말을 했을 것이다. 단지 움직인다고 차세

대일 수는 없기 때문이다. 내 생각에는 오히려 식물치고는 뿌리가 짧아서 좋은 환경이 아니면 살기 힘들 그런 식물이 페치플라였다.

"다음엔 무엇을 소개할까요? 아! 그렇지. 저쪽……."

"박사님, 안녕?"

롬이 페치플라에 이어 무언가 우리에게 소개하려고 할 때 누군가 불쑥 나타났다. 정확히는 나뭇가지에서 거꾸로 불쑥 나온 것이었다.

흠, 엘프는 엘프인데 검은색이네? 다크 엘프군. 여기처럼 말도 안 되는 생명체가 득시글한 곳에서 다크 엘프야 별 이상한 존재도 아니었다. 다만 롬의 반응이 문제였지.

"흐갸야야야갹!"

"우잉~ 박사님, 그게 뭐예요."

나무에 거꾸로 매달린 다크 엘프는 볼멘소리를 했다.

"야, 얌마! 뭐긴 뭐야! 놀랐잖아. 너 때문에 여기 계신 분들이 얼마나 놀랐겠어! 안 그래, 란셀?"

"전혀. 놀라긴 누가 놀랐다는 거야?"

"응? 아, 안 놀랐나? 하지만 다른 사람들은……."

모두들 도리도리.

"롬, 너만 놀란 거잖아."

롬의 굳은 얼굴. 이 녀석 겸연쩍은 모양이군.

"야, 이 녀석! 베키! 어쨌든 위험하게 뭐 하는 짓이야?"

롬이 소리쳤다. 롬의 말을 들으니 저 다크 엘프의 이름이 베키인 모양이다. 그런데 좀 어려 보인다?

"저… 걱정해 주시는 것 고맙지만 전 엘프의 일족이라 이런 짓은 별로 위험한 짓도 아닌데요?"

“이, 인석이…….”

“죄송합니다, 박사님.”

롬이 화를 내려는 찰나 누군가 롬에게 사과를 했다. 이번에도 다크 엘프였다. 음… 베키보다는 좀 더 성숙해 보이는 다크 엘프.

“아! 레이지. 흠흠. 그러니까… 내가 베키에게 화내려던 건 아니고…….”

베키를 혼내려던 롬이 레이지를 본 순간 당장 말투부터 바뀌었다. 음, 왠지 롬이 비굴하게 보이는군.

“아, 아무튼 언제나 느끼는 거지만 베키랑 레이지는 성격이 너무 달라. 정말 모녀지간 맞아?”

“예, 맞습니다. 베키는 제 딸입니다.”

난 롬의 행동이 이해가 갔다. 아무리 여기서 군림하는 롬이지만 애를 혼내려다 애 엄마에게 들켰으니 순간적으로 당황했을 것이다. 하지만 그래도 역시 비굴해 보여.

“박사님, 벌써 수백 번은 더 물어봤을 거예요. 우리 엄마한테 물어볼 말이 그렇게도 없어요?”

“없다. 어쩔래?”

음… 왠지 롬이 정신 연령이 어려 보이는군.

“그런데 네이린에게 들은 말인데… 마법진 말입니다, 그 일로 미디시아가 갔다는 것이 사실입니까?”

레이지가 분위기를 바꾸려는 듯 물었다.

“응. 뭐 미디시아만큼 능력 좋은 아이도 별로 없잖아.”

“물론입니다만…….”

레이지는 턱을 문질렀다. 뭔가 곤란한 점이라도 있나?

"아무래도 미디시아가 위험할 것 같아요."

잠시 뜸을 들이던 레이지가 말했다.

"무슨 소리야? 미디시아는 그저 오래된 마법진의 이동 장소를 살피고 올 뿐이야. 게다가 만일을 위해서 환영의 열매도 가지고 갔어. 미디시아의 능력과 환영의 열매면 위험할 일이 없지."

롬은 자신있게 말했다. 하지만 내 생각은 아니었다. 지금 레이지가 한 말에 문득 생각난 것이 있었다. 정말 위험할지도 몰랐다. 아까 다리온의 행동이 그것을 증명했다. 내가 아는 한 다리온은 그저 평범한 현자가 아니었다. 스스로 대현자라고 하기도 하지만 그건 누가 들어도 농담조로 말한 것이다. 하지만 다리온은 정말 그의 농담처럼 대현자일지도 모른다는 생각을 하게끔 하는 두뇌의 소유자였다. 우리가 지금까지 얼마나 많이 다리온의 도움을 받고 조언을 받았는지만 봐도 알 수가 있었다.

다리온은 어떤 면에서는 고룡에게 300여 년을 교육받고 특수 램퍼로 지식을 저장한 나보다도 더 많은 것을 알고 있었다. 게다가 아는 만큼 뛰어난 통찰력도 지녔다. 그런 다리온이 미디시아에게 귀한 스크롤을 줬다면 정말 위험할 수도 있는 일이었다.

"아뇨."

그리고 내 생각을 확인시키듯 레이지의 말이 이어졌다.

"저희 다크 엘프의 속성은 어둠이죠. 그렇기 때문에 다른 존재들은 느끼지 못하는 어둠의 기운을 본능적으로 느낍니다. 제가 느낀 바로는 리즘 분지에 어둠의 기운이 있었어요. 희미하지만 그 희미함 속에 섬뜩할 정도의 강렬함이 있는 기운이요. 결코 미디시아가 감당할 만한 기운은 아니었습니다."

그러니까 뭐냐. 미디시아가 간 곳이 생각보다는 훠얼씬 위험한 곳이라 이거지? 위험한 곳이라면 일이 있겠네? 음… 그럼 호기심 강한 우리 일행들 무슨 일인지 생각도 안 하고 덮어놓고 일 해결하러 가자고 할 테고… 그리고 자기네들 호기심 때문에 가면서 또 날 가지고 뭐라고 그러겠지? 내가 가는 곳마다 일이 생긴다고. 흐유~ 나도 열받는다. 여기서 롬이 만들어놓은 세계나 보려고 그랬는데… 저기 머리에 꽃이 핀 새도, 등에 12개의 뿔이 난 사슴도, 여덟 개의 꼬리를 가지고 그 꼬리로 서서 다니는 뱀도, 그 외에 이상 요상한 생물들도 다 못 봤는데 또 일이 생기다니… 정말 내가 가는 곳마다 왜 항상 일이 생기냐고. 다른 모험가 일행은 모험의 길을 떠나도 아무런 일 없이 길도 오가고 던전을 탐험해도 미로조차 없는 경우가 허다한데 난 어떻게 가는 곳마다 일이니… 이런 경우는 소설책에만 있는 경우란 말야. 내가 뭐 '소설 란셀의 환상 여행의 주인공' 이냐? 차라리 주인공이라면 뛰어난 검술에 놀라운 마법 실력이나 있지. 어이, 예나, 죠세프, 아르티닌, 이브린, 다리온 씨, 그런 눈으로 날 보지 말라구요! 내가 가는 곳마다 일이 있는 것이 내 탓이오? 내 운명 탓이지. 말하고 나니 뭔가 이상하군. 아무튼 그런 눈으로 보지 말라니까. 흑흑.

미디시아가 돌아온 것은 그날 저녁 무렵이었다. 미디시아가 간 시간이 정오가 조금 지난 후였으니 예상보다 상당히 빨리 돌아온 것이었다. 하지만 그 누구도 미디시아가 빨리 온 것에 대해 말을 하지 못했다. 그만큼 미디시아의 상태가 안 좋았다. 저런 날개로 어떻게 여기까지 날아왔을까 싶을 정도로 다 떨어져 뼈대만 앙상히 남아버린 날개, 온몸에 그어진 긴 상처들, 그리고 피범벅이 된 몸. 미디시아는 여기까지 와서 추락하듯 내려앉았다.

"미디시아!"

맨 먼저 네이린이 뛰쳐나갔고 우리들도 미디시아에게 달려갔다.

"세상에……!"

맨 먼저 갔던 네이린은 말을 잇지 못했다. 그리고 그건 우리도 마찬가지였다. 대체 리즘 분지에서 무슨 일이 있었던 거지? 지금 미디시아의 상태로 보아선 장난이 아니었다.

"이런."

우리가 멍하니 미디시아를 보고만 있을 때 다리온이 급히 나서며 미디시아에게 다가갔다.

"자, 이걸 씹어요. 페키치아 풀로 만든 치료 마법 스크롤입니다."

다리온은 미디시아의 입에 치료 마법 스크롤을 넣어주었다. 응? 페키치아 풀로 만든 치료 마법 스크롤? 아니, 대체 다리온은 그 귀한 걸 몇 개나 가지고 있는 거지? 많이 있으면 나나 좀 주지.

"나중에 드리죠, 란셀 씨. 우선 미디시아의 치료가 먼저입니다. 덴, 치료 마법 좀 부탁드립니다. 그리고 로뮤 씨도 마법에 능한 것 같으니 같이 부탁드립니다. 미디시아가 깨어나면 상황 분석을 정확히 해야 하니까 란셀 씨는 팡이를 좀 깨우고요. 예나도 페디 좀 부탁합니다. 아! 그리고 페디도 치료 마법이 가능하죠? 다른 사람들도 덴 씨나 로뮤 씨가 시키는 일을 하고요. 그럼 빨리 시작합시다."

대체 어떻게 또 내 생각을 알았지? 이번엔 경황도 없었을 텐데. 아무튼 다리온은 사람들에게 각자 할 일을 지시했다. 나도 팡이를 깨우는 일을… 근데 요즘 팡이가 더 깊게 잠드는지 깨우기가 계속 힘들어졌다.

"야, 팡. 일어나. 안 일어나면 여의주 빼버린다?!"

"오오, 역시 대마법사님. 여의주라니… 그런데 란셀 대마법사님은 치료 안 하십니까?"

이봐요, 덴. 나 마법사 아니라니까. 쓸데없이 남의 일에 참견 말고 빨리 할 일이나 해요. 어이, 팡. 그래도 안 일어나냐?

미디시아는 금방 일어났다. 당연한 것이 드래고일이 원래 재생력이 제법 뛰어난 데다 덴과 롬 둘이서 치료 마법을 쓰니 금방 회복될 수 있었다. 페디는 결국 아무런 할 일이 없었다.

"리즘 분지에는 들어가지도 못했어요. 뭔가 이상한 기운이 있었는데… 제 판단이 맞다면 그건 죽음의 기운이었죠. 전 그 기운을 느끼고 근처까지 갔는데 아무래도 그 주위에 결계가 있는 모양이었어요. 리즘 분지에 들어가려고 검은 기운을 지나치는데 그 이상한 검은 기운들이 절 공격해 이렇게 된 거예요. 급히 도망치기는 했지만 그 기운들이 보통 능력이 아니더군요. 다리온님께서 주신 치료 마법 스크롤이 아니었으면 빠져나오지 못했을 겁니다."

이것이 미디시아가 말한 전부였다. 결국 무슨 일이 있다는 것만 알고 온 셈이었다. 하지만 일도 보통 일이 아니란 것만 알아온 것도 대단한 일이었다. 미디시아가 하고 온 모양을 보면 말이다.

"어쩌지? 죽음의 기운이라… 그것도 여기서 하루 거리인 리즘 분지에 말야? 이거 목에 칼이 들어온 기분인데?"

롬은 난감한 듯 말했다.

"참, 그런데 이상한 점이 있었어요."

그런 롬을 보며 미디시아가 이상하다는 듯 말했다.

"그 이상한 검은 기운들 말이에요, 그게 마치 살아 있는 것 같았어요."

우린 미디시아의 말에 귀가 쫑긋해졌다.

"검은 기운이 살아 있어?"

"예, 주인님. 우선 보통 결계의 기운이라면 침입자에게 그냥 단순하게 충격을 주거나 공격해야 정상이죠. 그런데 그건 마치 살아 있는 생명처럼 움직였어요. 또 그것만이 아니라 일부러 한쪽을 허술하게 해서 절 유인하는 등, 살아 있는 정도가 아니라 지능도 있는 것 같았어요. 그래서 저도 처음엔 몇 번 그대로 당했거든요. 다행히 주인님이 주신 열매로 위기를 모면했죠."

미디시아의 말을 들은 롬이 날 쳐다보았다. 롬이 날 쳐다보는 이유, 이런 일은 내가 전공이라는 거지. 하긴 내가 롬보다는 공부를 더 잘하긴 했지. 하하핫! 아, 물론 내 전공에 한해서지만. 흠흠.

난 우선 기억을 떠올렸다. 검은 기운을 가진 지능있는 존재라… 그럼 그건가? 그것 외에는 생각나는 것이 없긴 하지만.

"음… 살아 있는 검은 기운이라… 한 가지 생각나는 것이 있긴 있군."

내 말이 떨어지기 무섭게 모두들 나를 쳐다보았다. 이런, 모두 날 쳐다보니 참 쑥스럽구만. 한두 명도 아니고 말야.

"내 생각이 맞다면 그건 폴타폴리라는 녀석이야. 정해진 형체는 없어. 그저 검은 기운처럼 보이는 녀석이지. 하지만 검은 기운처럼 보이지만 엄연한 생물이야. 단, 세포로 이루어진 생명체가 아니라 마나로 이루어진 생명체지. 특이한 녀석이지? 서식지는 마법진. 폴타폴리가 살 수 있는 특수한 마법진이 있는데, 그 마법진에 마나가 모이면 그것을 먹고 살지. 먹는다는 표현이 좀 그런가? 마나를 흡수해서 몸체를 이루는 것이 더 정확하겠군. 그런데 그렇게 마법진에 살기 때문에 그 마법진을 어떤 지역에 결계처럼 빙 둘러버리면 그야말로 상당한 결계가 완성되는 것이지. 폴타폴리가 서식할 수 있는 마법진은 원진이나 다른 정해진 틀의 형태를 지닌 마법진이 아니라 정해진 형태가 없는 도형으로 이루어진 마법진이라 가능한 거야. 어쨌든 폴타폴리란 녀석은 워낙 사는 곳이 그래서 자신의 영역에 침범한 존재는 무조건 공격하거든. 위력은 미디시아를 보면 알 수가 있는 거고. 여기서 한 가지 더 알아둘 점은 한 개의 마법진에는 단 한 개체의 폴타폴리가 산다는 것이야. 그러니까 마법진이 크면 클수록 폴타폴리의 덩치도 큰 거지. 그리고 크기가 크면 위력이 더 강해져. 리즘 분지가 얼마나 큰지는 모르겠지만 상당히 강할 것 같군."

롬은 잠시 질린 표정이었다.

"리즘 분지? 상당히 커. 제법 큰 마을이 하나 들어갈 정도지."

하아… 질릴 만하군. 큰 마을을 둘러쌀 정도의 크기면… 정말 드래곤이 아니면 뚫기 힘들겠다.

"그런데 포… 아무튼 그 녀석을 없앨 방법은 없는 거야? 아니면 통과할 방법이라든가."

포? 포 뭐? 포기? 그거 정말 좋은 방법이기 한데. 그저 상대가 강하면 물러서는 것이 현명한 행동이란 말씀. 하지만 위험하더라도 상대를 해야 한다면…

"두 가지 방법이 있지. 하나 폴타폴리는 자신이 살 마법진을 그려준 존재를 주인으로 인식한다는 거야. 그렇기 때문에 그 주인과 주인이 지정한 존재들은 자신의 마법진을 침범해도 공격하지 않아. 오히려 보호를 한다고 할까? 나중에 너도 한번 잡아서 키워봐. 아주 유용할 거야."

"그거야 나중 일이고 지금 우리가 상대할 폴타폴리의 주인은 우리가 아니잖아."

롬의 볼멘소리. 쯧쯧, 사람 말은 끝까지 들어야지.

"다른 방법이 하나 있지. 그전에 한번 생각해 봐. 폴타폴리는 왜 자신의 영역, 그러니까 마법진에 침범한 존재를 무조건 공격할까? 여기서 한 가지 살짝 알려주면 폴타폴리는 마법진에서만 살 수 있다는 거야. 조금이라도 마법진 밖으로 나가면 폴타폴리의 몸체를 이루는 마나가 흩어져 버리지."

고민하는 롬. 롬이 날 쳐다보았다. 하지만 난 해줄 말은 다 해주었다. 이봐, 롬. 머리를 좀 쓰란 말이다. 여기 있는 정도의 키메라를 연구하고 창조해 내는 천재 중의 천재가 왜 다른 일에는 바보가 되냐?

"저… 란셀님."

미디시아였다.

"응? 왜?"

"혹시… 폴타폴리가 공격하는 이유는 침입자가 마법진을 훼손할까 봐 그러는 건가요? 마법진이란 것 자체가 조금만 훼손돼도 깨지는 거라 마법진이 깨지면 폴타폴리도 소멸이 되기 때문이 아닌가요?"

정답입니다. 미디시아 말대로 폴타폴리는 누군가 자신이 사는 마법진을 망가뜨릴까 봐 두려운 것이다. 봐라, 롬. 난 답을 거의 다 알려준 거야. 이렇게 미디시아도 금방 알잖아.

"그렇지. 바로 그거야. 폴타폴리가 강하긴 하지만 의외로 약한 부분이 있는 거지. 아주 커다란, 그리고 치명적인 약점이."

"후우… 그럼 처음부터 결계를, 아니, 마법진을 파괴할 걸 제가 정말 바보같이 굴었군요."

미디시아의 자조적인 말. 하지만 미디시아가 저럴 필요는 없었다. 왜냐하면…

"아니지, 그게 폴타폴리인지 확실하지 않은데 그런 모험을 할 수는 없는 거야. 나도 말만 듣고 짐작한 것이지 실제로 다른 것일지도 모르니까. 게다가 말이 쉽지 마법진을 훼손시키는 일은 결코 쉽지 않아. 폴타폴리가 자신이 사는 마법진을 그렇게 쉽게 훼손되게 놔두지는 않을 테니까."

결국 미디시아가 열심히 도망 온 것이 현명한 행동이었다. 미디시아가 접한 것이 정말 폴타폴리인지 아닌지는 직접 봐야 했다. 그리고 솔

직한 내 심정으로는 그것이 폴타폴리이길 바랬다. 왜냐하면 그게 폴타
폴리일 경우 그것을 잘 알 뿐만 아니라 그럭저럭 깰 방법도 있지만 만
일 다른 존재이면 나도 알 수가 없고 또 깰 방법도 없기 때문이었다.

엘렌디아 여신이여, 저 죽으면 천국에… 아니, 더 좋은 곳에 환생시
켜 주세요. 기왕이면 왕이나 뭐 그런 걸로. 아니면 드래곤이나… 드래
곤. 그래, 드래곤 좋다. 엘렌디아 여신님, 저 죽을 테니 드래곤으로 환
생시켜 주세요.
"란셀, 뭐 해요?"
예나가 날 불러댔다.
"알았어. 가, 간다고."
내가 그렇게 가고 싶어하지 않았건만 우린 리즘 분지로 가게 되었
다. 가는 사람은 우리 일행과 멜리사 일행, 로뮤, 시나, 네이린, 미디시
아였다.
흑! 나 여기서 더 구경하고 싶었는데… 왜 내가 가야 하냐고. 멜리사
일행이야 나라에서 명령을 받은 것이고, 롬 일행이야 자신의 발등에 떨
어진 불이고, 죠세프 등은 호기심이 많아서 가는 거잖아. 나는 나라의
명령을 받은 것도 아니고, 내 발등에 불 떨어진 것도 아니고 호기심도
별로 없는데(?) 왜 가야 하냐고! 난 정말 가기 싫었다. 그런데도 내가
가는 이유?
"란셀, 우리를 이끌 사람은 란셀밖에 없어요. 이 중에 란셀만큼 제대
로 된 지식이 있는 사람이 있던가요?"
라고 말하는 다리온 때문이었다. 으휴~ 아무튼 다리온은 날 너무
잘 알아.

"자, 그럼 우선 리즘 분지로 갑시다. 리즘 분지까지는 여기 있는 이 야로츠를 타고 갈 겁니다. 야로츠를 타고 가면 반나절 정도 걸립니다. 리즘 분지에는 저녁 무렵에 도착할 겁니다. 리즘 분지에 도착하면 밤을 거기서 보내면서 정찰을 할 것입니다. 그건 베로인이 해줄 겁니다. 그리고 베로인이 가져온 자료로 행동 방법을 결정하고 행동할 겁니다. 물론 제일 먼저 할 일은 폴타폴리가 사는 마법진을 훼손시키는 것이죠. 자, 그럼 모두 야로츠에 타시죠."

저기… 다리온. 이 사람들을 내가 이끌어야 한다고 하지 않았나요? 그런데 왜 롬이 저렇게 설치는 거죠? 예? 앗! 다리온, 다리온, 제발 날 외면하지 말아요~

그랬다. 난 일행을 이끄는 지도자가 아니라 억지로 끌려가는 쫄다구가 됐다. 다리온에게 속는 것이 아니었는데… 흑흑…….

야로츠는 제법 큰 동물이었다. 어깨 높이가 약 3길드 정도. 옆에서 봐도 상당한 덩치로 보게 되지만 앞에서 보니 옆에서 보며 생각한 것보다 훨씬 더 컸다. 옆에서 볼 때는 몰랐지만 앞에서 보니 옆으로 쫙 퍼졌는데 그건 등 면적이 상당히 넓었기 때문이다. 또한 야로츠의 머리는 목이 긴 거북이 같았고 다리는 길쭉했지만 거북이 다리 같았다. 꼬리도 있었는데 길쭉한 것만 빼고는 거북이 꼬리와 같았으며 등 껍질도 거북이와 같았고 생물 분류학적으로는 파충류라나? 간단히 말해 목 길고, 다리 길고, 꼬리 긴 커다란 거북이였다.

"야로츠가 뛰어가면 리즘 분지야 금방입니다. 야로츠는 웬만한 명마보다 두 배는 빠르니까요. 하지만 그렇게 가면 여러분이 매우 불편하실 것입니다. 자칫하다가는 떨어질 수도 있겠죠. 또 아무리 가볍게 뛰어도 자체 무게가 있어서 시끄러워질 겁니다. 그러면 리즘 분지에 누가 있는지는 몰라도 아무튼 그들도 우릴 알아채겠죠. 그래서 걸어가는 것이 낫다는 판단 아래 좀 천천히 가겠습니다. 그래도 사람이 종일 가야 할 하루 거리를 반나절에 가면 빠른 거죠?"

롬의 설명이었다. 흠… 야로츠라… 웬만한 명마보다 두 배는 빠르다? 그러면 롬, 이 야로츠 말야, 세상에서 가장 빠른 거북이 맞지?

가는 도중 롬에게 베로인에 대해서도 들었다. 베로인은 작은 공처럼 생긴 생물로 어떤 힘도 없고 능력도 없는 생물이었다. 다만 공기보다 가벼운 기체가 있기 때문에 공중에 부유하며 다닌다고 한다. 그러니 아무런 능력도 없는 생물에까지 폴타폴리가 공격하지 않을 것이란 판단이었다. 베로인의 눈은 하나였는데 검은색의 눈이 몸의 중간에 있고 몸이 하얀색이라 마치 눈알이 공중에 둥둥 떠다니는 것처럼 보였다. 물론 그 눈과 롬이 가지고 있는 마법 안경은 마나의 통로로 연결되어 있었다. 그리고 베로인은 스스로 공중을 나는 능력이 없지만 기류는 타고 나는 능력이 탁월하다고 한다. 맞바람을 맞고도 그 맞바람을 타고 앞으로 나갈 정도로 기류 타는 능력이 탁월한데 그런 능력이라면 폴타폴리가 만드는 기운과 기류에서도 쉽게 움직일 수 있을 거란 것이 롬의 설명이었다. 우린 롬의 설명을 들으며 리즘 분지로 향했다.

리즘 분지에 도착한 것은 롬의 말대로 저녁 무렵이었다. 우린 리즘 분지에서 약 500길드 정도 떨어진 곳에서 당초 계획대로 노숙하기로 했다. 비록 노숙이긴 했지만 그 커다란 야로츠를 두 마리나 끌고 왔기 때문에 웬만한 여관에서 묵어가는 것보다 나았다.

"자, 이렇게 하면 모두가 볼 수 있지요."

롬은 베로인과 이어진 마법 안경을 마법의 거울에 이어놓았다.

"자, 그럼 한번 어떤 곳인지 볼까요?"

"……."

마법 거울은 그냥 까만색이었다. 난 이상해서 롬에게 물어보았다.

"롬, 정말 베로인과 연결돼 있는 거니?"

"그, 글쎄… 연결이 돼 있을 텐데… 란셀, 혹시 폴타폴리란 녀석 원래 까맣게만 보이는 것 아냐?"

롬도 당황한 모양이었다.

"아니, 폴타폴리가 어두운 색이긴 하지만 저렇지는 않지. 최소한 뭔가 요동 치는 것이라도 있어야 하는데……."

거울은 정말 까만 것이 아무것도 없었다.

"소용없습니다. 베로인이 당한 모양입니다. 그 폴타폴리는 능력에 상관없이 자신의 영역에 침범하면 무조건 공격하는 모양입니다."

시나였다. 시나의 간단한 말은 지금 상황을 설명하기에 충분했다. 폴타폴리. 생각보다 골치 아프군. 제대로 몰랐던 우리도 문제지만.

"그런가? 골치 아프군."

롬이 얼굴을 찡그리며 말했다.

"무조건 돌격해야 하나?"

롬이 심각하게 말했다. 그럼 나도 심각해져야지.

"위험하더라도 그래야지. 지금 할 수 있는 방법이 그것 하나니."

"맞아, 란셀. 그 방법 외에는 없으니. 그런데 그보다 더 중요한 일이 있어."

"뭔데?"

"밥 다 됐다. 밥 먹고 하자."

젠장! 진지함이 1분을 못 가는 녀석. 간만에 좀 진지하려 했더니 도움을 안 주는구만. 그래, 먹자, 먹어. 대장이 먹으라는데 쫄다구 주제에 무슨 반항을 하겠어? 먹으라면 시키는 대로 먹어야지.

하아… 롬은 매일 이런 음식을 먹는 것일까? 음식의 맛은 매우 좋았다. 비록 그 맛을 음미하기도 전에 모두들 곯아떨어졌지만. 그런데 잠에서 깨어보니 머리가 무척 아픈 것이 맛만 보고 먹을 음식은 아니란 생각이 들었다. 에고에고… 정말 드래곤의 피가 대단하긴 한가 봐. 난 이렇게 머리가 지끈거리는데 이런 음식을 매일 먹다니… 롬 녀석, 생각보다 대단한걸? 설마 카나이드님도 이런 음식을 먹나? 카나이드님이 이런 음식을 나에게 준 기억은 없는데.

"일어나셨나요?"

응? 죠세프인가? 응… 비록 실눈을 뜨고 본 것이긴 하지만 어두컴컴한 게 아직 밤인 것 같은데 뭐 하고 있는 거지? 죠세프가 불침번인가?

"나참, 안 먹을 것같이 하고는 제일 많이 먹더니 일어나기도 제일 늦는군."

응? 롬인가? 그런데 일어나? 음… 동트기 전 새벽인가? 아무리 동트기 전이라지만 너무 어둡잖아. 숲이라 그런 모양이지? 에구… 일어나기 싫은데. 쩝, 나 혼자 누워 있을 수는 없으니 일어나야지.

"으갸갸갸갸! 머리야… 아, 잘 잤니, 죠세프? 하우움~ 지금 몇 시나 됐냐? 에고, 머리 아파. 야, 롬. 대체 음식에 뭘 넣었길래 이렇게 머리가 아프냐? 독한 술이라도 넣었냐?"

"수면제."

"……?"

롬이 뭔 소릴 하는 거야? 사람 놀리려면 그럴싸하게 말하던가 하지. 수면제가 뭐냐, 수면제가.

하지만 롬의 농담에 잠이 좀 깨는 기분이긴 했다. 자다 깨서 시답잖게 웃기는 소릴 들으면 비록 짜증은 나더라도 잠이 어느 정도 깨는 건 누구나 마찬가지니까. 그런데 다른 사람은 다들 준비를 했나?

"어이, 예나, 다리온 씨."

그런데 대충 눈 비비며 일어나는 나에게 보인 풍경은…

응? 뭐, 뭐냐?

난 순간 덜 깨인 잠이 확 깨는 기분이었다. 어째 풍경이 이상하다? 무슨 풍경이 이렇지? 어제 자기 전만 해도 이렇지는 않았는데? 나무에 둘러싸인 숲 한가운데의 공터였는데 왜 지금은 돌밖에 안 보이지? 내가 자다가 다른 곳으로 굴러갔나? 하지만 난 잠버릇이 험하지도 않은데 말야. 그리고 굴러갔다고 쳐도 어떻게 사방이 돌로 막힌 곳으로 구를 수 있냐고. 또 뭐야, 이 음습한 기운은? 난 롬을 돌아보았다.

"야, 롬. 이게 어찌 된 일이냐?"

"아, 이 일이라면 간단히 설명할 수 있지. 우린 간단히, 아주 간단히, 그리고 편하게, 아주 편하게 폴타폴리의 결계를 지나 리즘 분지 안에 들어온 거야."

그, 그거야 듣던 중 반가운 소리긴 하지만… 어째 반가울 것 같지는 않은데?

"좋게 생각하자고. 우린 별 고생 없이, 어떤 녀석들인지는 모르지만 아무튼 그 녀석들의 본거지에 들어온 것이니까 그걸로 위안을 삼자고."

난 다른 사람들을 둘러보았다. 모두들 한숨을 쉬었다. 어이, 아르티닌. 너 정말 드래곤 맞냐? 대체 이게 뭐야? 어떻게 네가 있는데 이렇게 될 수가 있지? 지금의 상황은 이제 확실히, 확연히, 정확하게 이해가 갔다. 정말 음식에 수면제가 들어가 있었던 것이다. 음식을 준비한 쪽은 롬과 그 일당들. 이 반성문 10만 장 쓰게 할 녀석들! 음식을 제대로 지키지도 못해서 수면제를 타게 해? 그래, 그건 그렇다고 치자. 열 사람이 도둑 한 명 못 잡는다고, 놈들이 일을 꾸미겠다고 작정했는데 먼저 알아도 막기가 힘들었을 테니. 문제는 너야, 아르티닌! 그 정도 수면제 먹었다고 드래곤이 끌려와?

"아울, 넌 왜 여기 있냐?"

"흠흠. 그, 그야……."

"난 네가 좀 특별하다고―드래곤이라고―알고 있는데?"

"란셀, 하지만 내게 무슨 능력이 있든 모든 사람을 지킬 수는 없어. 내가 반항을 하면 한두 명은 구하겠지만… 다음은 말 안 해도 알지? 나도 사람들 잡혀오는 것을 보며 얼마나 괴로웠다고."

젠장! 드래곤이나 된 녀석이 물러 터져서.

"아, 그럼 아울 씨가 잔 것은 연극이었군요. 전 정말로 자는 줄로 알았습니다. 게다가 란셀 대마법사님 빼고 제일 늦게 일어나서서요."

눈치없는 소리와는 완전히 다른 뼈 있는 말을 하는 덴. 호오, 그랬단 말야~ 나 빼고 제일 늦게 일어났단 말이지?

"아울~"

"하하하… 란셀, 어쩔 수 없었다니까. 수면제잖아, 수면제."

"후우… 알았어. 정황은 어때?"

난 아르티닌과 말장난을 끝내고 궁금한 것을 물어보았다. 사실 아르티닌이 나를 빼고 제일 늦게 일어났다고 하지만 사실과는 달랐다. 아무리 인간으로 폴리모프했어도 본질이 드래곤인데 인간에 맞춘 수면제가 소용이 있을 턱이 없었다. 다만 현재의 아르티넌으로서는 사람들을 구하고 싶어도 구하지 못했던 것이었다. 아마 아르티넌이 할 수 있는 가장 큰일이 나중 일을 도모하는 일이었을 것이다. 또 아르티넌이 잔 것처럼 보인 것은 현재 아르티넌이 마법을 못 쓰기 때문이다. 지금의 아르티넌은 심하게 말하면 그저 소드 마스터의 능력만 쓸 수 있다고 할까? 아르티넌과 나눈 대화가 생각이 났다.

난 리즘 분지로 떠나기 전에 아르티넌이 묵던 방을 찾았었다.
"아울, 뭐 해?"
내가 아르티넌의 방에 들어갔을 때 아르티넌은 무언가를 잔뜩 만들고 있었다.
"마법 스크롤을 만드는 중이야."
"마법 스크롤? 아하, 알겠다. 우리 주려고? 아무래도 위험할지 모르니까."
"아니, 내가 쓰려고."
"순간 난 말문이 막혔다. 드래곤이 마법 스크롤을 써? 소드 마스터가 자신의 생명을 지키려 삼류 용병을 호위병으로 붙이는 격이군.
"왜? 드래곤이 마법 스크롤이 무슨 소용이야?"
내 스승인 카나이드의 레어에도 고급 마법 스크롤이 쌓여 있었다. 하지만 그건 어디까지나 수집품이고 드래곤의 능력이면 더 대단한 마법도 쓸 수가 있었다. 그것도 마법 스크롤 쓰는 시간보다 더 빠르게.
"내 몸은 내가 지켜야 하니까."
난 그렇게 말하는 아르티넌을 보고 한 가지 생각이 머리를 스쳤다.
"이브린 때문인가?"

가능성이 있었다. 현재 이브린이 저렇게 쾌활하게 잘 생활하지만 사실은 죽어가고 있었다. 그것을 아르티닌의 마법으로 막고 있었는데 이브린의 상태가 심해져서 아르티닌의 모든 마법을 쏟아 붓는 지경까지 이르게 된 것이었다.

끄덕끄덕.

아르티닌은 내 생각에 동조하듯 고개를 끄덕였다.

"맞아. 내 모든 마력을 다 바쳐서라도 이브린을 죽게 할 수는 없지. 그래도 다행이야, 마법 스크롤은 만들 수가 있으니."

그래서였다. 아르티닌은 정말로 이브린을 좋아하는 모양이었다. 그러니 자신의 모든 마법력을 이브린에게 쓰지. 그래도 아르티닌의 말대로 정말 다행이었다. 마법 스크롤을 만들 수가 있어서. 마법 스크롤은 지금 아르티닌이 가진 정도의 힘으로도 만들 수가 있었다.

"그런데 이브린에게 네 힘을 다 투자하면 남는 힘은 어느 정도냐? 대마법사?"

"아니."

"그럼… 그냥 고위 마법사?"

"아니."

"그럼… 그냥 하위 마법사?"

"그것도 아냐."

"그런 대체 뭐야?"

"그저 소드 마스터 정도? 그리고 이런 마법 스크롤을 만들 정도? 물론 내 힘을 모두 이브린에게 쓴다고 해도 마법은 가능해. 단, 인간의 마법사처럼 주문을 외워야 하지만. 그리고 그 마법도 인간의 기준으로 상당한 수준까지 가능하지. 하지만 그럴 경우 이브린에게 어떤 영향을

미칠지 모르는 일이야. 마법을 쓸 때 생기는 마나와 내가 이브린에게
주는 힘이 서로 충돌하거나 만나면 무슨 작용을 할지 모르니까.”

“후우… 이거 뭐라고 할 말은 없네.”

“그래? 훗. 나도 할 말은 없다. 내가, 이 아르티닌이 인간의 여자를
위해 이 정도의 일을 할 줄은. 훗.”

“그게 네 운명일지도 모르지.”

“그럴지도. 아! 그리고 능력이 한 가지 더 있다. 마법은 아니고 정신
을 집중하여 명상하듯 하면 주변의 상황을 인지할 수 있어. 제법 먼 거
리까지. 한 150길드 정도까지? 대단한 거리 같지는 않아 보이겠지만
그 인지 범위에 어떤 장애물이 있어도 상관없다면 말이 다르겠지? 게
다가 상당히 많은 것을 알 수 있다면 더 말할 나위 없고. 단, 주위에서
방해하면 발휘하기 힘든 것이 흠이지만.”

우리의 대화는 여기까지였다. 난 아르티닌에게 붙잡혀 마법 스크롤
만드는 것을 도와야 했다. 뭐, 나중에 레어로 돌아가면 보석을 준다는
말로 날 꼬시긴 했지만 나와 아르티닌은 친구 사이다. 친구, 좋은 말이
다. 의리와 우정만 가지고 서로를 위해 희생하는 그런 사이. 이게 친구
다. 그러니 친구 사이이니 좋은 것을 주겠지? 뭘 달랄까? 다이아몬드?
루비? 에메랄드? 사파이어?

그런 생각을 하며 소드 마스터의 능력만 발휘할 수 있는 드래곤을
도왔던 것이었다. 하지만 지금 생각해 봐도 마법 스크롤 만드는 것 으
갸갸갸갸~ 너무 지겨웠다.

“글쎄… 여자들은 우리 옆방에 모두 있어. 우선은 무사한 것 같아.
그리고 우리의 소지품은 좀 멀리 있군. 여기서 한 70길드 정도 떨어진

곳에 있는데, 문제는 그곳까지 가는 길이 미로란 거지. 내가 통로는 알아냈지만 빙빙 돌아가는 길이라 한 500길드 정도는 가야겠어. 정말 짜증나는 미로로군. 음… 그리고 문 앞은 아니지만 감시병도 네 명이나 있군. 그런데 그 감시병이… 오우거야."

아르티닌이 알아낸 것은 우선 여기까지였다.

"흠흠… 아울 씨가 잔 것은 정말 아니로군요."

좀 멋쩍은 표정의 덴은 말을 계속했다.

"그런데 오우거가 감시병이라고요? 오우거라면… 몬스터인데? 아츠인, 오우거란 몬스터가 정확히 어떤 놈들인가요? 제가 몬스터에 대해서는 잘 몰라서……."

"오우거는 신장이 3길드 정도 되는 몬스터죠. 인간형 몬스터 중에서 가장 강하다고 하는데, 그래 봐야 인간의 일곱 배 정도의 힘을 가진 정도입니다. 하지만 힘만 셀 뿐이지 지능이 오크보다 떨어지는 별 볼일 없는 몬스터죠."

아츠인의 간단한 설명이었다. 그런데 뭐? 별 볼일 없는 몬스터? 오우거라면 드래곤들이 레어 문지기로 가장 선호하는 몬스터였다. 설마 드래곤이 어리석어서 그런 별 볼일 없는 몬스터에게 자신의 소중한 레어를 지키게 할까. 난 아츠인의 말에 황당해서 아르티닌을 바라보았다. 뭐라고 한마디 하라는 뜻으로. 하지만 나보다 더 어이없어하는 아르티닌이었다. 하… 정말 지금까지 본 모습 중 가장 멍청한 모습을 보이는 아르티닌이었다.

"아츠인 씨, 그렇지 않습니다. 오우거는 대단한 몬스터입니다. 오우거를 제대로 상대할 존재는 많지 않습니다."

나와 아르티닌이 말을 못하자 다리온이 나섰다.

"요즘은 도시의 발달로 사람들이 숲 등지에 갈 일이 적어 몬스터를 볼 일이 적기 때문에 몬스터에 대해 제대로 공부하는 사람이 적죠. 그래서 그런 말을 하시는 모양인데 오우거는 무척 강한 몬스터입니다. 그리고 지능이 떨어지는 것도 사실이지만 트롤보다는 높고 우리가 생각하는 것보다도 높습니다. 아니, 세상 어느 동물이나 몬스터도 사람이 생각하는 것보다는 지능이 높습니다. 그렇기 때문에 드래곤들이 레어 문지기로 오우거를 많이 쓴답니다. 믿을 만해서죠."

"하지만 전에 보니 기사들이 오우거를 잡아오기도 하고 소드 마스터의 경우는 혼자서 오우거를 여러 마리 죽였다는 글도 있습니다만……."

자신의 의견을 굽히지 않는 아츠인.

"후우… 그 한 마리의 오우거를 잡기 위해 기사 몇 명이 희생되었을 것 같습니까? 그리고 소드 마스터는 평범한 인간의 경지를 넘어선 사람들입니다. 그러니 오우거를 상대하죠. 하지만 그것도 여러 마리는 아닙니다. 많아야 한 번에 상대할 수 있는 수는 두세 마리입니다. 오우거란 녀석들은 힘만 센 것이 아니라 몸도 빠르니까요. 글을 읽으셨다고요? 기사의 영웅 기행담 류의 책이군요. 하지만 그런 책은 어느 정도 과장이 있습니다. 한 마리씩 여러 마리를 상대한 것을 한 번에 여러 마리를 상대한 것으로 쓰는 것은 애교죠. 아츠인 씨는 마법사이자 과학자요 연구가입니다. 그런 소설책을 교과서로 삼으면 곤란합니다."

"그래도 오우거는 겨우 인간의 일곱 배 정도의 힘밖에 없지 않습니까?"

"겨우라고요? 보통 사람 일곱 명이 내는 힘이 어떤 건지 아십니까? 생각보다 그 힘이 클 겁니다. 그런 힘을 단 한 곳에 집중시켜 보시죠. 엄청난 힘입니다. 단순하게 따져서 힘이 일곱 배지 사실 모든 상황을 집합하면 그 이상의 힘입니다. 어느 정도인지 간단히 설명하죠. 어느 정도냐 하면… 코끼리 아시죠? 힘이나 능력을 비교하면 코끼리 한 마리와 소 30마리를 같이 보면 됩니다. 잘 아시다시피 소는 인간보다 훨씬 세죠. 그럼 코끼리는 인간보다 얼마나 더 셀까요? 백 배? 이백 배? 저도 잘 계산은 안 되는군요. 아무튼 그런 코끼리를 이기는 몬스터가 오우거랍니다."

다리온의 설명이 끝났다. 아츠인도 '그, 그런가요?' 하며 더 이상은 말이 없었다. 흠흠, 그런데 코끼리가 뭐지? 흠흠. 지금 물어보면 무식이 탄로나니 나중에 조용히 물어봐야지.

"그런데 이제 어쩌죠?"

잠시의 침묵을 깨고 물어보는 덴.

"그야 탈출해야죠."

간단한, 그리고 무책임한 다리온의 대답.

"자아, 그럼 어떻게 탈출할 것인지 계획을 짭시다."

다리온은 그렇게 말하며 사람들을 모이게 했다. 그런데 모이긴 모인다만… 우리의 물건은 모두 빼앗긴 상태였다. 그리고 감옥 안에는 아무것도 없었다. 이런 상황에서 대체 무슨 계획을 짜지? 어쩐지 어째 그냥 숲에 남고 싶더라니… 그때 아르티닌이 우리를 보고 말했다.

"참, 참고로 하나만 말하죠. 아니, 두 가지. 우선 여기만 그런지 아니면 밖에도 그런지는 몰라도 여기서는 마법을 쓸 수가 없습니다. 저 벽 보이시죠? 그리고 벽을 보시면 얼룩이 있을 겁니다. 그건 얼룩이 아닙니다. 자세히 보면 아시겠지만 바로 마법을 못 쓰게 하는 문양입니다. 간단히 말해 이 방 전체가 하나의 마법 방지 마법진인 것입니다. 두 번째, 이것도 무슨 이유인지는 몰라도 밖에 있는 네 마리 오우거 외에 또 한 녀석이 있습니다. 그런데 그 녀석, 정말 강합니다. 보통 오우거는 다리온 말대로 사람의 7배 정도입니다. 다만 그중에 괴물 같은 특이한 녀석은 12배 정도 되는 녀석도 있습니다. 하지만 그건 어디까지나 가끔 나오는 이상한 녀석이지요. 그런데 제가 말한 녀석은 그런 상식조차 뛰어넘은 놈입니다. 어느 정도냐 하면 사람의 70배 정도는 셉니다. 간단히 말해 보통 오우거보다 10배나 세다는 소리입니다."

7, 70배? 지, 지금 오우거 얘기한 거야?

"이, 이봐, 아르… 울. 방금 70배라고 했니?"

난 황당해져서 아르티닌에게 물었다.

"응."

"무슨 소리야? 대체 그 오우거… 드래곤이냐? 사람의 70배라니!"

"란셀, 드래곤이 겨우 사람보다 70배 정도만 강하겠어? 잘 아는 사람이 그런 말을 하면 안 되지. 내가 보기엔 그 오우거 뭔가 있어. 오우거 형 키메라도 아니고 진짜 순수한 오우거인 것을 보면 뭔가 특수하게 길러진 녀석 같아."

나 정말 돌아버리겠네. 대체 여기 책임자가 누구야? 특수하게 기른 오우거라니! 어떻게 이런 엽기적인 일을… 여기서 빠져나가려는 사람은 어쩌라고!

"그럼… 마법이 안 되면 남은 것은 검기인가?"

우리의 기운이 쭉 빠졌을 때—고놈의 오우거 때문에—다리온이 중얼거렸다.

"잠깐만! 검기라고요?"

그때 아츠인이 외쳤다.

"검기라면 몸속에 저장한 마나로 만드는 것 아닙니까? 그럼 좋은 방법이 있습니다!"

아츠인은 자신있게 말했다.

"이건 갑자기 뇌리에 스친 방법입니다만… 우리 중에는 소드 마스터가 둘이나 있습니다. 제가 영감을 얻은 부분이죠. 우선 두 분 소드 마스터께서는 몸 안의 모든 마나를 방출시키세요. 그럼 이 방 안에는 마나가 충만해질 테니 그때 저희가 마법을 쓰는 것입니다. 그 다음에 여기서 나가면 두 분 소드 마스터는 마나를 모으시고 오우거는 저희 마법사가 처리하는 겁니다. 제 생각이 어떤가요?"

참 기발한 방법이었다. 마나 이용을 그런 식으로도 할 수가 있는 거군.

"소용없습니다."

내가 간만에 아츠인에게 감탄을 할 때 다리온이 반대했다.

"그래 봤자 효과가 없습니다. 소드 마스터와 마법사는 다릅니다. 그 이유를 설명해 드리죠. 우선 마나의 용법을 알아볼까요? 소드 마스터는 마나를 몸 안에 끌어 모읍니다. 그렇게 끌어 모아진 마나는 가슴에 저장이 됩니다. 그리고 그 마나를 검기로 사용합니다. 이에 반해 마법사의 경우는 자신이 일차적인 마나의 매개체가 되어서 주위의 마나를 움직이고 이용하는 겁니다. 물론 마법사의 몸에는 마나가 저장되지 않습니다. 그래서 여기서 알아두실 것은 마법사가 움직이는 마나의 양이 생각보다 많다는 겁니다. 그리고 소드 마스터의 경우는 마나를 응집시킨 겁니다. 그래서인지 쓰이는 마나가 생각보다 적습니다."

"그럼 저 두 분의 소드 마스터께서 모든 마나를 방출해도 제대로 쓸 마나의 양이 적다는 겁니까?"

다리온의 말에 물어본 사람은 덴이었다.

"예, 그렇습니다."

다리온은 덴의 말에 동의했다.

"마법을 쓸 수는 있겠지만 고급 마법은 힘들 겁니다. 만일 방출된 마나로 만든 마법의 위력이 약해 별 도움이 안 된다면 우린 우리의 마지막 희망도 버려야 할 겁니다. 그리고 성공해도 문제입니다. 마나를 모두 방출한 소드 마스터라… 소드 마스터가 몸 안의 마나를 모두 방출하면 그때는 껍데기만 남죠. 자칫하다가는 죽지 않으면 폐인이 됩니다. 그런 위험한 경우가 아니더라도 마나를 방출하고 나면 어느 정도 다시 마나를 모아야 합니다. 소드 마스터가 마나를 쓸 수 있는 것은 좋지만 그런 문제점이 있습니다. 마나를 모두 방출한 소드 마스터요? 좀 심하게 말하자면 시체죠. 그러니 우리가 아츠인 씨의 방법을 성공시킨다고 해도 우린 두 명의 폐인 때문에 발목을 붙잡히게 됩니다. 짐덩어리가 둘이나 생기는 겁니다. 그런 경우 냉정히 판단하면 두 사람을 버리고 가야 하지만 그게 됩니까? 두 사람이 싫다고 해도 결국 끝까지 같이 가려고 할 텐데 말입니다."

"하지만 다리온 씨 말은 극단적인 예가 아닙니까? 다리온 씨가 말한 경우는 강제로 마나를 빼앗겼을 때의 일이 아닙니까. 가령 주인의 마나를 뽑아 힘으로 쓰는 마법검 같은 경우 말입니다. 보통 스스로 마나를 방출하면 탈진이 되기는 하지만 다시 마나를 모으면 되는 것이 아닙니까?"

아츠인은 다리온의 말에 항변했다. 하지만 다리온은 여전히 고개를 저었다.

"물론 그건 아츠인 씨의 말이 맞습니다. 하지만 그 탈진 상태에서 다시 원상 회복될 때까지의 시간은 어떻게 하죠? 당연히 어느 정도 시간이 지나면 다시 마나가 모아지고, 또 안 모아지더라도 소드 마스터의 경지라면 육체의 단련도 상당하기 때문에 육체가 마나를 잃은 상태에 적응하면 그것만으로도 상당한 실력의 검사의 활동은 가능합니다. 하지만 그 적은 시간 동안은 조금 전에 말한 것과 같이 삼류잡배에도 질 수 있는 폐물 상태입니다."

다리온의 말에 아츠인은 더 이상 말을 못했다.

"물론 아츠인 씨가 말한 것도 한 가지 방법입니다만 그렇게 마나를 방출해 마법을 쓰게 하느니 차라리 저걸 들고 검기를 주입하는 것이 좋지 않을까요?"

다리온은 말을 하면서 손으로 한곳을 가리켰다. 거기에는…

"칼이다!"

더 이상의 말은 없었다. 칼, 분명 칼이었다. 롱 소드 정도의 칼은 아니지만 중간치 정도 크기의 칼이었다. 나원 참, 우리의 물건을 다 뺐겼는데 칼이라니… 어떤 바보가 저기에 칼을 두었지? 물건이란 물건은 다 빼앗아놓고? 이렇게 허술한 일 처리를 하는 사람들이 있으니 세상이 이 모양 이 꼴이지. 물론 우리야 좋지만.

"저건 제가 넘어지면서 배에 몰래 깔고 있었습니다. 배가 제법 아프더군요. 또 베일까 봐 겁도 나고요. 멍 자국이 며칠은 갈 것 같습니다."

흠… 그렇게 된 거군. 저것도 기술이야. 그나저나 다리온 정말 아팠겠다. 손잡이 때문에. 아무튼 우린 의외의 행운에 미소가 지어졌다. 이런 감옥—이겠지?—안에서의 웃음이라… 정말 감동적이지 않을 수 없는…

"저… 기뻐하시는데 죄송합니다만……."

일이지만 가끔 그런 감동에 찬물을 끼얹는 인간, 아니, 드래곤이 있었다.

"여기서는 검기도 못 씁니다. 마나란 마나는 다 못 씁니다. 이 마법진

은 그저 마나를 억제하거나 차단하는 정도의 것이 아니라 마나를 강제적
으로 안정시키는 것입니다. 소드 마스터의 몸 안에 마나가 있지만 그건
그 상태로 안정된 상태를 유지하기 때문에 검기로 방출되지 못합니다."

아르티닌이 정말 밉다. 왜 그걸 지금 말해서… 그나저나 그런 마법
진이 있었던가? 음… 하나 있기는 하지만… 설마……

"아르티닌, 이 마법진이 설마 홀로드네이베일은 아니지?"

"당연히 그거야."

제, 젠장! 나 정말 잘못 왔어. 나 돌아갈래. 흑. 대체 나도 말로만 들
은 홀로드네이베일이라니… 홀로드네이베일 같은 마법진을 쓰는 사람
을 어떻게 상대하라고… 이번 상대 정말 장난이 아니야.

"왜 그러십니까, 란셀 대마법사님?"

난 덴의 질문에 홀로드네이베일에 대해 말해 주었다. 그것의 기능이
야 아르티닌이 말했고 부연 설명을 하자면 9클래스에 9서클의 실력이
있어야 만들고 가동시킬 수 있는 마법진이다. 9클래스에 9서클. 인간
으로서는 극에 달한 실력인 것이다. 물론 인간의 최종 단계는 10클래
스에 10써클이라고 하지만 아직 그 경지에 도달한 사람은 없었다. 마
도 시대 이후 9클래스에 9써클의 경지에 도달한 사람도 손가락에 꼽힐
정도로 적었다. 결국 인간에겐 9클래스에 9써클이 인간이 도달할 수
있는 극에 달한 최고의 경지인 것이다. 인간만 그런 것이 아니라 엘프
도 마찬가지여서 저 대단한 실력을 지닌 용족, 신족, 마족만이 넘을 수
있는 벽인 것이다. 진정한 천재가 아닌 바에야 인간은 꿈에서나 다다
를 수 있을까?

"그럼 우리가 상대할 자들은 마족입니까, 아니면 악마입니까?"

덴은 놀라서 외쳤다. 다른 사람들도 놀라는 표정이었다. 특히 죠세

프의 저 놀라는 표정. 걱정 마라, 죠세프. 넌 분명 9클래스에 9서클의 경지에 도달할 녀석이다. 그것도 제법 빠르게. 어쩌면 인간으로서는 전무후무하게 10클래스에 10써클의 경지에 오를지도 모르지. 그만큼 네가 천재다. 물론 실력이 어느 정도이든 써먹어야 하지만 나도 여태 껏 죠세프가 마법 쓰는 걸 본 것이 손에 꼽을 정도야. 흠흠. 말이 헛나 왔군. 그런데 정말 우리가 상대할 자가 악마라도 되나?

"악마가 아닙니다. 사악한 죽음의 기운은 나지만 악마의 기운은 아 닙니다. 하지만 그래서 더 힘들겠군요. 차라리 악마라면 신이 와서 도 와주겠지만⋯⋯."

말을 흐리는 아르티닌. 그런데 악마든 아니든 우선은 빠져나가는 것 이 먼저 아냐?

"그럼 이런 방법은 어떨까요? 저 벽에 있는 문양을 훼손시키는 겁니 다. 그럼 마법진이 깨지겠죠?"

페린이 잠시 벽을 보고는 말했다.

"저 정도의 벽이라면 주먹으로도 깰 수가 있지 않을까요?"

"아닙니다, 페린. 솔직히 이런 종류의 마법진은 꼭 9클래스의 9서클 의 실력이 아니더라도 만들 수가 있습니다. 그렇게 본다면 9클래스와 9 서클의 실력으로 만든 이유가 있겠죠? 저 마법진은 자체적으로 강한 방 어 능력이 있습니다. 저것을 깨려면 그랜드 소드 마스터의 경지이거나 마법 실력이라면 최소한 저걸 만든 실력과 동일한 실력이 필요합니다."

한마디로 말하자면 9클래스에 9서클의 마법을 날려야 한다는 말인 데 지금 우리로서는 불가능한 일이었다. 그랜드 소드 마스터도 없 고⋯⋯.

"다만."

우리가 실망할 때 아르티닌이 단서를 붙였다.

"지금 이 마법진은 약점이 있습니다."

순간 반짝이는 눈빛으로 밝아지는 실내.

"아, 너무 밝군요. 아뇨. 이번엔 좀 어둡군요. 조금만 더 밝게… 아니, 약간 덜 밝게요. 예, 좋습니다. 어차피 탈(脫)진지를 선언한 들이라 쿨럭… 이 마법진의 약점은 저 문입니다. 마법진은 그 자체로 움직이면 안 됩니다. 하지만 문의 경우는 열리고 닫힙니다. 만일 저 문에까지 마법진이 그려져 있다면 문을 열 때 이미 그 마법진은 훼손이 되는 겁니다. 그래서 처음부터 문에는 마법 문양을 그리지 않았습니다. 따라서 저 문만은 그랜드 소드 마스터의 실력이나 9클래스에 9서클의 궁극의 마법 실력이 필요없습니다."

당연한 일이지만 아르티닌의 말이 끝나자 서로 그 문을 부술 방법을 이야기하느라고 소란스러웠다. 적어도 다리온이 그 문을 두드려 순도 100%의 강철임을 알려주기 전까지는. 그나마 저 문이 미스릴이나 오리할콘이 아닌 게 다행이랄까? 정말 별게 다 다행이었다.

"그런데 아울, 만일 검기를 쓰면 저 문은 깰 수 있을까요?"

잠시 소란스러웠다가 진정된 후 죠세프가 아르티닌에게 물었다.

"가능해. 어차피 이 안에서 마나를 이용하는 것은 그 무엇도 쓸 수가 없으니 쓸데없는 낭비 할 필요 없이 그냥 강철로 만들었겠지. 저 정도만으로도 누구도 못 깰 테니까."

그러자 죠세프는 씨익 웃고는 칼을 집어 들었다.

"그럼 한 가지 제가 알고 있는 작은 재주를 써보죠."

죠세프는 칼을 똑바로 들고 자세를 잡았다. 그러고는…

"하아!"

헛!! 난 순간 놀랐다. 저, 저게 뭐야?! 저건 검기… 어떻게, 어떻게 홀로드네이베일 안에서 저런 일이 가능하지? 대체…….

"오오, 저건……!"

"대체 어떻게……."

"시, 신이시여!"

사람들의 경악성들─그런데 신을 찾는 인간은 뭐냐?─놀라지 않을 수 없었다. 검기라니… 지금 죠세프가 들고 있는 검에는 황금색의 검기가 맺혀 있었다. 응? 그런데 원래 죠세프의 검기는 푸른색이었는데?

"이건… 동방 검기로군요."

놀란 눈으로 죠세프를 보던 다리온의 말이었다.

"맞습니다. 소드 마스터의 검기가 마나에 의한 것이라면 이건 기에 의한 것이죠. 마나를 강제로 안정시킨다고 들어서 생각한 것이죠. 마나와 기는 다른 것이니 기는 통하지 않을까 하는 생각을 했지요. 한데 다행히 성공했군요."

그래, 들은 기억이 난다. 동방의 기. 마나와는 또 다른 세상의 근원을 이루는 힘. 마나가 물질적인 것에 가깝다면 좀 더 영적에 가까운 힘이라는 기. 그래서일까? 쓰이는 능력은 다르다고 했다. 마나는 잘 알다시피 마법을 쓸 수도 있지만 기로는 그것이 불가능하다고 한다. 하지만 물건에 기를 주입하여 마음대로 조종할 수 있는 것은 마나로는 불가능한 것. 또 기를 온몸에 골고루 퍼지게 하면 칼과 창도 못 들어오지만 마나는 그것도 불가능했다. 다만 빠른 치유는 가능했다. 물론 그런 빠른 치유는 기를 온몸에 골고루 퍼지게 해도 불가능한 일이었다. 결국 자신들만의 장점이 있는 힘들이었다. 또 마나와 기의 다른 점은 마나는 가슴에 모으지만 기는 단전이라고 불리는 배꼽에서 손가락 두세 마디 밑의 장소에 모은다고 한다. 그래서 이론적으로는 두 가지 다 수련 가능하다고 한다. 하지만 한 가지도 못하는데 두 가지를 할 인간은 없을 것이다. 둘 다 수련이 어렵기 때문이다. 막말로 그 두 가지를 다 하는 인간은 인간이 아니라 괴물이다, 괴물. 아아, 죠세프는 괴물이었다.

"저… 란셀, 왜 절 괴물 보듯 하는데요?"

갑작스런 죠세프의 물음.

"응? 아… 그, 그거? 당연하지. 그렇게 검기까지 맺었으면 빨리 빠져나가야지 이렇게 멀뚱히 있으니까 그렇지."

하아… 내가 생각해도 구차한 변명.

"그건 그렇군요. 자, 그럼 좀 비켜나세요. 하앗!"

순간이었다, 문이 그대로 베어진 것은. 대충 봐도 10리스는 족히 되는 두꺼운 강철 문. 그것이 죠세프의 칼질 몇 번으로 조각났다.

"자, 그럼 나가죠. 엥?"

죠세프의 이상한 감탄사? 왜?

난 잠시 주위를 둘러보았다. 내 눈에 들어온 것은 얼빠진 얼굴의 사람들. 나나 다리온, 아르티닌은 워낙 출신도 그렇고 성격도, 구경한 것도 이상해서인지 그럭저럭 정신이 있는데 다른 사람들은 완전히 멍한 얼굴들이었다

"아니, 이 사람들이… 죠세프, 이젠 마법 되나?"

"흠… 마법이라… 파이어 볼."

화르륵.

"예, 돼요."

"그럼 저 사람들에게 얼음물 좀 뿌려줘라."

"흠… 전 화염계 마법이 특기인데… 해보죠 뭐. 아이스 애로우, 워

터 월.”

순간 공중에 얼음 화살들이 나타나고 다시 그 얼음 화살을 물의 벽이 감쌌다. 물의 벽 안에서 깨어지는 얼음들. 죠세프는 얼음이 깨어진 물의 벽을 사람들에게 날렸다.

“으하핫! 차, 차거!”

“우왓! 이, 이게……!”

“엄마야!”

대체 엄마야는 누구야? 아까 신 찾은 녀석이지?

“정신 차렸으면 그만 갑시다.”

순간을 놓치지 않고 다리온이 사람들을 재촉했다.

“그래요. 여기서 이러다 오우거라도 오면 어쩌라고요.”

난 오우거가 걱정이 되었다. 특히 그 인간의 70배의 힘을 가졌다는 괴물 오우거가.

“그리스. 막을 수 없는 미끄러움.”

“나이트 드림 체인. 깨어지지 않는 꿈의 고리.”

덴의 미끄럼 마법과 죠세프의 쐐기를 박는 수면 마법. 앞으로 저 오우거 네 마리는 꽤 오래 잠을 잘 것 같았다.

“왜 그냥 베어버리지 않았지?”

페린이 이상하다는 듯이 물었다. 죠세프의 실력이라면 오우거쯤은 금방 벨 수 있다는 것을 알기 때문이었다.

“그거야 피가 나오면 그 냄새를 맡고 그 괴물 오우거가 올 테니까요. 오우거는 후각이 민감하다고 들었거든요. 또 특수하게 길러졌다니 어느 정도 능력인지 불안하기 때문이죠. 지금 상황에서는 도박은 금물이랍니다."

죠세프의 대답에 이해가 갔는지 페린은 아무 말도 안 했다. 그리고 그런 말을 하고 듣는 사이에 여자들이 잡혀 있다던 방 앞에 도달했다. 사실 거리는 먼 것도 아니고 바로 한 칸 건너 방이었지만 우리나 나오자마자 오우거 네 마리가 달려들었다. 그래서 급한 대로 덴이 오우거가 못 덮치게 미끄러지게 하고 그렇게 미끄러진 오우거가 정신을 못 차릴 때 죠세프가 재빠르게 수면 마법을 건 것이다.

"후우~ 다 왔군."

내가 이런 말을 하는 이유는 지금 긴장해서였다. 그래서 아주 가까운 거리지만 멀게 느껴졌다. 마음이 조급하니 당연한가? 어쨌든 여자들 쪽은 우리만큼 능력있는 사람들이 없었다. 실력이 있는 사람이라야 이브린인데, 그녀는 소드 마스터도 아니고 또한 죠세프 같은 천재도 아니었다. 그리고 멜리사는 말 그대로 곱게 자란 아가씨—실은 아줌마다—라 마법도 검술도 모른다. 따라서 빨리… 음, 그리고 보니 네이린과 시나, 미디시아가 있군. 그리고 페디도 있을 테고. 그, 그럼 능력 면에서는 우리를 능가한다는 소리 아냐? 그래도 못 나오는 것을 보니 우리가…

쾅!

"으왁!"

"앗!"

"크앗! 전 맛없어욧!"

맛없어? 너, 아까 '엄마야' 했던 녀석이지? 그건 그렇고 이건 정말 뭐냐? 심장 마비 걸리겠다.

"어? 다리온? 란셀? 왜 여기 있어요? 원래대로면 갇혀 있어야 정상이 아닌가요?"

이브린의 목소리가 들렸다. 우리가 여기 있는 것이 이상한 모양인데? 하지만 그건 내가 묻고 싶은 말이다. 이거 정말 어이가 없구만. 방금 들린 쾅 소리는 문이 부서지는 소리였다. 으흐, 다시 한 번 강조하지만 정말 엄청 놀랐다. 대체 어떻게 된 거지? 누가 이런 엄청난 일을… 난 궁금해서 그것을 예나에게 물어보았다. 예나는 대답 대신 한 사람을 가리켰다.

"미디시아?"

예나는 고개를 끄덕이며 설명해 주었다. 자신들은 원래 숲에서 노숙을 했는데 일어나 보니 저 방 안이었다는 것이다. 이건 우리와 같았다. 그래서 무엇일까 생각해 보니 분명 잡힌 것이라는 것을 알 수가 있었다. 그래서 잡혔으면 탈출해야 한다는 생각으로 머리를 짰는데 정말 방법이 없었다고 했다. 마법을 잘 아는 시나의 말로는 방 안 전체가 마법진이라나? 그리고 그 마법진은 내 예상대로 홀로드네이베일이었다. 그 상황에서 딱 한 가지 방법이 있었는데 그것은 페디가 문을 부수는 것이었다. 하지만 페디는 어디 갔는지 보이지 않았다고 한다. 아마 잡혀올 때 헤어진 모양이다. 그래서 거의 포기를 했는데 의외로 미디시아가 그것을 해결했다는 것이다.

"글쎄, 미디시아가 이상한 자세를 잡더니 손을 앞으로 쭉 내밀잖아요."

이브린이 미디시아가 했던 자세를 흉내 내며 말했다.

"아냐, 언니. 팔을 좀 더 강하게 뻗었어. 힘껏."

그리고 예나의 보조 설명.

"그랬나? 뭐 한번 보고 따라하는 거니까. 아무튼 그렇게 하니까 저 문이 저렇게 되었지 뭐예요."

"미디시아, 혹시 기를 아시나요?"

이브린의 말을 듣고 죠세프가 미디시아에게 물었다.

"예, 죠세프 씨도 아시나 보군요. 그렇다면……."

"예, 저희도. 대신 전 검기를 썼죠."

"검기요? 대단하시네요. 잘만 하시면 어검술까지 쓸 수 있겠군요."

"하하, 전 아직… 제가 주로 한 것은 마나를 이용한 것이라서요. 미디시아야말로 대단하시군요. 장풍이라니. 그것도 단지 장풍만으로 저 정도의 문을 날리다니요. 내공이 상당하시군요. 그런데 어떻게 배우셨나요? 제 경우는 우연히 저희 집에 들렀던 무예가에게 몇 년 배웠지만……."

"제 경우는 어머니에게 배웠지요. 제 어머니는 동방 대륙 박달민족의 무예유파 중 심의무맥의 진전을 이어받으셨다고 합니다."

"아아, 그렇군요. 미디시아에게 동방 대륙 사람의 피가 흐르고 있었군요. 제 조상님들도 박달민족의 후손이지요. 하긴 우리 카샤니안 사람들이 대부분 그렇지만. 제 스승이셨던 그분도 박달민족의 무예유파인 신월검맥의 진전을 이어받으셨다고 하셨죠."

"아! 신월검맥. 저도 말은 들었어요. 검과 기의 조화를 중시한다고 하던데요. 신월검을 제대로 쓰면 검에 기가 들어가 휘황찬란한 빛을 낸다고 들었는데 그 빛이 마치 달빛과 같다고 해서 초승달의 다른 말인 신월검이라고 이름을 붙였다고 들었어요."

"맞습니다. 잘 아시는군요. 그런데 심의무는 어떤 겁니까? 제 지식이 짧아서 모르겠군요."

"심의무는 마음과 기의 조화를 중시하죠. 세상엔 양과 음이 있고 심을 음으로 기를 양으로 해서 음에서 양으로 가듯이 마음에서 기를 움직이는 것입니다. 그래서 심의무는 특히 발경을 특기로 한답니다."

"그렇군요. 저희 신월검은 검을 하늘로 기를 땅으로 합니다. 하늘의 무한한 조화를 검의 법으로 땅의 생명력을 기로 보기 때문입니다. 그래서 천지의 조화를 이루어서 인을 이룬답니다. 신월검을 천지인검이라고도 하는 것은 그런 이유에서입니다."

"천지인의검이라… 저희 심의무와 통하는 점이 있군요. 만일 심의무와 신월검이 하나가 되면 얼마나 대단할까요?"

"그러게 말입니다. 다만 우리가 그럴 능력이 안 되니 아쉬울 뿐이죠."

"그렇군요."

…쟤네들 지금 무슨 소리를 하는 거야? 저거 분명 우리가 쓰는 우리말 맞지? 그런데 어떻게 해석이 안 되는 이유가 뭘까? 반은 알겠는데 반은 무슨 소리를 하는 건지 당최…….

"야, 란셀. 저게 뭔 소리냐?"

롬도 못 알아듣는 눈치였다.

"너도 몰라? 넌 알고 있을 줄 알았는데… 적어도 미디시아는 네 부하니까."

"말 마라. 나도 미디시아가 저런 능력이 있는 줄은 몰랐어. 애초에 미디시아가 저런 능력이 있는 줄 알았다면 미디시아의 능력을 좀 더 많이 이용했겠지. 아니면 내가 미디시아에게 기란 것을 배우던가."

드래고일이 원래 능력을 드러내길 좋아하지 않는다고 들었는데 정말인 모양이었다.

"그런데 저 죠세프란 사람은 란셀, 네 일행 아냐?"

"나도 몰랐다, 저런 능력이 있는 줄은. 정말 저 죠세프나 미디시아나 같은 족속이구만. 그런 능력이 있으면 눈치라도 좀 주지."

닌 그렇게 말하며 아르티닌을 보았는데 아르티닌은 우리보다 더 멍한 표정이었다.

"아울도 모르는 모양이군, 뭔 소린지. 저기 다리온은 무슨 소린지 알겠어요? 대체 저게 어느 나라 말인가요?"

"당연히 알죠. 저 말은 대륙 공용어 아닙니까? 지금 란셀 씨가 쓰는 말도 대륙 공용어고. 설마 그걸 몰랐단 말입니까?"

에구, 다리온. 지금 그 말이 아니잖아요. 다리온의 눈치를 보니 두 사람의 말을 알아듣는 눈치인데… 치사합니다. 혼자만 무슨 소린지 알아듣고.

"어쨌든 분위기는 좋군요. 처음 미디시아를 봤을 때의 반응과는 매우 달라요. 좋은 일입니다."

다리온이 중얼거렸다. 그러고 보니 처음 미디시아를 봤을 때의 사람들 반응과 지금은 천지 차이로 달랐다. 아마 비록 몇 시간 정도의 동행이었지만 지금까지 여행하는 동안 익숙해진 것도 그 이유 중의 하나일 것이다. 특히 여자들은 같은 감옥에 갇혔었으니 서로 의지했을 테고 남자들이야… 저 찌그러진 문의 형상을 보고 누가 함부로 말하랴. 게다가 죠세프의 경우는 미디시아와 서로 일치감이 있는 것이었다. 300여 년을 살고 공부한 나도 제대로 몰랐던, 아니, 제대로 못 배울 정도로 안 알려진 동방의 기라는 일치점으로 친근감을 느낀 것일 것이다. 동방의 기라… 저건 마법은 아닐 테니 나도 한번 배워봐?

"하아… 마법 말고 저런 것도 배워둘걸."

롬이 내 마음속의 말을 대신 해주었다. 우리만 아니라 페린이나 그의 일행 이브린, 아르티닌도 부러운 눈빛이었다.

"하하. 롬, 제가 들은 말인데요, 저 기라는 것은 오랜 기간을 꾸준히 수련해야 한다고 합니다. 마나처럼 느끼면 기초의 반은 끝나는 것이 아니라 언제나 한결같이 꾸준히, 그리고 어느 정도 경지에 이르려면 깨달아야 한다는군요."

롬의 말과 다른 사람들의 눈빛을 보고 다리온이 해준 설명이었다. 물론 그 말이 나에게는 '절대 포기하세요' 란 말로 들렸지만. 알았어요, 포기하죠.

"참, 그리고 이건 매우 중요한 말이니까 잘 들으세요."

갑자기 진지한 목소리로 다리온이 나직이 말했다. 그런 다리온의 말에 난 저절로 귀를 기울이게 되었다. 그것은 나만 그런 것이 아닌 모양이었다. 모두들 귀를 쫑긋 세우는 것이 보였으니까. 대표로 예나와 미디시아, 둘은 귀가 길어서 그런지 잘 보였다. 네이린의 귀가 쫑긋하지 않는 것이 오히려 이상해.

"저기… 바로 우리 뒤에 그 괴물 오우거가 있어요. 아까부터 있었던 것을 보면 아마 우리의 말이 다 끝날 때까지 기다리는 모양입니다만……."

난 진지하지만 너무 태평스런 다리온의 말에 그 말의 의미를 깨닫는 데 시간이 좀 걸렸다.

"그래요? 거참, 미안하… 아아악!"

"꺄악!"

"우왓!"

약간의 생각할 시간을 가진 우리는 각각 자신에 알맞은 비명을 지르며 물러섰다. 그리고 모두들 옆구리에 손을 가져갔는데…

"제, 제길! 칼이 없잖아!"

애석하게 우리는 지금 무장 해제 중이었다.

"말은 다 끝났나?"

어눌하지만 묵직한 목소리. 그 괴물 오우거였다. 그런데…

“오우거가 말을? 이, 이런, 괴물!”

오우거도 지능이 있으니 말을 하는 것도 가능하지만 인간의 말을 저렇게 잘할 수 있는 오우거는 없었다. 아니, 입술이 사람처럼 유연하지 못해서 말하기 곤란한 신체 구조였다. 그럼 우리 앞에 있는 저건 뭐냐? 설마 사람의 입술을 이식받은 오우거?

“내 이름은 세인즈. 괴물 따위가 아니라 그저 평범한 오우거다.”

평범… 저런 오우거가 평범한 오우거면 특별한 오우거는 드래곤 슬레이어 오우거란 말인가? 우린 모두 말을 잊었다. 대체 이 상황에서 무슨 말을 하지? 자신을 평범한 오우거라고 말하는 세인즈에게 괴물 오우거라고 말하면 혼날 것 같았다.

“빠져나가고 싶나?”

모두들 끄덕끄덕.

혹시 알아? 저 세인즈란 오우거가 우릴 보내줄지.

“그럼 날 이겨라. 날 이기면 보내주겠다. 지금 이곳에 너희를 막을 존재는 나 외에는 없다. 물론 길 자체가 미로이고 많은 함정이 있기는 하지만 그건 고정이 된 것. 너희에게 지혜가 있다면 헤쳐 나갈 수 있다. 어때? 나와 싸워보겠는가? 아니면 포기하고 제자리로 돌아갈 것인가? 역시 싸워보는 것이 좋겠지?”

전부 끄덕끄덕.

당연히 해야지. 보내준다는데… 응? 그런데 누가 싸우지?

“세인즈, 당신은 특별하군.”

“너도 대단한 인간이다. 아니, 천재 중의 천재다. 한 사람의 몸에 세 가지의 다른 힘이라… 게다가 두 가지는 근원이 같은데 나머지 하나는 다르다니… 앞으로 너만한 적수를 찾을 수 있을까?"

지금 나설 수 있는 사람은 죠세프와 아르티닌이었다. 그리고 죠세프가 세인즈와 대립하고 있었다. 지금 죠세프는 한 손에 검기를 주입시킨 검을 들고 있었고 다른 한 손에는 파이어 볼을 타오르게 하고 있었다. 그리고 온몸은 기로 보호하고 있었다.

하지만 극명하게 차이나는 점이 있었으니… 죠세프도 작은 키가 아니었다. 190라스의 큰 키였는데 저 세인즈란 오우거에 비하면 고목나무 옆에 찌그러진 풀 한 포기 같았다. 세인즈의 키는 4길드 50라스 정도. 보통 오우거의 평균 신장이 3길드인 것을 보면 오우거 중에서도 거인 오우거일 것이었다. 다리 한 짝 굵기가 죠세프 몸통보다 굵었고 팔뚝도 죠세프 허리 굵기만했다. 거기에 세인즈가 들고 있는 무기. 거대한 도끼칼. 2길드나 되는 긴 자루에 도끼 칼날이 붙었는데 그 도끼 칼날 길이가 2길드였다. 말하자면 도끼 칼날이 도끼 자루를 타고 죽 내려온 형상이었다. 도끼칼 자루의 끝으로 50라스 정도 나갔고 다른 끝의 50라스는 손잡이였다. 도끼칼은 특별히 마법 무구는 아닌 듯했지만 검푸른 빛을 내는 것이 보통 금속이 아니었다.

"나의 도끼칼은 오리할콘과 강도가 같다는 파라레탈. 무기의 재료는 내가 앞선다. 그러니 네게 먼저 공격할 기회를 주지."

이런, 비록 세인즈가 무기 재료의 우월을 들어 먼저 공격하라고 했지만 이건 그 정도로 끝낼 일이 아니었다. 파라레탈이 어떤 건데…….

"죠세프, 조심해. 저건 재생하는 금속이야."

난 죠세프에게 소리쳐서 알려주었다.

파라레탈. 미스릴을 비롯하여 오리할콘 바스디윰, 아단티윰 등과 같이 신비 금속으로 분류된 금속이었다. 강도는 오리할콘과 같은 금속이었다. 하지만 바스디윰과 같이 마나에 반응을 잘하는 것도 아니고 미스릴처럼 항마력이 강한 것도 아니었다. 또 오리할콘처럼 신성력에 적합한 금속도 아니었다. 오리할콘과 같은 대단한 강도를 제외하고는 특별히 특출난 점이 없는 보통 쇠와 그 특징이 같았다. 물론 자석에 붙거나 녹이 슬거나 쉽게 녹거나 하지는 않지만 마법에 대한 것은 일반 쇠와 같은 것이었다.

그런데 그 파라레탈은 귀하기는 오리할콘보다 귀했다. 그래서 금속을 연구하는 학자들은 여러 종류의 신비 금속 중 가장 아래 순위로 두었었던 금속이었다. 신비 금속 중에 가장 강도가 떨어지고 생산량이 많아 많이 보급된 미스릴보다 밑에 둔 것이다. 하지만 그 후에 밝혀진 사실이 있었는데 그것은 파라레탈은 재생의 능력이 있다는 것이었다. 그 어떤 금속도 스스로 재생은 못하는데 파라레탈은 했던 것이다.

따라서 만약 무슨 일로 망가져도 다시 복원이 되고 만들 때부터 마법 문양을 넣으면 그 문양이 훼손되지 않는 것이다. 지금 같은 경우라면 죠세프가 검기로 저 도끼칼의 날을 망가뜨려도 소용이 없다는 소리였다. 망가뜨려도 다시 재생돼서 계속 예리한 날을 유지한다는 뜻이니까. 물론 그 설정은 죠세프가 오리할콘을 파괴하는 실력이 있다고 가정할 때지만. 그래도 다행인 것은 저 도끼칼에 마법 문양이 없다는 것이다. 아마 만들 때 마법 문양을 못 넣은 모양이다. 그렇다면 저 도끼칼에는 절대로 마법 문양을 넣을 수 없다는 소리였다. 아무리 마법 문양을 넣어도 그 재생력으로 마법 문양이 사라질 테니까. 새기는 것이 아니라 그리는 것은 가능하지만, 그러면 위력도 약하고 얼마 안 가서 지워지기 때문에 역시 마법 무구가 될 수는 없었다.

하지만 지금은 그것이 중요한 것이 아니었다. 지금 중요한 것은 재생력 여부를 떠나서 기본적으로 셰인즈가 쓰는 도끼칼의 재료가 신의 금속이라는 오리할콘과 같은 강도를 지닌 금속인 재생의 금속으로 불리는 파라레탈인 것이다.

"죠세프, 마법을 써! 그대로 붙으면 힘이나 무기로나 네가 절대 불리해!"

난 죠세프에게 다시 소리쳤다. 하지만 마법을 쓰려고 해도 여의치 않은 모양이다. 전에 죠세프는 마법과 검 사용을 동시에 못했지만 지금은 그 약점을 보완해서 마법과 동시에 쓸 수가 있었다. 하지만 아직 완숙 단계는 아닌지 엄청난 속도를 가지고 움직이는 셰인즈에게 제대로 먹히고 있지 않았다.

여러 차례의 격돌. 죠세프의 탈은 검기를 주입시키고 있었음에도 끝부분이 잘려 나갔고 조금 떨어진 우리가 보기에도 이가 많이 빠져 있었다. 그런 칼로 계속 셰인즈의 도끼칼을 막고 있었다.

"핫!"

창!

휘익.

몸이 거의 보이지 않을 정도로 빨리 움직이는 셰인즈. 그런 셰인즈의 공격을 막는 죠세프도 대단했다. 셰인즈도 죠세프도 거의 보이지 않는 속도로 맞서고 있었다. 그런 둘의 모습은 잘 보이지 않았고 다만 셰인즈가 휘두르는 도끼칼의 파공성과 그것을 막는 죠세프의 칼 소리만 들렸다. 그리고 간간이 둘의 말소리도.

휙. 휙. 휙.

창! 창! 차앙!

"대단하군. 검술 실력만큼은 나를 능가해. 그건 인정해 주지. 카합!"

후릭. 부웅.

창!

"그 말 고맙다고 해야 하나?"

"아니, 사실을 말한 것뿐이니까."

휘잉.

"그런가?"

"그렇다. 그리고 너의 검기도 대단하다. 아무리 강한 칼이라도 벌써 부러졌을 텐데……."

붕. 붕.

"검기도 쓰고 기술적으로도 막아서 가능하지."

파캉캉! 파캉!

"그래? 그래도 포기해라. 넌 아무래도 나의 상대가 안 된다. 속도나 힘, 그리고 무엇보다 무기의 성능에서."

"과연 그럴까? 그럼 이건 어때? 하앗! 파이어 볼!"

세인즈가 순식간에 죠세프 뒤로 왔을 때 죠세프는 네 개의 파이어 볼을 앞과 뒤, 그리고 양 옆으로 던졌다. 그리고는 크게 기합을 내며 뒤로 칼을 휘둘렀다.

"쿠왁!"

세인즈는 죠세프의 칼을 받아내고는 옆으로 이동하다가 파이어 볼에 맞을 뻔했다. 세인즈는 몸을 멈추고는 죠세프를 바라보았다.

"대단하군, 인간. 대단해. 그 짧은 순간에 파이어 볼을 네 곳으로 던진 것도 대단한데, 어떻게 내가 갈 위치를 안 거지? 내가 어디로 가든 분명 저 네 개의 파이어 볼 중 하나에 맞았을 거다."

"후우, 정말 괴물이군. 그렇게 움직이고도 숨이 안 찬가? 어떻게 알았냐고? 지금 넌 나를 중심으로 오망성 모양으로 돌고 있었다. 대단한 수법이더군. 나도 겨우 알아차렸지. 그리고 그 오망성 모양으로 움직인다는 것을 알자 곧 네가 움직이는 방향에 어떤 법칙이 있다는 것을 알았다. 그래서 네가 가는 길을 알 수가 있었지. 하지만 아무리 법칙과 그에 따른 방향을 알았어도 첫 움직이는 방향에 따라 변화가 다른데 그 첫 방향이 어딘지 몰라 사방으로 파이어 볼을 보낸 것이지. 네가 움직이는 길목에.”

죠세프는 그 말을 하고 씩 웃었다.

“이런, 괴물.”

세인즈는 그런 죠세프를 보며 중얼거렸다. 그리고 나도 그 말에 동의한다. 괴물 오우거 세인즈. 죠세프에 비하면 넌 네 말대로 그저 평범한 오우거다.

“그럼 다시 할까? 이번엔 아까처럼 쉽지 않을걸?”

죠세프는 칼을 다시 고쳐 잡았다. 칼을 고쳐 잡는 죠세프의 눈에는 자신감이 있었다.

“아니, 내가 졌다.”

엥?

“뭐, 뭣?!”

“내가 졌단 말이다. 너희들은 나를 통과했다.”

난 좀 당황스러웠다. 지금까지 죠세프를 압도하며 솜씨를 뽐내던 세인즈가 갑자기 졌다고 말하고 있는 것이었다. 분명 좋은 소식인데… 뭔가 허전하네? 어이, 세인즈. 한번 싸우기 시작했으면 끝까지 하는 것이 구경꾼들에 대한 예의 아냐? 김 빠지게 왜 이래?

“이유가 뭐지? 네 실력도 힘도, 속도도 무기까지 나를 능가하는데?”

죠세프는 좀 어이없는 얼굴로 셰인즈에게 물었다.

"난 평범한 오우거일 따름이다. 그러니 내가 쓰는 것은 내가 배운 범주에서만 가능하다. 난 뭘 창조한다거나 응용을 못한다. 잘 알고 있겠지? 우리 오우거의 지능을. 네가 내 이동 방법과 방향을 알았다면 난 이미 움직임이 봉쇄된 것이나 마찬가지다. 하지만 난 네 이동의 법칙을 모른다. 그것은 큰 차이다. 서로 결투를 하는데 넌 움직이고 난 못 움직인다. 그럼 결과는 뻔하다. 나의 패배. 그런 이유로 난 졌다. 내가 아무리 지능이 떨어지긴 하지만 질 것을 뻔히 알면서도 계속 싸우는 멍청이는 아니다."

이것이 셰인즈가 패배를 선언한 이유였다. 그런데 정말 저 셰인즈 오우거 맞아? 말 정말 잘하네. 혹시 싸움보다 말을 더 잘하는 오우거 아냐?

"자, 이제 난 졌으니 너희는 가도 된다. 이제 너희들이 이것을 빠져나가는 것을 방해할 존재는 없다. 다만 아까 말했듯이 함정은 있을 것이다."

셰인즈는 그 말을 하더니 뒤로 한 걸음 물러나서 길을 터주었다. 하나 덩치가 워낙 크다 보니 비켜준다고 비켜주었지만 빠져나갈 틈이 없었다. 참나, 옆으로 비켰으면 넓은 공터니 빠져나갈 공간이 많은데 왜 뒤로 물러나서 저 좁은 복도를 막는 거야? 혹시 우리를 못 가게 하려고…….

"여기서는 이쪽으로 가야만 그나마 길이 나온다."

뒤로 물러선 셰인즈가 우리의 오른쪽 방향을 가리키며 한마디 했다. 진작 얘기하지이~ 그래, 가자, 가. 길은 넓고 방해할 자는 없으니.

이거 정말 신경 팍팍 쓰이네. 보내준다고 하고는 우릴 감시하는 거야 뭐야?

"이것 보쇼, 오우거 양반. 왜 자꾸 따라오냐고."

정말 신경 쓰였다. 그 셰인즈라는 오우거가 우리 뒤를 졸졸 따라오는데… 신경도 쓰이고 겁도 나고…….

"글쎄, 말하지 않았습니까? 전 분명히 졌고 이런 상황에서는 당연히 전 포로죠. 포로를 끌고 가는 것은 승자의 당연한 행동이 아닌가요?"

이렇게 말하며 줄기차게 따라온다. 후우… 셰인즈, 너 혹시 전생에 거머리였냐?

"그게 말이 돼요? 졌으면 한쪽 구석에서 왜 졌을까 되새기며 반성을 할 일이지."

우리 뒤를 졸졸 쫓아오는 것이 강아지 같아서 이젠 무섭지도 않은 셰인즈였다.

"전 인간이 아니라니까요. 우리 오우거는 지능이 낮아서 그런 생각 못합니다."

이런, 오우거 아닌 사람 서러워 살겠나.

"그리고 지금 제가 여러분의 포로가 되는 것은 제게는 큰 기회입니다. 뭐, 포로였다가 설득을 당해 당신들과 같은 편이 되면 더 큰 기회겠고요."

뭐라고? 이건 또 뭔소리다냐?

"흠, 왜들 그런 표정이시죠? 좀 더 간단히 말하죠. 제가 여러분들의 포로가 되어 끌려 나가면 그 핑계를 대고 여기서 탈출할 수도 있다는 말입니다."

갑자기 진지한 목소리로 말하는 셰인즈였다.

"전 사실 여기에 있고 싶지 않습니다. 절 키워준 사람이 이곳에서 일하던 연구원이었습니다. 그는 메를드라는 자의 수하였습니다. 따라서 저도 자연히 메를드의 수하가 되었지요. 하지만 절 키워준 그분, 전 그분의 이름을 모릅니다. 다만 아버지라고 불렀지요. 아무튼 그분, 제 아버지는 말년에 메를드의 수하인 것을 무척 후회하셨답니다. 하지만 그의 손에서 빠져나가는 것은 불가능했지요. 그래서 그분이 마지막 임종 때 제게 남기신 말은 무슨 방법을 써서라도 그자의 손에서 벗어나라는 것이었습니다. 그리고 지금 기회가 온 것입니다. 알아채지 못한 기회라면 모를까 눈앞에 뻔히 보이는 기회를 놓치는 것은 어리석은 짓이죠."

셰인즈의 말을 짧았지만 내용을 알 것 같았다. 더 자세한 이야기가 있겠지만 지금은 그럴 시간이 없고… 다만 한 가지 짚고 넘어가야 할 것이 있었다.

"대체 메를드란 자는 어떤 자이지? 그리고 뭘 하는 것이고 어떤 어느 정도의 능력을 가지고 있는지 아나요?"

"모릅니다. 메를드란 자는 저도 한 번도 못 봤고 무슨 일을 하는지도 모릅니다. 하지만 그가 좋지 않은 자란 것과 올바르지 못한 일을 하려는 것은 압니다."

이 오우거야, 그 정도는 나도 알 수 있겠다.

그런데 그 연구원이라는 사람, 당신에게 많은 정이 들었나 보군요."

멜리사가 조용히 셰인즈에게 물었다.

"어째서 그렇게 생각하시죠?"

"그야 당연하죠. 당신이 아버지라고 부르는 사람이 죽기 전에 당신을 염려한 것은 그만큼 당신을 생각해서죠. 그건 그만큼 정이 들었다는 뜻이고요."

"맞습니다. 후우… 그분은 제가 태어날 때 절 직접 받으셨고 손수 키워주셨죠. 그분과 함께한 15년은 정말 행복했습니다. 그분이 돌아가신 지 벌써 1년이 다 돼가는데도 전 아직도 그분이 절 다정히 부를 것만 같아요."

그렇단 말야? 제대로 들으면 감동적인 이야기가 나오겠군. 이것도 나중에 꼭 들어봐야지. …웅? 그런데… 음… 15에… 에… 더하기가 1이면…….

"이봐요, 셰인즈. 당신 몇 살이죠?"

난 급히 셰인즈에게 물었다. 지금 안 물어보면 손해 볼 것 같은 느낌이 들어서였다.

"음… 그러니까 지금 꼭 열여섯이군요. 챙겨주는 사람도, 축하해 주는 사람도 없었지만 어제가 제 생일이었답니다."

아, 아니, 뭐?! 열… 여섯?!

"뭐야? 그럼 아직 어린애 아냐?"

난 어이가 없어서 소리쳤고,

"어머, 내 동생뻘이네?"

이건 우리 중 막내인 예나의 말. 팡이? 잠자는 애는 치지 말자고.

"이런, 어린 녀석이 말투 하고는……."

"우리가 저런 애한테 말까지 높였던 거야?"

이렇게 왁자지껄한 멜리사 일행들. 아무리 거친 용병 출신들이라지만 정말 겁이 없는 인간들이다. 암만 어려도 저렇게 무시무시한 오우거를 두고 저런 말들이라니… 존경스럽다고 해야 하나 원.

"그러니까 어린 저를 여기에 두고 가겠다는 것은 아니죠?"

한술 더 뜨는 셰인즈.

"데려가죠. 제가 볼 때 저 셰인즈란 오우거는 저런 닭살 돋을 말을
할 성격이 아닌데 저렇게까지 하는 것을 보면 어지간히 간절한 것 같
군요."

다리온의 말이었다. 하긴 셰인즈 정도의 실력을 가진 존재가 있으면
든든하겠지만 이상한 점이 있었다.

"이봐, 셰인즈. 그런데 그렇게 빠져나가고 싶었으면 왜 여태껏 안 빠
져나갔지? 너 정도의 실력이면 충분하지 않나?"

난 말을 놓기로 했다. 아, 글쎄 어리다잖아. 열여섯? 내가 밥을 먹어
도 얼마를 더 먹었는데…….

"이유가 있죠. 우선 전 기본적으로 메를드에게 얽매인 상태였습니
다. 그의 실험실에서 태어났고 그의 지원으로 자랐습니다. 그러니 최
소한 그를 위해 일을 해야 했죠. 그건 제 생명의 대가입니다. 하지만
문제는 그 대가의 크기인데 불행히도 생명의 대가는 작을 수 없지 않
겠습니까? 제가 살아 있는 동안 메를드를 위해 일해야 했죠. 하지만 이
렇게 포로가 되었다는 것은 이번엔 당신들에게 또 다른 목숨을 얻었다
는 것입니다. 그 목숨의 대가로 이번엔 당신들을 위해 일하는 것입니
다. 제가 여러분에게 잡혔을 때 이미 제 생명은 끝난 것이고 그와 동시
에 메를드와의 관계도 끝난 것입니다. 훗, 복잡합니까? 별로 그렇지도
않은데… 전 최소한 인간처럼 막 대놓고 배신하는 행위는 하기 싫거든
요. 그리고 다른 이유는 제 능력이 어떻든 저 혼자 하기에는 벅찹니다.
누군가 도와주면 그만큼 쉽겠지요."

와! 한마디로 명분과 실리를 두루 챙기는… 정말 저 셰인즈, 오우거
맞아?

난, 아니, 우린 좀 황당한 일을 겪고 있었다.

"그, 그러니까… 길이 미로는 아니고 외길이라 그거야?"

"예. 여러분이 갇혀 있던 곳에 여러 개의 길이 있었죠? 그중에 단 한 길만이 제대로 된 길입니다. 바로 이 길입니다. 그리고 여러 갈래의 길이 있는 장소는 그곳밖에 없습니다. 다만 이 길은 매우 깁니다. 직선 거리로 보면 별로 먼 거리도 아니지만 길대로 가면 무척 깁니다. 길이 구불구불하거든요. 어떻게 설명하면 좋을까? 아, 마치 뱃속의 창자 같다고 하면 비슷할 겁니다. 게다가 이 길은 2차원적인 길이 아니라 3차원적인 길입니다. 옆으로, 위로, 아래로. 그나마 다행인 것은 함정이 생각보다 적다는 겁니다."

이런 셰인즈의 말에 그래도 혹시나 하는 마음이 있었다. 하지만 셰인즈는 정직한 오우거였다. 그래도 다행인 것은 지금까지 지나쳐 온 함정은 다섯 개. 다섯 개 모두 벽에서 창이나 활이 나오는 그런 초보적인 함정이었다. 이건 경험 많은 페린과 이곳의 사정을 잘 아는 셰인즈, 한때 던전도 만든 경험이 있던 롬이 간단히 처리했다. 그리고는 지루할 정도로 아무 일 없이 길을 가고 있었다.

하지만 그렇게 아무 일도 없으니 지겹고 쉽게 지쳤다. 육체적으로는 멀쩡하지만 정신적으로는 지겨움에 지친 상태. 어쩌면 이것이 이곳의 가장 큰 함정일지도 몰랐다. 이렇게 방심하는 동안 갑작스런 일이 벌어지거나 아니면 사람의 마음을 지치게 만들어 포기를 하게 만드는 그런 함정.

"왜, 왜 그러나요?"

이렇게 지루한 길을 가다 보면 다른 데 눈 돌리는 것은 자연스런 현상이었다. 지금 셰인즈는 당황해서 예나의 시선을 피하는 중이었다. 아니, 정확히 말하자면 자신의 도끼칼을 보호하듯 감쌌다고 해야 하나?

"흐음… 세인즈, 흐음… 이건 그냥, 정말 그냥 물어보는 건데… 파라레탈의 가격이 얼마 정도 돼?"

이건 특별히 앞뒤 사정을 물어볼 필요도 없는 상황이었다. 그저 세인즈만 불쌍하지.

"모, 몰라요. 그런 걸 여기서만 지낸 내가 어떻게 알아요?"

"흠… 그건 그래. 하지만 파라레탈이 매우 귀한 금속이니… 제법 비싸겠지? 특히 강도가 오리할콘과 같고 재생까지 하니… 같은 무게의 금보다 비쌀 거야. 안 그래?"

"그, 그런 걸 내가 어떻게 아냐구요. 난 금 같은 무른 금속 쪼가리는 관심없어요."

세인즈는 급기야 내 쪽으로 왔다. 하지만 옛 말에 이런 말이 있다. 늑대를 피하려다 호랑이 굴에 들어간다는…….

"세인즈, 그거 나 주면 안 돼?"

난 순수한 뜻으로 한 말이었다. 세인즈 정도면 그냥 몸싸움만 해도 웬만한 적은 다 이길 테니 저 파라레탈 덩어리로 죠세프나 아르티닌, 그리고 다른 사람들의 무기를 만들면 얼마나 좋을까 하는 그런 생각이었다. 물론 파라레탈은 가공이 어렵고 시간이 많이 걸리는 데다 이미 무엇으로든 한번 만들어진 파라레탈은 다시 가공하기가 더 어렵고 시간도 몇 곱절을 들여야 한다. 그래서 파라레탈을 다룰 줄 아는 존재를 찾고 다시 저걸 재가공해 무기를 만들려면 몇백 년이 걸릴지도 모르나… 난 순수한 뜻이었다. 뭐, 저 사람들이 죽을 때까지 못 만들면 내가 그냥 가져야겠지? 아무튼 정말 순수한 뜻이었다. 그러니 세인즈, 그런 표정을 하며 날 경계하지 말고 그냥 나한테 주지. 응?

"아… 저… 혹시 몰라요……. 여러분들 물건을 압수해 모아놓은 방
에 제 창고도 같이 있는데… 벼, 별거는 없어요. 오우거가 모아봤자 뭘
모으겠습니까? 오우거는 돌과 보석과의 차이점도 구분 못하는데… 아
무튼 제 창고에 혹시 파라튬이 있을지도 몰라요. 저도 이걸 드리고 싶
지만… 이미 가공된 파라레탈을 다시 가공하는 것이 얼마나 어려운데
요. 파라튬 있으면 그냥 드릴게요."

파라튬은 파라레탈의 원석이었다. 하긴 저렇게 이미 물건으로 만들
어져 재가공이 어려운 파라레탈보다 그게 훨씬 낫지.

"그래? 고마워."

음… 셰인즈가 졸린가 보다. 하품을 했는지 눈가에 눈물이 어려 있군.

"흑! 아까워……."

그래, 셰인즈. 나도 네 마음 이해한다. 저 도끼칼을 만들려면 얼마나
많은 파라레탈이 필요한데. 그 많은 파라레탈을 가지고 그런 도끼도
칼도 아닌 것을 만들었으니 얼마나 아깝겠어. 괜찮아, 괜찮아. 그냥 약
간의 파라튬으로 아까운 마음을 달래지 뭐.

앞장서 가던 셰인즈—명목상으로는 '포로로 하여금 길 안내를 하게 하다'
였다—가 갑자기 멈췄다.

"우리가 갈 수 있는 곳은 여기까지입니다."

셰인즈가 멈춘 곳은 그냥 통로의 중간이었다. 하지만 난 뭔가 다르
다는 것을 느낄 수가 있었다. 아마 나만이 아니라 저 돌로 조각한 머리
를 가진 용병 출신만 빼고 다들 느꼈을 것이다.

"대단하군요. 이것도 아까 홀로드네이베일과 같은 등급의 마법이군
요. 절대 봉쇄 주문인 아크로네일."

시나가 앞에 나서서 살피더니 말했다.

"시나, 이번 것 역시 네게는 무린가?"

롬이 물었다. 시나는 롬의 물음에 고개를 끄덕였다.

"예, 그리고 이번 것은 아까와는 상황이 달라요. 홀로드네이베일의 경우는 마법진이어서 그 안에서는 마법이나 검기를 못 쓰지만 아크로네일은 마법 방어막과 같은 것이죠. 홀로드네이베일보다 더 까다로운 마법입니다."

내가 여기에 오면서 들은 이야기. 저 시나란 여자는 은회색 드래곤이라고 했다. 드래곤에게서 갈색 드래곤과 같이 오크 드래곤이라고 불리는 그런 드래곤, 정확히 하자면 드래곤의 별종이라고 할 수 있는 생물이었다. 명색이 드래곤의 일족이지만 다른 드래곤과는 그 능력 차이가 엄청났고 마법 능력도 별로 없었다. 마법 능력은 신족이나 마족, 용족이 더 높았다.

하지만 그래도 드래곤인지라 사람이 상대한 존재는 아니었다. 마법 능력이 없기는 했지만 그래도 사람에 비하면 높았고 약하지만 브레스도 쓸 수 있었다. 갈색 드래곤의 경우 쇠를 달굴 정도의 뜨거운 숨결이나 강한 불길을 내뿜고 성문도 부술 정도의 강한 파이어 볼을 쏘아냈다. 그 정도만 되어도 충분했다. 오히려 다른 드래곤의 브레스는 너무 강한 것이다. 또 약해서인지 갈색 드래곤의 브레스는 거의 횟수에 제한이 없었다. 그만큼 드래곤 하트로부터 소비되는 마나의 양이 적기 때문이었다. 거기에 불의 중급 정령까지 부릴 수 있었다.

갈색 드래곤의 변종인 은회색 드래곤도 이와 같았다. 다만 브레스가 끓는 뜨거운 물도 순식간에 얼릴 정도의 차가운 냉각 브레스인 것이 달랐다. 그리고 갈색 드래곤처럼 세 가지의 브레스를 쓰지는 못하지만 차가운 냉각 브레스를 이용해 제법 넓은 지역에 안개를 만들 수도 있었고 물의 상급 정령도 다룰 수가 있었다. 한마디로 드래곤치고는 형편없이 약하지만 모든 종족을 놓고 보면 강하기가 최상위권에 속하는 그런 종족이었다.

그런 시나도 아크로네일에는 어쩔 수가 없었다. 은회색 드래곤이 강하기는 하지만 9클래스에 9써클의 마법은 일반 드래곤도 신중을 기하는 마법이기 때문이다. 하긴 드래곤 슬레이어에게 당하는 드래곤은 대부분이 갈색 드래곤이나 은회색 드래곤이었다. 그건 그들이 비록 강하기로는 최상위권이긴 하지만 그 최상위권에서는 가장 낮은 등급이기 때문이다.

내가 말한 순위는 모든 종족, 작은 벌레에서 신까지의 능력을 순위매김한 것으로 메록이란 현자가 정의한 것이라 메록의 순위라 했다. 그 순위표는 좀 복잡한데 그건 인간 같은 이지를 가진 생물 때문이었다. 인간의 일부 강한 자는 최상급에 아닌 자는 최하급까지 있었기 때문이다. 물론 가장 강한 존재는 신, 그 다음은 마신, 드래곤, 하이 엘프의 순이었다. 소드 마스터나 대마법사도 같은 등급. 이 아크로네일이나 홀로드네이베일을 쓴 사람도 최상급의 능력을 가진 존재일 것이다. 특히 아크로네일은 모든 힘에 대해 봉쇄 능력이 있어서 정말 드래곤이나 하이 엘프가 오기 전에는 파괴하기가 힘들었다. 아마 용족이 온다고 해도 힘들 일일 것이다.

"이봐, 셰인즈. 너도 이건 몰랐던 거야?"

난 이상한 생각이 들어 셰인즈에게 물어보았다. 솔직히 혹시 우리를 속였던 거라든지, 아니면 배신한 것은 아닌가 하는 생각까지 들었다.

"아뇨. 알고 있죠."

“아, 알고 있었다고?”

“예. 좋아서 산 것은 아니지만 그래도 여긴 제 생활 공간이었으니까요. 당연히 여기에 아크로네일이있다는 것쯤은 알고 있었죠. 그리고 빠져나가는 방법도.”

난 마지막 말에 귀가 확 트였다.

“탈출 방법?”

“예, 방법이 있습니다. 하지만 그 방법은 제가 할 수가 없고 사람이나 엘프가 할 일입니다.”

“뭔데? 뭔데?”

묻는 것은 나였지만 모두들 궁금한지 눈이 반짝거렸다.

“여긴 길이 이것 하나고 보시다시피 아크로네일로 봉쇄가 되어 있습니다. 이것 이외에는 통로가 없죠. 단 한 군데만 빼고.”

그러더니 셰인즈는 한곳을 가리켰다.

“보시기에는 아무것도 없죠? 하지만 저곳은 쓰레기 투입구입니다.”

셰인즈는 말을 하면서 벽을 잡아당겼다. 과연 셰인즈의 말대로 쓰레기 투입구인지 작은 공간이 열렸다.

“이겁니다. 왜 제가 전 안 되고 사람이나 엘프만 가능하다고 했는지 이해가 가시죠? 전 여기로 팔 하나 제대로 집어넣지도 못합니다. 하지만 사람이나 엘프는 덩치가 크지 않으면 충분히 들어갑니다.”

우린 셰인즈가 연 공간을 바라보았다. 어두컴컴한 통로.

“그런데 쓰레기 투입구라면서 냄새가 없네요?”

예나가 킁킁거리며 물었다.

“이유가 있습니다. 여기서 나가는 쓰레기는 음식 쓰레기가 가장 많습니다. 그 다음에 배설물이 많고 나머지 잡다한 천 쪼가리 등이 나갑니다. 여기서 공통점이 보이시죠? 전부 썩는 것들입니다. 이 안은 넓은 공간인데, 여기엔 특수한 효모와 세균이 있습니다. 그것들이 발효를 시켜 쓰레기와 오물을 완전히 부패시켜 버립니다. 그러면 남는 것은 모래보다 작은 입자를 지닌 흙이 되죠. 그 흙은 거름으로 쓰면 효과가 좋습니다. 그렇다고 거름으로 쓴다고 더럽지는 않습니다. 소화가 안 돼서 못 먹지 사실 먹어도 될 정도로 깨끗하죠.”

“흠… 부패시킨다……. 우리 고모님께서 계시는 루미안 시에도 이것과 비슷한 시설이 있긴 했죠. 하지만 그것은 냄새가 꽤 나고 특히 열이 많이 나던데… 셰인즈, 여긴 열은커녕 서늘한데?”

“그럴 겁니다, 죠세프. 여기에 쓰이는 것은 이름도 없는 여기서 개발한 특수한 효모와 세균입니다. 여기에서만 쓰이죠. 세균이라지만 인체에는 아무런 해가 없습니다.”

우린 다시 그 투입구를 들여다보았다.

작군. 여기에 들어갈 수 있는 사람은… 에나, 멜리사, 이브린, 다리온, 덴, 아츠인… 흠… 아무튼 그렇게 덩치가 크지 않은 사람이어야겠어. 미디시아는 날개 때문에 안 되겠지?

“그럼 여기로 누가 들어가죠?”

아츠인이 사람들을 둘러보며 말했다.

“흠… 여긴 제법 깊은 것 같으니… 마법사가 내려가면 어떨까요? 덴 정도 되는 사람이면 그럭저럭 들어가겠고… 들어간 다음에 플라이 마법을 쓰면 될 것 같은데…….”

아츠인의 말에 덴의 표정이 변했다.

“저… 아츠인, 제가 아츠인에게 플라이 마법을 걸어드리면 안 되겠습니까?”

잘 싸운다.

"아뇨, 아뇨, 우선 제 말을 다 들어보세요."

덴과 아츠인이 막 말싸움을 하려는 찰나 셰인즈가 끼어들었다. 아깝게.

"우선 누가 내려가도 다치지는 않을 겁니다. 저 안에는 발효된 흙들이 두껍게 쌓여 있습니다. 그래서 상당한 충격도 흡수를 합니다. 하지만 문제는 그것이 아닙니다. 이것도 제가 못 내려가는 두 번째 이유입니다만… 아크로네일로 길도 봉쇄할 정도인데 여기라고 그냥 지나치겠습니까? 저 안에는 마법이 걸려 있습니다. 그것도 엄청난 저주 마법이 말입니다. 저 안에 마법으로 만들어놓은 어둠의 기운에 닿으면 그대로 미쳐 버립니다. 이지력도 상실하고요."

셰인즈는 우선 말을 멈추었다. 그런데… 뭐야? 마법?! 그걸 알면서 우리보고 내려가라고? 셰인즈, 너 역시 우릴…….

"그래서 사람이나 엘프만이 가능하다고 한 겁니다. 전 마법을 못 쓰니까요. 하지만 인간이나 엘프는 마법으로 그 저주 마법을 막으면 될 겁니다. 그리고 저 안에는 문이 있습니다. 쓰레기가 변한 흙을 가져가기 위한 문이죠. 저주 마법 때문인지 안에서도 밖에서도 쉽게 열 수가 있습니다. 그 문을 통하면 여기로 오는 통로가 있고 아크로네일 저편에는 아크로네일을 해제하는 장치가 있습니다."

셰인즈의 계획이 전부 나왔다. 방법 자체는 쉬웠다. 하지만 한 가지 걸리는 것이 있었으니…

"셰인즈, 그런데 말야… 그 저주 마법이란 것이 몇 클래스에 몇 써클인지 알아?"

"글쎄요… 그건 저도 모르겠군요. 아! 그러고 보니 그 저주 마법의 이름을 한번 들었던 기억이 있군요. 저주 마법 이름이… 오… 오… 아니, 도크타… 도크타 뭔데……."

"도크타피로?"

"아! 맞다! 도크타피로! 확실해요, 도크타피로!"

아… 그러셔? 도크타피로라고?

"이 멍청한 오우거야!"

이 상황에서 당연히 한마디 나온다. 이게 정상이다.

"도크타피로는 9클래스에 9써클 마법이란 말얏! 그걸 여기서 깰 사람이 누가 있냐고! 누구 미쳐 죽일 일 있냐? 어디서 저길 들어가라는 거얏!"

그리고 말야, 대체 누구야? 9클래스에 9써클 마법을 이렇게 막 쓰는 인간이?! 아니, 인간이 아닐 거야. 젠장! 인간이든 아니든… 어떤 놈이얏!

"시, 싫엇!"

사, 사람들이 날 죽이려고 해! 이럴 수가! 이제까지의 정리는 어쩌고… 멜리사 일행은 그렇다고 쳐도 죠세프도, 이브린도, 다리온도, 예나도… 아르티닌까지… 우리가 지내온 시간들이 모두 거짓이었단 말인가? 우리의 우정은 서로 생명을 바칠 그런 우정이 아니라 자신이 살기 위해 친구를 죽이는 그런 우정이었단 말인가? 자신들이 살겠다고 날 죽음의 길로 내몰다니…….

"안 들어가요! 안 들어가! 왜 나보고 들어가라는 거얏?!"

"글쎄, 지금 할 수 있는 유일한 사람이 란셀이잖아요."

"그래요, 란셀. 란셀만 희생하면 우린 살 수 있어요."

"란셀 씨, 이것도 운명이 아닐까요? 신이 정해준 운명에 따라 사는 것도 행복이겠죠?"

위에서부터 예나, 이브린, 다리온의 순으로 말한 것이다. 죠세프와 아르티닌? 지금 날 붙잡고 있었다. 다른 사람들은 재미있게 구경을 하고 있고. 대체 뭐가 재미있냔 말야? 아이들이 재미로 던진 돌멩이에 개구리의 목숨이 왔다 갔다 하듯이 당신들 표정에 내 목숨이 왔다 갔다 하는… 아, 아니, 이건 아니구나. 비유가 잘못돼도 한참 잘못됐어. 하긴 이런 목숨이 왔다 갔다 하는 긴박한 상황에 무슨 제대로 된 생각을 하겠어?

　

　사건(?)의 전모는 이랬다. 셰인즈의 설명이 끝난 후 우린 맥이 빠졌었다. 겨우 쓰레기장에 9클래스에 9써클 마법이라니… 9클래스에 9써클의 저주 마법인 도크타피로를 막을 수 있는 유일한 존재는 아르티닌이었다. 하지만 아르티닌은 현재 마법을 쓸 수 있는 상황이 아니었다. 그렇다면 결국 방법이 없는 것이 아닌가? 게다가 셰인즈는 아르티닌의 정체를 모를 뿐더러 우리의 능력도 제대로 모른다. 아니, 우리가 보여준 능력을 생각하면 도저히 우리가 도크타피로를 상대할 수 없다고 판단해야 옳았다. 그런데도 우리를 여기에 데리고 온 셰인즈의 정신 상태가 의심스러웠다. 역시 오우거는 오우거인가?
"저… 여러분, 저 좀 봅시다. 아, 란셀 씨는 빠지세요."
　무슨 생각인지 다리온이 사람들을 불러 모았다. 나만 빼놓고. 아니, 나만 따돌리고. 그나마 멜리사 일행도 같이 따돌림을 당했으니 그나마 위안인가? 다음은 다리온과 사람들의 대화였다.
"……."
"……."
"……."
"……."

당연히 안 들렸다. 대체 무슨 꿍꿍이속인지… 무슨 말들을 하는 거야? 나만 빼놓고… 불길한 생각만 드는군.

"……."

"……."

"호오, 그런 것이……."

중간에 날 흘깃 보는 셰인즈. 왠지 불안하다?

"그렇군요. 그랬죠."

"정말! 잊었었어요. 역시 다리온은 뭐가 달라도 다르네요. 그런 생각을 다 하시고."

하하, 과찬이십니다."

"아뇨, 과찬은 무슨. 정말 탁월한 선택입니다. 이 이상의 방법은 없을 겁니다."

"그럼 결정난 겁니다?"

그러고는 이런 상황이었다.

"글쎄, 란셀은 저주 따위 안 걸리잖아요. 제발 좀 들어가요."

"무슨 파이어 볼이나 아이스 애로우가 있는 것도 아니고 너한테는 아무런 작용도 못하는 저주 마법인데 뭐가 싫다는 거야?"

이건 죠세프와 아르티닌의 순이었다.

"그래도 싫어! 싫어! 싫어! 싫단 말얏!"

암만 내가 저주 마법 같은 몸에 직접 시행시키는 마법이 안 든다고 하지만… 그래도 도크타피로 아냐? 게다가… 게다가… 거기는…….

"싫… 엉?"

어? 뭐지? 내가 왜 공중에…

"귀찮군요, 그냥 집어넣으면 될 것을."

셰인즈였다. 셰인즈가 날 그대로 들어 올려서는 투입구에 밀어 넣었다.

"이, 이봐!"

"군말 말고 들어가시죠."

으, 으악! 아니, 안 되지! 여기서, 여기서 정신 잃으면 난 정말 끝장이다. 정신 차리자, 란셀!

"이봐, 셰인즈! 난 안 돼! 난 들어갈 수가 없어!"

"왜죠?"

"이것 봐. 투입구보다 내가 좀도 크잖아. 그러니까……."

"염려 마세요. 입구는 저래도 막상 들어가면 좀 넓어집니다. 란셀이 들어가기에 충분한 공간입니다."

"그래도 들어갈 때가 문제잖아!"

"걱정 마세요. 잘 구겨서 집어넣겠습니다."

으흑! 말이 안 통하는군. 걱정 말긴 뭘 걱정 말라는 거야! 내가 휴지냐? 구겨 넣게?

난 그래도 입구를 잡고 버티려고 했다, 다음 말을 듣기 전까지는.

"그렇게 버티시면 머리부터 집어넣겠습니다. 아마 그러면 쓰레기와 오물이 주 재료였던 흙을 원없이 드실 겁니다. 어쩌면 목과 머리를 다칠 수도 있겠군요. 전 충분히 그럴 힘이 있다고 자부합니다만."

이 말을 듣고 힘이 안 빠질 사람은 없었다. 있으면 나와 보라고 그래. 그리고 그 순간…

"으악……!!"

으으으윽… 에고에고… 팔다리, 어깨, 무릎아~ 에고, 뒷골이야…
뭐? 안 다칠 거라고? 그리고 머리부터 집어넣으면 흙을 먹어? 아프긴
무지 아프고 발부터 떨어졌어도 먹을 흙은 다 먹었다. 에잇! 퉤퉤! 드
러워… 찜찜하기도 하고. 저기에 셰인즈의 …도 흙으로 변해 있을 거
란 생각을 하니~ 우웩!

"으갸갸갸~ 그, 그래도 일어나야지. 문이 있다는데 대체 어디냐?"

난 그래도 살겠다고 일어났다. 일어나서 보니 사람은 전부 흙 밭이
었다. 그리고 셰인즈 말대로 넓긴 넓은 공간이었다.

음… 저 검고 네모난 구멍이 내가 떨어진 곳이군. 이런, 생각보다 높
잖아? 저런 높이에서 날 떨어뜨렸단 말야? 이건 살인 미수야, 살인 미
수! 그리고 저기 작고 둥근 구멍은… 분명 오물관이었다. 내가 떨어진
네모난 구멍은 음식 쓰레기 같은 것을 버리는 구멍이겠군. 저 오물관
이 바로 내 머리 위에도 하나 있고… 아앗! 피하자!

난 오물관이 있던 곳에서 떨어져 광장 중앙 쪽으로 다가갔다. 그리
고 약간의 시간이 지나자 드디어 올 것이 왔다. 그냥 보면 그저 고운
흙 밭으로 여겨지는 곳에서 어두운 기운들이 스멀스멀 기어나오고 있
었다. 아니, 피어 오른다고 하는 것이 정확한가? 검은 기운들은 피어
오르면서 비록 부정확하지만 마치 맹수의 머리와 같은 형태를 이루었
다. 그리고 그 기운들은 나에게 다가왔다. 속도는 느리지만 사방에서
그렇게 다가오니 피할 곳이 전혀 없었다. 뭐, 피할 곳이 있다고 해도
내가 피할 이유는 없었다. 비록 9클래스에 9써클의 도크타피로지만 나
에게는 아무런 해도 줄 수가 없었다. 그렇게 믿었다. 지금은 믿어야 할
상황이었으니까. 그리고 난 움직였다. 문을 찾기 위해서, 그리고 저 도
크타피로 속에 있는 것도 기분이 나빴다. 어쨌든 저주 마법이니까.

"음… 문, 문, 문… 문이라… 문아, 어디 있니?"

난 광장의 벽을 쭉 훑으며 갔다. 그리고 드디어 문을 발견했다. 회색의 벽과 같은 색의 문. 이러니 눈에 확 띄지 않았던 것이다. 문의 손잡이도 작았고 밖으로 여는 문이라 돌쩌귀─경첩의 순 우리말이랍니다─도 보이지 않았다.

"대체 왜 이렇게 만들었지? 문을 숨기려고 한 것 같지는 않은데."

이런 의문이 들기는 했지만 중요한 문제는 아니기에 난 나가… 긴 해야겠는데 대체 어떤 위험이 도사리고 있을까?

끼익.

유난히 크게 들리는 문소리. 밖은 제법 넓은 복도였다. 아마 저 흙들을 내버리려니 이 정도의 복도를 만든 것 같았다. 길게 쭉 뻗은 복도. 난 잠시 주위를 살폈다. 세인즈의 말로는 복도로 쭉 가다가 왼쪽의 복도로 들어서라고 했었다.

난 우선 복도를 따라갔다. 다행히 복도에는 아무도 없었다. 게다가 복도에 흙까지 깔려서 소리도 거의 나지 않았다. 아마 흙을 운반하다가 조금씩 흘린 것이 이렇게 된 모양이다. 또 복도도 제법 밝았다. 특별히 등을 밝힌 것은 아니었지만 복도 벽 자체가 어느 정도 주위를 밝게 하는 능력을 지닌 것 같았다. 어쩌면 마법일지도. 이렇게 밝으면 나도 눈에 띄기 쉽겠지만 내가 적을 발견하기도 쉬웠다. 그렇다고 마법으로 침입자 경고 마법을 건 것도 아닌 것 같았다. 만약 그런 마법이 걸려 있다면 난 벌써 들켰을 것이다. 한마디로 운 좋은 상황이랄까?

난 계속 복도를 따라갔다. 그렇게 약 50길드를 가니 정말 왼쪽으로 복도가 나 있었다. 지금까지 온 복도에 비해 절반 정도의 폭이었지만 그래도 이 정도면 복도치고는 넓은 편이었다. 난 계속 복도를 따라갔

다. 세인즈 말로는 왼쪽 복도로 들어서서 50길드 가다 보면 계단이 나
오는데 그 계단을 쭉 따라 올라가 다시 왼쪽으로 난 복도를 따라가다
가 계단을 오르고 다시 왼쪽으로 가면 자신들이 있는 곳이라고 했다.
물론 아크로네일 저편이지만.

"계단이다!"

세인즈가 말한 계단이 나왔다. 난 계단을 올랐고 다 오르니 복도가
나왔다. 세 방향의 복도. 난 다시 왼쪽으로 꺾었다. 생각해 보면 정말
운이 좋았다. 주위는 제법 환해서 어디 부딪치지도 않지, 도는 방향은
무조건 왼쪽이니 길을 잃을 염려도 없지, 정말 감옥이 맞나 의심이 들
정도였다. 어쩌면 이 감옥에 그만큼 자신이 있어서인지도 모르지만.
아무튼 쥐새끼 한 마리 안 보여 발각도 안 되지, 바닥에는 고운 흙이
깔려 있어서 소리도 안 나지… 응? 흙으로 깔려서 소리가 안 나? 음, 소
리가 안 난다라… 좋은 현상이야. 좋은… 소리? 바닥? 흙? 이거… 뭔
가… 불길한 예감이…….

난 잠시 생각을 해보았다. 왜 불안할까? 하지만 아무리 생각해도 내
가 무엇 때문에 불길한 예감이 들었는지 알 수가 없었다. 분명 이 흙은
아까 쓰레기장에 있던 흙, 그리고 그곳에서 나온 문과 연결된 복도에
깔려 있던 흙. 그 두 곳에 이 흙이 있는 데는 나름대로 이유가 있었다.
하지만 그런 흙이 왜 이곳에 있지? 그러고 보니 아까 꺾어진 복도에도
있었는데… 거기까진 있을 수 있다고 쳐도 여긴 한 층을 올라온 곳이
었다. 그런 곳에 흙이 깔릴 이유도 없고 만일 깔려도 이 정도나 많이
깔릴 리가 없었다. 그럼… 누군가 일부러? 또 한 번 그렇게 생각하니
아까 복도에 깔려 있던 흙도 이상하게 많았다는 생각이 들었다. 이건
분명하게 고의적으로 많이 뿌려놓은 것이다. 그런데 왜?

“혹시… 이 흙들이 여기를 지키는 경비병? 에이, 설마…….”

난 나도 모르게 그만 중얼거렸다. 그 순간…

들썩들썩.

갑자기 흙들이 꿈틀대더니 솟아오르면서 뭉치기 시작했다. 그리고 뭉친 모양은…

“클레이 골렘?”

이거 환장하겠군. 셰인즈는 이런 말 안 했는데… 혹시… 셰인즈가 내가 워낙 뛰어난 인재란 것을 알고 나만 먼저 제거하려고 이런 일을 꾸몄나? 흠흠, 내가 한 말이지만 상당히 민망스럽구만.

“흐악!”

내가 잠시 딴생각을 할 때 골렘들이 날 공격했다. 다행히 골렘들은 속도가 느렸다. 하지만 문제는 사방에서 골렘이 몰려와 정신이 없다는 것이었다.

“그래? 그렇게 몰려온단 말이지? 그럼 모두 날려주마!”

난 손을 지그시 쥐었다. 그리고 생겨나는 검기. 저 정도의 속도라면 해볼 만했다. 내가 아무리 검을 못 다뤄도 기초는 하니까 베는 것은 문제가 없었다. 더구나 이런 검기에 저 흙더미들이 배겨날 수는 없을 것이다. 난 가차없이 내 가까이에 있는 골렘을 베었다. 아마 이것들이 살아 있는 생물이었다면 머뭇거렸을 수도 있지만 생명도 없는 흙더미 인형이라 거리낄 것이 없었다.

“하얏!”

오우~ 내 멋진 폼. 한 방에 베어지는 이 느낌. 이래서 사람들이 검을 쓰나? 거기에 맞자마자 그대로 흙먼지를 날리며 베어지다가 다시 원상 복귀… 라니… 이건 말도 안 돼!

"으악! 저리 가, 이 괴물들!"

거, 검술은 없다! 그래, 내가 무슨 검술이냐. 정식으로 검술을 배운 기사가 뒷골목 깡패의 대충 휘두르는 막대기에 참패를 당하는 경우도 있다. 그걸 보면 꼭 검술을 잘할 필요는 없는 것이다. 특히 이렇게 사방에서 몰려오는데 검술은 무슨…….

"야야! 가, 가란 말야!"

난 검기를 마구 휘둘렀다. 내 기세(?) 때문이었을까? 골렘들은 잠시 물러났다.

"응?"

그때 내 눈에 뭔가 띄었다.

"저건……!"

기억이 났다. 나에게 유달리 많이 맞았던 골렘, 그 골렘의 크기가 커졌다. 정확히 말하자면 내 검기를 맞고 줄었다가 다시 원 크기로 돌아간 것이었다. 그리고 이 느낌은…

"아하! 알겠다. 젠장!"

저건 도크타피로였다. 도크타피로의 기운이 저 골렘의 뼈와 영혼 역할을 하는 것이었다. 도크타피로의 기운에 흙이 모여와 형상화되었고 내가 검기로 베었어도 흙이 날린 이유도 그래서였다. 보통 클레이 골렘은 진흙으로 이루어지는데 그건 진흙이 보통 흙보다 결속력이 커서 현상 유지에 좋기 때문이다. 당연한 일이지만 그냥 흙으로 만들면 그대로 부서질 수밖에 없는 것이다.

하지만 저건 도크타피로의 기운에 모여든 것이기에 일반 흙도 형상 유지가 가능한 것이었다. 다만 흙이 모여든 것이라 결속력은 약하지만 도크타피로의 기운에 다시 원상 복귀가 된 것이었다. 다만 저 작아졌다 커진 녀석은 내 검기에 일시적으로 도크타피로가 손상된 것이다. 그러다 다시 그 기운이 힘을 되찾았고… 그러고 보니 저 녀석들의 느린 행동도 이해가 갔다. 도크타피로의 속도 자체가 느리기 때문이다. 결국 토크타피로를 없애기 전에는 저 클레이 골렘 같은 것들을 처리할 수가 없다는 뜻이었다.

하지만 물질이 아닌, 단지 기운으로 이루어진 도크타피로를 없애는 것은 사실상 불가능했다. 결국 불사신과의 싸움이나 마찬가지의 상황이었다. 게다가 도크타피로의 속도가 느리긴 했지만 여기에 가득 찬 것이 도크타피로고 널린 것이 흙이었다. 아까 쓰레기를 발효시켜 흙으로 만든다는 말을 들었을 때는 어떤 짓을 꾸미는 녀석인지는 몰라도 그래도 자연 사랑은 하는구나라고 생각했는데, 이제 보니 이런 목적으로 쓰기 위해 그랬던 것 같았다. 어쨌든 널린 게 흙. 난 포위되었다.

"좋아."

지금 나에게 선택의 권한은 없었다. 그렇다면 기왕이면 멋있게…

"그래, 한번쯤 주인공다운 일을 하자. 자, 덤벼랏!"

푸왁!

흙먼지가 날렸다. 나에게 달려오다 말 그대로 흙으로 화해서 흩어지는 도크타피로.

"안녕? 엉터리 돌팔이 의사 선생."

누군가 내 등 뒤에 딱 붙었다. 나와 그 이상한 녀석과는 등을 댄 채 도크타피로를 상대하고 있었다.

"너, 넌 누구냐? 대체 누군데 날 돌팔이라고 하는 것이지?"

"돌팔이가 아냐? 그럴 리가. 그럼 문제를 내지. 감기에 걸린 사람이 있다. 뭘 먹여야 하지?"

그야 감기약!

"토르주에 튜튜티 가루 타서 마시게 한다!"

뭐, 뭐냐?! 난 분명 머리에서는 감기약이라고 생각했는데 지금 내 귀에 들리는 이 말은?!

"틀렸어. 답은 감기약이야. 그런 기초적인 것도 모르는데 그럼 엉터리 돌팔이가 아닌가?"

제, 젠장! 너무 급하게 대답하는 바람에 라코나에서 들은 것을 말해 버렸다.

"그, 그런데 넌 정말 누구야?"

"이런, 만나자마자 반말이라니. 그렇게 궁금하면 뒤돌아보면 알 것 아냐?"

맞아. 그런 간단한 방법이…….

"이얏!"

풀썩.

내가 뒤를 보려 하자 녀석들이 덤벼들었다. 난 검기를 강하게 휘둘러 막았다. 간단하긴 뭐가 간단해! 당장 저놈들이 밀려오는데! 아까도 이놈들 때문에 감기약 묻는 말에 엉뚱한 답을 말했구만.

"너, 날 죽이려고 작정했냐? 지금 이런 상황에서 뒤를 돌아보라고?"

난 좀 화가 나서 쏘아붙였다. 아무리 처음 보는 사람에 날 도와준다고 해도 처음부터 엉터리니 돌팔이니 하면 누가 기분이 좋냐고. 응? 그런데… 돌팔이 의사? 돌팔이든 아니든 내 직업이 의사잖아. 마도의사! 나도 까먹고 있었던 거지만… 그렇다면 이자는 날 아는 자?

"아, 미안. 정말 그렇군. 그럼 말하지. 난 밀케다."

밀케? 언젠가 한번 들은 적이 있던 이름이었다. 밀케, 밀케, 밀케라…….

"호, 혹시… 전에 묵었던 여관집 종업원?"

"…너, 종업원이 이런 실력이 있다고 보냐? 도크타피로의 저주를 막을 정도로?"

그렇군. 그럼… 용병? 아니지. 내가 용병을 만나지는 않았는데…….

"이런, 역시 엉터리 돌팔이야. '야수 마을' 마지막 부분에 나왔던 용족이 바로 나잖아."

야수 마을… 아! 기억난다. 그때의 건방졌던 용족?

"그 텔시오에게 불쌍하게 잡혀갔던 용족 나부랭이? 어쩐지… 도크타피로를 아는 이유가 있었군. 그런데 너 같은 엑스트라가 여기엔 웬일이냐?"

"으음… 웬일이긴… 그 엑스트라 용족 나부랭이가 지금 꼴 같잖은 돌.팔.이. 주.인.공. 나.부.랭.이.를 도와주고 있지. 이거 뭐얏! 어르신네 이야기하는데. 윈드윙."

순간 엄청난 바람이 불었다.

펑! 펑!

순간 도크타피로와 흙으로 이루어진 골렘들이 터지는 소리가 났다. 그리고 밀케는 내 손을 잡고 뛰었다.

"빨리 와. 저놈들은 보통 방법으론 못 없애. 여기서 상대하다간 우리만 지쳐서 당해. 난 저 녀석들을 제압할 방법을 알지만 여기서는 그 방법을 못 써."

아, 알았어, 알았다구. 거참, 급하다면서 말은 많이 하네. 그, 그런데 밀케, 우리 연인 사이 아니잖아. 손 좀 놓고 가자.

나와 밀케는 죽어라 뛰었다. 그나마 도크타피로가 느려서 다행이었다. 난 세인즈가 알려준 대로 뛰었고 밀케는 날 뒤쫓아왔다. 그리고 마지막 계단에 갔을 때—정말 짧은 거리였지만 왜 그렇게 멀게 느껴졌는지…—흙이 있는 곳은 거기까지였다. 계단부터는 흙이 없었다.

"좋아."

밀케는 계단 중간에 올라서더니 눈을 감고 뭔가를 외우기 시작했다. 그러나 그전에 도크타피로들이 몰려왔다.

"이, 이런! 이러면 주문을 외울 수 없잖아."

밀케는 급히 검을 휘두르며 말했다.

"넌 용언 마법 못 쓰냐?"

난 구경하며 물었다.

"농담하냐? 하핫! 우리 종족 명이 용족이라지만 드래곤과는 상관없잖아. 합!"

"그렇군. 어이, 왼쪽."

"그래. 얏! 고마… 가 아니지. 넌 뭐 해?"

"그, 그냥… 나야 뭐 워낙에 돌팔이라 실력이 딸려서."

"그러지 말고 무슨 방법 없어? 널 두고 도망치기 전에 빨리 생각해봐."

흠… 밀케가 도망가면 안 되지.

"글쎄, 방법이 있긴 한데… 어디 있나……."

난 내 로브를 뒤졌다. 내 로브 안쪽에는 많은 주머니들이 있어서 그 안에 많은 물건들이 있었다. 그리고 내가 찾는 것도 있을지 몰랐다.

"없나? 음… 아! 찾았다!"

내가 꺼내 든 것은 하나의 씨앗이었다. 롬을 찾아올 때 우연히 발견한 식물의 씨앗. 대단한 식물은 아니고 그냥 잡초인데 이름은 쇼츨이라고 하는 식물이었다. 그런데 이 쇼츨은 잡초답지 않게 근처에 다른 식물이 있으면 제대로 자라지 못했다. 한마디로 다른 식물들과 경쟁력이 부족한 식물이었다. 하지만 만약 경쟁자가 없을 때는 엄청난 번식을 하는데 자라는 속도가 눈에 보일 정도로, 아니, 잠시만 한눈을 팔아도 이미 자란 모습을 보게 될 정도로 빨랐다. 게다가 그 뿌리는 서로간에 얽히고설키는 특성이 있었다. 아마 그런 빠른 성장 때문에 마도 시대 이후 많은 식물이 멸종을 했어도 그렇게 경쟁력없는 쇼츨이 아직까지 멸종하지 않았을 것이다.

그런데 재미있는 것은 쇼츨의 그런 특성 때문에 마도 시대에는 산을 개간하거나 자르거나 벌목을 한 후에 쇼츨의 씨앗을 뿌렸었다. 그렇게 하면 뿌리가 흙을 잡아서 산사태가 방지되기 때문이다. 그 후에는 다른 나무들이 자라면서 쇼츨은 다시 도태되긴 했지만.

그 외에도 쇼츨이 유리한 점은 물이 없어도 자란다는 것이었다. 아니, 자라는 데 물이 필요없었다. 오히려 물이 많으면 못 자랐다. 다만 흙에 양분만 충분하면 되었다. 물 없이도 자라는 쇼츨이 사막에서 못 자라는 것은 순전히 양분 부족 때문이었다. 그런데 그런 쇼츨. 지금 보니 여긴 쇼츨이 자라기 딱 좋은 환경이 아닌가? 다른 풀도 없고 흙은 쓰레기가 원료라 양분이 많고 물도 없었다.

난 곧바로 쇼츨의 씨앗을 던졌다. 쇼츨의 씨앗은 흙에 떨어지자마자 싹을 틔웠고 곧바로 자라나기 시작했다. 그리고 클레이 골렘 같은 도크타피로도 생겨나지 않았다. 쇼츨의 뿌리가 흙을 움켜쥐고 있기 때문이었다. 전에 상마레제 마을을 생각해서 가지고 다녔던 것이 이렇게 쓸모가 있을 줄은 몰랐었다.

“어때? 됐지?”

“호오… 신기하군.”

밀케는 감탄을 했다. 하긴 풀이 자라는 모습을 단 몇 초 만에 모두 보았으니 새로운 경험일 것이다.

“그만 감탄하고 외려던 주문이나 외워.”

“아, 그렇지.”

밀케는 눈을 감고 주문을 외웠다. 그리고 눈을 번쩍 뜨고는 말했다.

“무한 저주 소멸령. 벨로크리타. 하핫!”

“난 그때 텔시오님께 끌려갔지. 다른 녀석들… 아마 넌 이름 까먹었겠지?”

물론이지.

“아무튼 그 녀석들하고 같이 끌려가서 마을 어른들께 엄청나게 혼났어. 그 다음엔 벌칙이 기다리고 있었고. 우선 다른 녀석들은 화장실 청소.”

“뭐야, 겨우?”

“글쎄… 겨우라… 우리 마을, 아니, 용족의 마을은 다 같아. 각 집집마다 화장실이 딸려 있지. 그리고 그 화장실은 하나의 관으로 마을 공동 저장조에 이어져 있어. 간단히 말해 마을의 모든 배설물들은 그 저장조에 모인다. 우리 마을이 큰 마을은 아니라도 그 양이 적지 않아. 그리고 그것들은 거름으로 쓰기 때문에 관리를 잘해야 해. 매일 해야 하지. 이물질이 들어가면 걷어내고 잘 부패하게 들썩여 주고. 너, 그걸 매일 청소한다고 생각해 봐, 그것도 10년을.”

난 내가 용족을 동정할 일이 생길 줄은 정말 몰랐었다.

"그리고 난 10년 동안 세상을 다니며 착한 일을 하라고 하더군. 그나마 난 많이 봐준 것이지."

착한 일. 대체 밀케가 몇 살이기에 어린애한테 말하듯 착한 일이라니…….

"물론 그건 농담이고. 나에게 별로 몇 가지 명령이 떨어졌었지. 별거 아닌 일이었어, 귀찮긴 했지만. 하지만 단 한 가지가 좀 힘든 것이라고 생각되는 일이 있어서 그걸 맨 나중으로 하고 다른 별 볼일 없는 일을 처리했지."

"그렇다면……."

"맞아, 이것이 마지막 일이야."

용족인 밀케가 어렵다고 한 일이 이것이었다. 역시! 난 오는 것이 아니었어. 내가 언제부터 대장이 되었다고 다리온의 꾐에 빠져서… 으으…….

지금 나와 밀케는 이렇게 한가로이 멜케가 여기 온 이야기를 나누었지만 좀 전까진 정말 아찔했었다. 용족. 그 힘은 정말 대단했다. 지금 보이는 저 흙들. 저 흙을 몸으로 도크타피로가 물질화해서 우릴 공격했었다. 다행히 속도가 느려서 그나마 살았지, 만일 속도가 빨랐으면… 으으, 생각만 해도 끔찍했다. 그런데 그런 무서운 토크타피로가 지금은 없어졌다. 밀케의 한마디 주문으로. 밀케가 외친 무한 저주 소멸령인 벨로크리타. 비록 절대 저주 소멸령 벨로크린스보다 약하긴 했지만 도크타피로같이 끈질긴 저주의 기운에는 적격이었다.

다만 문제는 벨로크리타가 상당히 고급 주문이라는 것. 그 고급 주문을 쓰는 밀케의 실력은 더 볼 것도 없는 것이었다. 특히 벨로크리타는 마법이 아니기 때문에 드래곤들도 쉽게 쓸 수 있는 것이 아니었다. 정확히는 신성력의 일종으로 신족 전용이었다.

"대단하군. 벨로크리타라니……."

"아, 대단하지? 사실 내가 마을을 떠나오기 전에 텔시오님이 이것을 알려주셨어. 솔직히 벨로크리타 상당히 어렵더라고. 정말 비 오는 날 먼지 나도록 맞으면서 배웠다니까. 우리 마을에서도 이것을 쓸 수 있는 분은 텔시오님이 유일하시지. 아, 나도 있군. 하지만 텔시오님은 벨로크린스까지 쓸 줄 아서. 대단한 분이시지. 그렇게 죽다 살아날 정도로 고생해서 배웠는데 여기에 쓰라고 가르쳐 주신 모양이야."

확실히 벨로크린스까지 할 줄 알면 대단한 것이다. 그런 사람은 절대로 저주 마법에 당할 일이 없는 것이다. 역시 용족이 대단하다고 하는 것은 이런 것 때문이었나?

"하핫, 놀라서 멍하긴. 근데 네 동료들 빨리 구해야 하지 않아?"

난 밀케의 말에 화들짝 정신을 차리고 목적지로 향했다. 이제 이 계단만 올라서 왼쪽으로 가면 되었다. 아마 계단을 올라가면 사람들이 보일 것이었다.

"란셀, 성공했군요. 고생하셨습니다."

다리온이 먼저 말해 주었다. 사실 일은 쉬웠다. 아크로네일을 해제하는 것은 간단히 단추 하나를 누르는 것으로 해결되었다.

"뭘요. 이런 정도야 간단히… 친구의 도움을 받았죠."

용족? 능력이 대단하긴 하지만 의외로 속도 좁았다. 자길 빼놓고 말할까 봐 내 옆구리를 계속 찌르니…….

"앗! 넌 밀케!"

　　그때 죠세프가 소리를 질렀다. 흐음… 난 벌써 잊었었는데 죠세프는 아직도 기억을 하고 있는 모양이었다. 대단한 기억력이야. 하지만 그 기억에는 용족의 부정적인 면도 들었을 테니 난 다른 사람들에게 지금까지의 일을 설명해야 했다. 내 말을 듣고 사람들은 고개를 끄덕였다. 그리고 다행히 죠세프도 내 말을 이해했다.

　　"그런데 챠릭은 어떤가요?"

　　흐음… 예나도 기억하는 모양인데? 나만 까먹은 모양이군. 그런데 챠릭? 그 밀케를 포함했던 세 명의 용족 중의 한 명인가? 그런데 별로 좋은 기억도 아닐 텐데 왜 안부를 묻지?

　　"아뇨. 그 녀석은 못 봤습니다. 괜히 인간들과 잘 사는 녀석 찾아가면 그 아이만 곤란할까 봐요."

　　"예, 그렇군요."

　　응? 밀케와 같이 왔던 용족은 아닌가 보네? 그러면 챠릭이 누구지?

　　"지금 그런 잡담이나 할 때입니까? 빨리 빠져나가야죠."

　　롬의 말에 우린 세인즈를 앞세우고 길을 가기 시작했다. 그리고 우리의 물건이 보관되어 있는 곳, 팡이도 거기 있었다. 그런데 지금도 자고 있었다. 하아… 정말 대단하다…….

　　"다 챙겼나요?"

　　밀케는 의아한 듯이 물었다. 아마 밀케가 생각한 것은 우리야 여기에 왔으니 대단한 준비를 하고 왔을 거라고 생각한 모양이다. 하지만 나야 팡만 찾으면 되는 것이고 다른 사람들은 무기만 챙기면 되었다. 아르티닌의 경우야 공간을 열어 자신의 레어에 집어넣고 다니면 되는 것이니 아예 챙길 물건이 없고.

　　"이, 이런……."

“응? 왜 그래, 아울?”

갑자기 신음을 하는 아르티닌이었다. 뭔가 중요한 것을 빼앗긴 것일까? 불안했다. 아르티닌이 저런 반응을 보일 정도면 보통 물건은 아닐 텐데.

“안 가져왔어.”

“응?”

“마법 스크롤 말야.”

뭣! 마법 스크롤? 난 무척 놀랄 수밖에 없었다. 다른 존재도 아니고 드래곤이 만든 마법 스크롤이었다. 그걸 빼앗기다니! 하긴 그런 물건을 보고 안 가져가면 그게 바보지. 그나저나 불안한 예감이 들었지만 이 정도로 나쁜 상황일 줄은 몰랐다.

“젠장! 마법 스크롤이라니…….”

“그러게. 기껏 만들어놓고는 방에 두고 안 가져왔으니… 건망증이라도 생겼나?”

응?

“이, 이봐, 아르티닌…….”

“왜?”

“혹시 말야… 그 마법 스크롤들… 여기에 가지고 와서 빼앗긴 것이 아니라 아예 롬의 집에 놓고 왔단 말야?”

“응. 왜?”

으… 음… 으… 정말 열받아서 부들부들 떨린다. 내가 그토록 지겨움을 참으면서까지 도와서 만든 마법 스크롤을 놓고 오다니…….

“빨리 가야 합니다. 언제 들킬지 몰라요.”

세인즈가 재촉했다. 그래, 아르티닌. 너 세인즈에게 고맙다고 해라.

셰인즈가 널 살렸으니.

"후후."
"그렇게 좋은가요?"
"그으럼~"
예나는 정말 기분이 좋은 모양이었다. 하긴 우리의 물건을 두었던 곳은 우리의 물건만 있었던 것은 아니었다. 거기엔 셰인즈의 물건도 있었는데, 바로 상당히 큰 가공되지 않은 파라튬덩어리였다. 셰인즈는 그 파라튬덩어리를 아까부터 파라레탈로 된 자신의 도끼칼에 눈독을 들이는 예나에게 주었다(아마 도끼칼을 빼앗길까 두려워서 주었겠지. 이럴 줄 알았으면 나도 눈독들일걸). 물론 예나는 그걸 가지고 다닐 수는 없으니 아르티닌의 레어에 보관을 했다. 그래서 저렇게 기분이 좋아 있는 것이었다.
"이봐, 셰인즈. 더 다른 건 없어?"
난 좀 샘이 나서 셰인즈에게 물었다.
"없습니다. 오우거가 가지고 있어봐야 뭘 더 가지고 있겠습니까? 아까 그 파라튬이야 제 아버지가 가지고 있었던 거니까 저한테 있었던 거죠."
"응? 그럼 그건 네 아버지 유품이잖아?"
예나에게 준 파라튬은 상당한 양이었다. 그걸 모으려면 얼마나 많은 고생을 했을까? 그런데 그렇게 모은 그것도 아버지가 남긴 것을 그대로 준다? 혹시 셰인즈가 예나에게 마음을… 음… 뭐시냐, 그게…….
"아닙니다. 제게 중요한 아버지의 유품은 이 도끼칼입니다. 이것엔 아버지의 모든 땀과 노력과 기술이 들어 있습니다. 제가 예나에게 준 것은 이 소중한 칼을 만들고 남은 것입니다. 간단히 말해 전 쓰고 남은 재료를 재활용할 사람에게 넘긴 것입니다."

"그래?"

난 더 이상 할 말은 없었다. 다만 내 마음속에는 쓰레기로 버려도 좋으니 누가 나한테 파라튬을 줬으면 하는 이루어질 수 없는 바램이 빙빙 돌 뿐이었다.

"예, 이 도끼칼은 단순히 파라튬을 녹여 만든 것이 아닙니다. 이 도끼칼에 들어간 파라튬의 양은 사실 이런 도끼칼을 열두 개나 만들 수 있는 양입니다. 이 도끼칼을 만든 기술자는 동방의 박달민족 사람이었습니다. 그는 이걸 만들 때 엄청난 고열 속에서 파라튬을 수만 번 두들기고 수십 번 접어서 만들었습니다. 그들의 칼을 만들 때와 같은 방법으로요. 하지만 그렇게 만든 도끼칼은 지금의 크기보다 3배 정도 더 컸답니다. 보통의 쇠였으면 그렇게는 안 되는데 파라튬이라 쇠만큼 압축이 안 되는 모양이었어요. 어쨌든 그렇게 만들어진 칼에 다시 중력 마법으로 엄청난 압력을 걸어서 압축시켜 지금의 이런 크기의 도끼칼이 된 겁니다. 예나도 나중에 그 파라튬으로 무기를 만들려면 그 방법을 쓰면 될 겁니다. 그러면 아주 튼튼하거든요. 다만 마법 문양을 넣는 것이 거의 불가능한데, 파라레탈의 특성 때문이지요. 그때는 만드는 자체가 중요해서 마법 문양을 안 넣고 만들었거든요. 하지만 만일 드래곤이 도와준다면 어렵긴 하겠지만 마법 문양 넣는 것, 불가능한 일은 아닙니다. 뭐, 처음부터 넣는 것보다야 못하겠지만요. 아무튼 제 도끼칼은 단순 주조로 만든 아단타움보다 더 강하다고 합니다. 물론 아단티움을 이 도끼칼을 만든 방법으로 제련한다면 당연히 상대가 안 되겠지만."

난 왜 셰인즈가 그렇게 선뜻 예나에게 파라튬을 주었는지 알 수 있었다. 처음엔 셰인즈의 도끼칼을 상당히 귀한 금속으로 만든 귀한 무기라고만 생각했는데 지금 말을 들으니 정말 보물이었다. 그런 보물을 가지고 있는 셰인즈에게 가공이 안 된 파라튬은 별 볼일 없는 금속이었을 것이다. 물론 거기에는 재물 욕심이 없는 오우거의 성격이 뒷받침되었겠지만.

"자, 이제 밖입니다."

셰인즈가 앞을 가리키며 말했다.

"우선 감옥을 탈출입니다. 앞으로 어떤 일이 기다릴지는 모르지만 말입니다."

맞는 말이었다. 앞으로 무슨 일이 벌어질지, 어떤 일을 당할지 모르지만 우선 한 가지는 해결된 것이었다. 마치 거센 풍파 속으로 가기 위해 알의 껍질을 깨고 나오는 새처럼 우리도 위험할지 모르는 곳으로 우리를 속박하던 감옥을 깨고 탈출하는 것이다.

셰인즈가 가리킨 곳에서는 한줄기 빛도 들어오지 않았다. 밤인 모양이었다. 어두운 감옥을 나와 더 어두울지도 모르는 곳으로 가는 우리. 밝지 않은 통로는 우리의 앞날을 말해 주는 듯했다.

으아아아아……! 정말! 정말로 내가 왜 여기에 왔을까? 시간아! 되돌아가라……! 나 정말로 돌아갈래……!

자코로의 기둥

드디어 나왔다. 그 끔찍했던 감옥에서 나왔다. 하아~

"란셀, 왜 그런 표정이죠? 마치 끔찍한 감옥에서 탈출한 표정이네요?"

"그러게 말야. 비록 미로가 있었던 감옥이긴 했지만 세인즈 덕분에 고생하지는 않았는데."

이봐, 죠세프, 예나. 너희는 세인즈 덕분에 쉽게 나왔을지 모르지만 난 끔찍했다고. 그 세인즈 때문에. 그 쓰레기가 변한 흙을 입에 담고 도크타피로에게서 도망친 일… 응? 지금 생각하니 그렇게 끔찍한 것 같지도 않지만…….

"안녕하십니까?"

그때였다. 우리가 막 나온 직후 누군가 갑작스럽게 우리를 맞이하였다.

"앗!"

차캉!

스릉.

창!

"아, 아, 왜 이러십니까? 란셀, 절 모르시겠습니까? 그렇죠. 물론 란셀의 머리로야 우릴 기억 못한다고 해도 당연한 것이지만 죠세프나 예나는 저, 아니, 저희를 아시죠?"

알지, 알아. 왜 모르겠냐. 겨우겨우 감옥에서 빠져나와 한참 긴장된 속에 갑작스레 누가 말을 거는데 대체 어떤 반응을 바란 거지? 아직도 심장이 두근거리는구만. 이들은 내가 아는 신의 사자들, 아니, 신의 날라리들. 하렌과 그의 일당들이었다. 그런데 뭐? 내 머리로 기억이 어째? 아예 기억에서 지워 버릴까 보다.

"아직 기억은 합니다만 당신들 같은 신의 사자들이 여기에는 왜 왔죠?"

난 좀 퉁명스럽게 말했다. 하지만 그러면서도 속으로는 상당히 긴장할 수밖에 없었다. 저들은 말끝마다 자신들의 힘은 함부로 쓰면 안 된다고 했다. 물론 그거야 맞는 말이지만 저들이 몸을 드러낸 자체가 힘을 쓸 가능성이 있다는 소리고, 그렇다면 신의 사자들인 저들이 힘을 쓸 일이라면 보통 일은 아니기 때문이다. 그러니 당연히 긴장이 되지.

"아아, 감사합니다. 아직도 기억을 해주시다니… 이거 의외인데요?"

으음… 우선 끝까지 듣자… 으음…….

"이곳에는 아주 사악한 기운이 돌고 있습니다. 아, 그렇다고 저희가 그것을 해결하러 온 것은 아닙니다. 그건 여러분이 하셔야 합니다."

그래, 언제나 이런 식이지. 맘에 안 들어.

"사실은 저희가 해결해야 하는 것이지만……."

하렌은 말끝을 흐렸다. 그런데… 가만. 신의 사자들인 천사가 나서서 해결해야 할 일?

"이, 이거 봐요, 하렌 천사님. 신의 사자들인 댁들이 나서서 해결해야 할 일이면 우리의 능력으로는 불가능하다는 소리 아닌가요?"

난 황당해서 하렌에게 물어보았다. 하렌의 말대로라면 우리보고 죽으라는 소리나 다름없기 때문이다.

"아닙니다, 아닙니다. 여러분의 능력으로 충분히 가능합니다. 단, 란셀이 방해하지 않는다는 조건 하에."

저거 분명 의도적으로 한 말 같은데? 우선 나에게 불리한 말 같지는 않으니까 끝까지 들어보자.

"다만 이렇게 저희가 나선 것은 사악한 힘이 작용해서입니다. 하지만 여기 와서 살피니 저희는 결코 끼어들어서는 안 되는 상황이더군요."

"무슨 이유 때문입니까?"

"그게… 여기서 우리가 힘을 쓰면 신마전쟁이 일어나도 할 말이 없게 됩니다."

난 하렌의 그 말을 듣고 무척 놀랐다. 아니, 다른 사람들도 그랬을 것이다.

신마전쟁. 말로 하면 간단히 할 수 있지만 그 의미를 보면 함부로 꺼낼 말은 아니었다. 신과 악마가 싸우는데 보통의 일일 수는 없는 것이다. 자칫하면 엉뚱하게 우리 인간이 사는 중간계가 소멸할 수도 있는 상황이 오게 되는 그런 전쟁이 신마전쟁이었다.

"하하, 그렇게 놀라지 마시고요. 왜 그런지 이유를 설명하죠. 저기로 가시면 하나의 작은 탑이 나옵니다. 그 탑 아래 큰 공간이 있고 거기에 유리 기둥이 하나 있죠. 바로 그것이 악마의 권능을 보내주는 이동 통로입니다.”

“자코로의 기둥…….”

난 하렌의 말을 듣고 저절로 말이 나와 버렸다.

자코로의 기둥. 1만 년 전 한 엘프가 만들었다는 유리 기둥이다. 그 유리 기둥의 안은 비어 있었는데 어떤 존재이든 이지를 가진 존재가 그 안에 들어가면 악마의 권능을 얻는다고 했다. 원래는 신과 더 친한 엘프가 만들었지만 기능이 기능인지라 마신들이 소중히 여기는 재산 중의 하나였다.

그런데 그것이 리즘 분지에 있다니… 그렇다면 이 별 볼일 없는 리즘 분지에 우리가 탈출할 정도의 감옥까지 만든 사람이 들어왔다는 것은 그 이유가 뻔했다. 바로 마신의 권능을 얻기 위해서.

“예, 맞습니다. 자코로의 기둥. 누군지는 모르지만 그는 자코로의 기둥을 이용해 마신의 권능을 얻고자 합니다. 만일 그것이 성공하면 이 세상은 지옥으로 변할 것입니다. 그래서 저희가 그것을 막아야 하지만 문제는 자코로의 기둥이 마신들에게는 하나의 상징이 되었다는 겁니다. 그러니 마신의 상징이 있는 이곳에서 우리가 힘을 쓰면 마신들이 가만있지 않을 것입니다. 이제 왜 우리가 여기서 힘을 쓰면 신마 전쟁이 일어날 수도 있는 일이라고 했는지 이해가 가시죠?”

물론 이해는 갔다. 하지만 그 소린 우리보고 처리하라는 소리가 아닌가? 물론 우린 이 일을 해결하기 위해 온 것이긴 하지만 막상 그런 말을 들으니 기분 더럽네. 정말 능력있는 인간들—신의 사자니 뭐니 해도 전에는 사람이었다니까—은 이 핑계 저 핑계로 빠지고, 죽어라 고생하는 건 우리야?

"신의 눈물 스무 개!"

그때 예나가 나서며 당당하게 외쳤다. 그런데 신의 눈물 스무 개? 혹시 그거…….

"아니, 그게 무슨 소립니까?"

"왜요? 의뢰비인데요."

하… 역시 예나였다.

"하지만 여러분들은 어차피 이 문제를 해결하러 온 사람들이지 않습니까?"

하렌이 항의했다. 하지만 하렌 천사, 항의 강도가 너무 약해.

"그건 우리 문제고, 분명 말하셨죠? 우리보고 해결해 달라고? 그렇다면 우리의 행동과는 별도로 천사님들이 의뢰를 한 것이 아닌가요? 그렇다면 저희는 당연히 의뢰비를 받아야죠."

"……."

"천사의 눈물 스무 개."

"저… 열다섯 개면 안 될까요?"

…결국 천사의 눈물 열일곱 개로 결정이 났다. 예나가 갑자기 존경스러워지는 것은 왜일까?

"여러분은 직접 들어가서 해결을 해주시기 바랍니다. 저희는 폴타폴리를 처리하고 리즘 분지 전역에 결계를 치겠습니다."

하렌이 말했다.

"그것은 최악의 상황을 대비하기 위한 겁니다. 그리고 저희가 치는 결계는 신성 결계입니다. 결계에서 나오는 신성력이 리즘 분지 전역에 퍼져 있는 사악한 기운으로부터 여러분들을 도울 겁니다. 아마도 사악한 기운에 정신을 뺏기지는 않겠죠. 저희가 할 수 있는 일은 거기까지입니다. 그럼 행운을 빕니다."

우린 하렌의 말을 듣고 리즘 분지의 중앙을 향해 출발했다. 리즘 분지가 크긴 했지만 대단한 넓이는 아닌 큰 마을 정도의 넓이였다. 그것은 사람의 눈으로 끝에서 끝까지 볼 수 있다는 뜻으로 우리가 들킬 위험이 크다는 것이었다. 하지만 다행히도 분지 안은 어느 정도 지형지물이 있었다. 그 덕분으로 우린 숨어서 갈 수가 있었다.

"다 왔어요."

앞서 가던 죠세프가 속삭였다. 우린 몸을 숨긴 곳에서 슬쩍 고개를 들어 앞을 살폈다. 거기에는 여러 명의 사람들이 있었는데 그 숫자는 의외로 적었다. 한 일곱 명 정도? 게다가 마법사의 로브를 입은 사람은 없었다. 물론 마법사라고 다 로브를 입는 것은 아니지만 그래도 그만큼 마법사가 있을 확률도 적다는 말이었다. 숫자도 우리보다 적었고. 그걸 본 우린 잠시 의논했다.

"나갈까요?"

나의 조심스런 의견.

"좋죠."

이구동성의 대답. 단 1초 만에 만장일치로 끝난 의논이었다.

"엇?"

대장인 듯한 사람의 가벼운 외침이 있었다. 아마 갇혀 있어야 할 우리가 그들 앞에 나타난 것이 놀라웠던 모양이다.

"안녕하쇼."

난 약간 껄렁하게 물어보았고…

"조금 전까지만 해도 안녕했지. 네 녀석들 보기 전까지 말야. 도대체 어떻게 나온 것이지? 거긴 9클래스에 9써클의 마법이 세 개나 걸려 있는데."

지지 않는 녀석의 말발.

"내가 있으니 불가능하지 않지."

셰인즈는 앞으로 나서며 말했다.

"하하핫, 셰인즈인가? 네놈이 언제고 배반하리라는 것은 알고 있었다. 하지만 배반의 동료로 삼은 녀석들이 저런 너저분한 녀석들이라니 너도 운이 없어도 어지간히 없군."

무슨 까닭인지 그는 여유가 있었다. 겉보기에는 우리가 유리한 상황인데도 이러면 나쁜 상황이 예감되는데……. 난 나쁜 예감은 꼭 맞던데.

"과연 그럴까? 난 최선의 선택을 했다고 본다, 메를드."

셰인즈도 지지 않고 말했다. 그런데 메를드? 저자가 메를드? 생각보다 빨리 만났다는 생각을 하며 난 그 메를드란 자를 쳐다보았다.

"내 이름은 너 따위 벌레 같은 하등 종족이 함부로 부를 이름이 아냐. 그런데 날 어떻게 알아보았지? 너 같은 것이? 난 너와 만난 적도 없는데."

"척 봐도 네가 대장 같잖아. 저 사람들 모두 몸이 너를 향해 있던 걸?"

셰인즈의 설명이었다. 셰인즈 정말 오우거 맞아?

"훗, 오우거치곤 똑똑하군."

메를드는 그렇게 말하며 자신의 금빛 머리카락을 뒤로 젖혔다.

"엘프?"

머리카락 사이로 드러난 저 뾰족한 귀. 분명 엘프였다. 그것도 순수한 엘프. 그런데 뭔가 이상한 것이…

"홍, 화이트 엘프? 역시 엘프 중에 이런 짓을 할 종족은 화이트 엘프 외에는 없지."

네이린이 차갑게 말했다. 여지껏 보아온 네이린의 무척 침착하고 부드러운 성격과는 달리 가시가 돋친 말투를 하고 있었다. 그런데 화이트 엘프? 난 메를드를 자세히 보았다. 그리고 깨달았다, 엘프라고 보기엔 뭔가 이상했던 점을. 메를드는 확실히 화이트 엘프였다. 마치 밀가루를 바른 듯 하얀 피부를 가진 엘프. 엘프 중에 유일하게 사악한 종족. 다크 엘프조차 악의 세력과 인연을 끊었는데 화이트 엘프는 아직도 사악한 엘프 종족이었다. 아니, 다크 엘프야 그들의 조상이 악마에게 영혼을 팔아서 한때 어둠의 종족이라고 불렸지만 화이트 엘프는 악마에게 영혼을 팔 이유가 없었다. 원래 사악했기 때문이다.

메를드는 네이린을 보고 피식 웃더니 우리를 손가락으로 가리키며 말했다.

"우리가 어때서? 우리가 무엇을 하든 너희 같은 벌레들이 감히 상관할 바는 아니지."

하… 난 밀케를 슬쩍 보았다. 밀케도 황당한 모양이었다. 전에 밀케 등 용족들이 우릴 벌레 취급했지? 그런데 지금 밀케가 그 꼴을 당한 것이다.

"란셀님."

그때였다, 페디가 날 부른 것은.

"왜?"

“저, 저거 말예요.”

“응?”

“저 사람, 아니, 저 엘프가 손목에 찬 거요.”

난 페디가 말하는 것을 보았다. 메를드는 지금 우리를 손으로 가리킨 자세라 그의 팔을 보기가 용이했다.

“음… 팔찌군. 비쌀 것 같은데?”

“비싼 정도가 아니에요. 저건 2클래스의 팔찌인 하르겐이라는 거예요.”

난 페디의 말에 놀라서 메를드의 팔에 차여 있는 팔찌를 다시 보았다. 하지만 아쉽게도 메를드는 이미 팔을 내렸다. 하지만 그래도 언뜻 본 것은… 은색의 팔찌에 푸른 보석이 줄지어 박혀 있다는 것. 나도 말로만 들은 하르겐. 하르겐을 차면 자신의 실력보다 2클래스나 높은 마법을 쓸 수 있다고 한다. 그러니까 저 메를드가 5클래스면 7클래스의 마력을 갖게 되는 것이다. 그렇게 본다면 우리가 나온 감옥의 마법은 메를드가 걸었을 확률이 높았다. 아울러 메를드만 해도 7클래스의 마법사이고.

사실 클래스만 높으면 낮은 써클의 마법사라도 높은 써클의 마법을 쓸 수가 있었다. 왜냐하면 클래스가 힘의 단위라면 써클은 기술의 단위. 실전에서야 낮은 써클 유저가 높은 써클의 마법을 쓰기는 불가능하지만 천천히 시간을 두고 마법책을 보며 마법을 걸면 낮은 써클의 마법사라도 높은 써클의 마법을 구사할 수가 있었다. 물론 어느 정도는 이해를 해야겠지만. 아마 감옥 안의 마법도 그렇게 걸었을 것이다. 하지만 써클 수가 올라갈수록 그만큼 복잡해지기 때문에 어느 정도의 실력을 가진 마법사만이 할 수 있는 방법이기도 했다. 그렇게 본다면 메를드는 써클 수도 높은 마법사였다. 아니, 높지는 않더라도 마법에 대해 잘 이해하고 있을 것이다. 정말 잘못 걸렸다. 메를드가 저렇게 여유있는 이유가 있었다. 하긴 화이트 엘프가 아무리 비열하고 비겁하고 사악해도, 그래도 엘프의 한 종족이다. 마법 실력이 낮을 리 없었다. 그런데 네이린은 페디의 말을 못 들은 모양이었다.

"흥, 역시 화이트 엘프군. 네가 아무리 여유를 부려봐야 네 일행의 수는 적고 우린 많다. 당장 항복해."

메를드는 네이린을 보고 웃었다.

"글쎄, 그럴까? 그래, 많은 수의 허수아비와 적은 수의 용사가 싸우면 어떻게 될까? 게다가 그 허수아비 중의 하나가 우리 편이면?"

난 메를드의 말에 몸이 굳었다. 메를드의 말은 지금 우리 중에 메를드의 사람이 있다는 말이었다. 대체 누구지?

"난 시간 따위 끌고 싶지 않다. 시나, 와라."

난 메를드의 말에 무척 놀랐다. 시나? 시나라면 그 은회색의 머리카락을 지닌 신비스런 여인. 그리고 롬의 여인인 실버그레이 드래곤이 아닌가? 그녀가 메를드의 첩자? 내가 그렇게 당황하고 있을 때 시나는 우리를 지나 메를드 옆에 섰다. 그리고 누군가 나에게로 쓰러졌다.

"로, 롬!"

"시, 시나?"

롬은 정신이 나간 듯했다. 하긴 누구보다도 믿었을 시나가 원래는 메를드라는 사악한 화이트 엘프의 일당이라니 이런 반응도 당연했다.

"미안해요, 롬."

시나는 담담하게 말했다.

"하하핫, 저 별 볼일 없는 일행 중에 그나마 가장 강했을 시나가 빠지다니 정말 불쌍해서 못 봐주겠군. 하하하하핫!"

메를드는 크게 웃어댔다. 저 얄미운 화이트 엘프 같으니라고.

한동안 웃던 메를드는 웃음을 멈추고는 우릴 바라보았다.

"시나가 아니라도 네 녀석들이 우릴 이길 수 없는 이유는 또 있다."

메를드는 그렇게 말하고 손가락을 튕겼다. 그러자 두 명의 사람이 메를드 앞에 섰다. 둘 다 초록색 상의에 황색 바지를 입었는데 허리띠가 한 명은 쇠로 되어 있었고 한 명은 가죽으로 되어 있었다.

"그럼 펠부터 시작할까? 펠, 네 부하들을 불러라."

메를드가 명령을 하자 쇠 허리띠를 차고 있는 사람이 얼굴을 손으로 뜯어냈다. 우린 그것을 보고 놀랐지만 그건 시작에 불과했다. 펠이 뜯어낸 얼굴 뒤에 또 하나의 얼굴이 있었다. 뜯어낸 얼굴은 가짜였다. 그리고 드러난 얼굴은… 없었다. 얼굴에 아무것도 없었다! 있다면 이마 한가운데 있는 둥근 유리구슬과 귀밑―얼굴 양쪽에 붙어 있는 구멍이 귀가 맞다면―까지 이어진 큰 입밖에 없었다.

"하핫, 이 녀석은 펠이라고 하지. 무슨 능력이 있는지 궁금하지?"

아니, 안 궁금해.

"보여줘라, 펠."

아니라니까! 하지만 내 마음속의 외침과는 달리 펠이라고 불린 이상한 인간(?)은 입을 벌렸다. 그러자 거기에서는 이상한 벌레들이 쏟아져 나왔다. 다리가 네 개인 둥근 공 모양의 몸통을 가진 벌레들. 그 벌레들은 펠의 입에서 나오자마자 땅으로 파고들었다. 우린 당황해서 발밑을 주시했다. 그 이상한 벌레들이 땅속을 지나 우리의 발 밑으로 올 것이라는 생각에서였다. 하지만 그 벌레들은 우리의 기대를 저버렸다.

"저길 보세요!"

갑자기 멜리사가 소리쳤다. 우린 멜리사의 외침에 놀라 멜리사가 가리키는 곳을 보았다. 멜리사가 가리킨 곳은 벌레들이 파고든 지점이었는데 그 부분의 땅이 들썩거리더니 이상하게 생긴 인간들이 나왔다. 정확히 말하자면 펠과 똑같이 생긴 사람들. 다만 손톱이 비정상적으로 길었다. 게다가 굽지 않고 곧게 뻗은 모양이었는데 아마도 무기인 모양이었다.

"저게 뭐지?"

난 놀라서 중얼거렸다.

"저건 내 충실한 부하들이지. 이름은 펠르트. 펠르트, 공격해라."

메를드는 여전히 웃는 소리로 명령을 했고 그 펠르트들은 우리를 향해 달려왔다.

"핫!"

챙!

그리고 순간적인 공격. 그 펠르트의 손톱과 죠세프의 칼이 격돌했다.

챙! 창! 파캉!

몇 번을 부딪치고 죠세프와 펠르트는 떨어졌다. 지금 있는 펠르트들은 백여 마리 정도 되어 보였다. 그것을 보는 죠세프는 당황한 표정이 역력했다.

"라, 란셀, 이젠 어쩌죠?"

"어쩌긴, 해치워야지."

"아, 아니, 그게 아니고……."

나도 죠세프가 당황하는 이유를 알고 있었다. 사실 죠세프는 비록 소드 마스터이지만 벌레 한 마리 못 죽이는 성격이었다. 죠세프와 처음 여행할 때 그걸 알 수가 있었다. 소드 마스터의 실력이면 그 움직임도 만만찮은데 토끼 한 마리 못 잡았던 것이다. 배가 고파서 사냥을 했지만 결정적으로 생명을 해칠 수가 없어서 자꾸 놓쳐 버린 것이다. 아무리 살기를 피워서 동물들이 먼저 도망갔다지만 전부 도망갔던 것은 아니고 마법을 쓰면 도망가는 동물도 잡을 수 있는 데도 불구하고 못 잡은 이유가 그것이었다. 그리고 우연히 잡힌 재수없었던 토끼. 그놈도 죠세프가 차마 제대로 못 맞추고 옆으로 비낀 마법에 놀라 달아나다 나무에 부딪쳐 죽은 것이었고 죠세프는 토끼가 불쌍해서 배도 가르지 못하고 그대로 구웠었다.

죠세프의 이런 성격은 우리에 대해 한 번에 확실히 판단한 다리온도 인정한 것이었다. 소드 마스터이자 뛰어난 마법사인 마법 기사로, 그것도 천재적인 마법 기사인 죠세프에게 그것은 유일하면서도 치명적인 약점이기도 했다.

그러니 지금 죠세프는 아무리 괴물처럼 생겼지만 그 펠르트들을 죽이지 못했던 것이다. 그나마 아르티닌과 밀케가 있기는 했지만 그 둘은 메를드 옆에서 펠과 같이 있던 다른 사람에 대해 신경 쓰고 있었다. 아무래도 펠과 펠르트보다 더 위험한 존재인 것 같았다. 덕분에 지금 저 펠르트들을 제대로 상대할 사람은 페린뿐이었다. 용병 출신의 다섯 명이 있기는 했지만 지금 저 펠르트들의 동작과 속도를 보았을 때 그들은 상대가 되지 않을 것이 확실했다.

"하하핫! 그래, 실컷 당황하고 두려워해라. 펠르트들은 생명이 없는 인형들. 너희처럼 죽음을 두려워하지도, 상처입는 것을 무서워하지도 않는다. 아니, 고통도 못 느낀다. 또 그들은 지치거나 힘이 빠지지도 않는다. 그들의 몸은 세닐라로 만들어진 것. 철저한 살인 인형들이기 때문이지. 하하하!"

우리의 상황을 보고 메를드가 득의양양해서 소리쳤다. 이런, 누구 겁주냐? 그렇잖아도 목숨이 작별이나 하려고 준비하고 있는 참에… 뭐? 세닐라? 그건 오이타트란 광물에서 뽑아낸 물질이잖아? 굉장히 질기고 탄성이 있는 물질이라 칼도 잘 안 먹히는데… 그럼 저 세닐라로 만들어진 펠르트를 상대하려면 역시 검기가 필요한데… 그걸 할 수 있는 사람은 나… 는 속도가 느린 것을 포함해 역시 문제가 많고… 결국 죠세프, 아르티닌, 밀케뿐… 하지만 아르티닌과 밀케는 더 강한 적을 견제하니 역시 죠세프 외에는 방법이 없나? 롬의 경우는 아직도 충격에서 못 벗어난 상태고 결국 남은 사람은 죠세프인데 단 한 명의 해결사가 저 꼴이니…….

"하앗!"

창창!

지금 죠세프는 펠르트들의 공격을 겨우 막고 있었다. 오히려 다섯 용병이 더 잘 싸우는 것 같았다. 그래도 그들은 잠시 동안이지만 공격을 시도하기라도 하니까… 죠세프는 철저한 방어로 일관했다.

"뭐 합니까, 죠세프? 저 펠르트들은 살아 있는 생물이 아닙니다. 그저 남의 조종에 움직이는 인형들입니다!"

우리 일행이 한창 펠르트들과 대치할 때 다리온이 외쳤다.

"예?"

"저것들은 그저 인형이란 말입니다! 들판에 서 있는 허수아비 같은 존재란 말입니다. 재료가 세닐라라는 비싼 물질인 것과 상당히 위험하다는 것 말고는 별다른 점이 없어요."

"그럼……."

죠세프는 칼을 고쳐 잡았다.

"살아 있는 생물은 아니란 거죠? 그럼 어떻게 하죠? 무슨 핵이 있어 움직이나요? 아니면 팔다리를 자를까요?"

흠… 벌레도 못 죽이는 죠세프이건만 무생물에게는 상당히 잔인하군.

"아닙니다. 저들은 핵이 없습니다. 저들은 줄에 따라 움직이는 인형, 마리오네트일 뿐입니다. 말 그대로 조종되는 인형입니다."

응? 지금 다리온의 말, 다리온은 저 펠르트들에 대해 알고 있는 건가? 난 궁금해서 다리온에게 물었다.

"다리온, 다리온은 어떻게 그렇게 장담하죠? 펠르트들은 메를드의 부하인데……."

"훗. 펠르트, 그건 저 화이트 엘프가 만든 것이 아닙니다. 아니, 만들었을지도 모르죠. 하지만 창작품은 아닙니다. 펠르트란 것은 고대 마도 시대의 병기입니다. 지금은 없지만 네날비란 물질로 만들었다고 하더군요. 듣기로는 내구성과 복원력이 뛰어나다고 하는데… 어쨌든 세닐라도 내구성은 뛰어나긴 하죠."

"그런가요?"

난 어째서 다리온이 펠르트들에 대해 아는지 알았다. 나? 난 의사라 저런 병기에 대해서는…….

"저 펠르트는 자아가 없어 움직이려면 조종하는 인형술사가 필요합니다. 그 인형술사도 사실 펠르트의 하나인데 다만 자아가 있다는 것이 다를 뿐입니다. 사람을 마법과 연금술로 펠르트로 만든 것이니까요. 그리고 그 인형술사를……."

다리온은 펠을 가리켰다.

"펠이라고 부릅니다. 마도 시대에는 펠 하나가 1만 개체의 펠르트를 조종했다고 합니다. 그런데 지금 보니 1백 개 정도 되어 보이는군요. 역시 마도 시대의 원판보다는 성능이 떨어지겠죠. 그리고 생각해 보시죠. 세닐라가 어떤 물질입니까? 인공 물질입니다. 세닐라로 육체를 구성할 생물은커녕 살아 있는 생물에 세닐라를 이식할 수나 있습니까?"

다리온의 설명이 끝났다. 그러자 메를드는 다시 웃으면서 말했다.

"호오… 잘 아는군. 설마 펠과 펠르트에 대해 아는 사람이 있으리라고는 생각을 못했는데 말야. 이거 의외인데?"

"난 현자 중의 위대한 현자지요. 당연히 모르는 것이 이상한 겁니다. 그런데 당신은 현자와는 영 거리가 멀군요. 아무리 기술과 재료가 부족하다고 해도 겨우 저 정도입니까? 나라면 저것보다 더 뛰어난 펠르트를 만들 텐데… 역시 머리가 안 따라주니 할 수 없죠?"

다리온이 가볍게 받아쳤고 메를드는 잠시 화난 얼굴을 했다가 다시 미소 지었다.

"후후. 그래, 맞아. 이게 내 한계인 모양이군. 그런데 어쩌나? 아무리 성능이 떨어져도 그 떨어지는 펠르트가 너희에게는 없잖아? 훗. 자신있게 굴지만 저 백 개의 펠르트들을 어떻게 이길지 궁금하군. 펠, 한꺼번에 공격시켜라."

메를드는 펠에게 명령을 내렸다. 그러자 백 개의 펠르트가 한꺼번에 몰려왔다.

"다리온, 어떻게 해요?"

지금 싸울 수 있는 사람. 죠세프와 이브린, 셰인즈, 페린, 그리고 다섯 명의 멜리사 일행들은 당황하고 있었다. 아무리 실력이 뛰어나도 9:100이었다. 게다가 지금 덴과 아츠인은 무용지물이었다. 왜냐하면 펠르트들의 몸에는 마법 방어 문양이 새겨져 있었기 때문이다. 네이린의 경우는 만약을 대비해 정령을 부를 준비를 하고 있었다. 그리고 아르티닌과 밀케는 펠의 옆에 있던 그자를 계속 주시하고 경계하느라 미처 펠르트들과의 싸움에 낄 수가 없었다.

"하핫!"

"야잇!"

투닥.

퍽.

세닐라는 내구성이 좋고 질기며 탄성 또한 좋은 물질이었다. 따라서 보통의 칼로는 잘 베어지지 않았다. 죠세프의 검기마저도 잘 먹히지 않았다.

"다리온."

난 다시 다리온을 불렀다. 이러다간 펠르트들이 곧바로 우리에게 다가올 것 같았다. 다리온도 그것을 알았는지 급하게 외쳤다.

"죠세프, 잘 움직이는 인형을 갑자기 멈추게 하려면 어떻게 하지요? 줄을 끊어야죠? 그럼 인형을 조종하는 줄은 어디 있을까요? 인형 어디에 줄이 있느냔 말입니다."

다리온의 말은 펠르트들의 약점에 대한 이야기였다. 인형이라… 당연히 팔이나 다리, 머리… 그러고 보니 펠르트의 몸은 주황색이었다. 그리고 좀 옅은 주황으로 마법 문양이 그려져 있었다. 그런데 손목이나 무릎 등에 굵은 펜으로 그은 듯 짙은 주황색의 선이 있었다. 순간적으로 생각이 떠올랐다.

"죠세프, 손목 같은 곳에 있는 짙은 주황색이다! 거길 공격해!"

난 더 이상의 생각을 그치고 소릴 질렀다. 하지만 좀 어려운 주문이

었다. 저런 혼전 중에 어떻게 그 가는 선을 가려서 벤단 말인가? 오히
려 약점을 들킨 펠르트들의 공격이 더욱 거세졌다.

"미끄럼 방지 마법 안티그리스."

"미끄러운 대지. 그리스 랜드."

갑자기 덴과 아츠인, 그리고 페디가 마법을 걸었다. 덴과 아츠인이
그리스 랜드를 걸고 페디가 안티그리스를 걸었다. 난 페디가 마법을
쓰는 것을 처음 보다시피 했는데 역시 드래곤이었다. 혼자서 우리 모
두에게 마법을 걸어주었던 것이다. 물론 예외는 있지만. 아이 씨… 미
끄러… 거참, 옆에서 좀 잡아주지.

"지금이다. 핫!"

"하앗!"

덴과 아츠인의 마법에 펠르트들이 넘어지자 순간적인 공백과 동작의
멈춤이 있었다. 그 순간에 펠르트를 상대했던 사람들은 급히 펠르트의
약점을 공격하기 시작했고 얼마 안 지나서 펠르트들은 축 늘어졌다.

"이런……."

메를드는 혀를 찼다.

"이런, 이런 식으로 당하다니……."

"당연하지. 암만 몸에 마법 문양을 새겼어도 이런 간접 마법에는 속
수무책이지. 마법 문양이 다 그렇잖아?"

난 메를드에게 당당하게 말했다.

"시끄럽군, 뒤에서 피해 있던 주제에."

메를드는 나의 가슴에 비수(?)를 꽂는 말을 하고는 계속 말을 이었다.

"너희들, 생각보다 꽤 센 모양이군. 후훗."

계속되는 메를드의 웃음. 무슨 일이지? 설마 이 정도로 충격을 받았

나? 그럴 녀석은 아닌 것 같은데… 메를드의 웃음을 대하고 있자니 계속 불길한 생각이 들었다.

"훗, 그럼 진정한 두려움을 느끼게 해주지."

메를드는 그렇게 말하고 뒤로 물러났다. 그리고 아르티닌과 밀케가 주시하던 자가 앞으로 나섰다.

"강한 자들이로군."

그가 우리에게 말했다. 마치 어두운 동굴에서 울려오는 듯이 낮게 깔리면서도 음침한 목소리…….

"난 제리아트라고 하네."

그는 자기 이름을 말하고는 펠의 경우와 같이 얼굴을 찢어냈다. 그리고 나온 것은…….

"스켈레톤?"

나온 것은 스켈레톤이었다. 뼈로 이루어진 몬스터, 아니, 언데드.

"스켈레톤이 아냐. 정말 스켈레톤이면 나와 밀케가 그렇게 경계하지 않았어."

나의 중얼거리는 소리를 듣고 아르티닌이 소리쳤다.

"잘 봐, 저 녀석의 주위를!"

난 아르티닌의 말대로 그 스켈레톤의 주위를 보았다. 그리고 보았다. 뼈로 이루어진 몸체 주위로 있는 투명한 그 무엇을. 그것은 마치 그 뼈에 살아생전의 모습으로 모양을 이루고 있었다. 그리고 뼈 자체도 스켈레톤처럼 회색의 뼈가 아니라 순백의 대리석 같은 뼈였다.

"저, 저건……."

"그래, 저건 언데드 따위가 아냐. 저건 살아 있어."

아르티닌의 말대로 언데드는 아니었다. 살아 있는 채로 언데드와 같이 된 존재들. 하지만 정말 살아 있는 존재일까? 살아서 죽음의 힘을 가진 존재. 살아 있지만 죽음의 기운을 내뿜는 존재. 저건…

"후훗, 예전 마도 시대에 쓰였던 방법인데 내가 복원을 했지. 살아 있는 존재의 장점과 언데드의 장점을 가진 살지도 죽지도 않은 존재. 마도 시대에도 저주 생명체를 줄여서 저주체라고 불린 존재들이지. 정말 저주받아 마땅한 생명체란 뜻으로 말야. 자, 이제 두려움이 느껴지나?"

메를드는 제리아트를 보고 놀라는 우리를 보며 말했다.

"아참, 그리고 또 소개할 내 부하들이 있지."

메를드의 부르는 소리에 열 명 남짓한…

"뭐, 뭐야? 저것도 똑같잖아? 그 살아 있는 언데드. 저주체!"

이번에도 제리아트와 비슷한 존재들이 나왔다. 그나마 제리아트는 자신의 소개라도 할 정도로 점잖(?)았지만 이번에 나온 저주체들은 분위기부터 달랐다. 뭐랄까, 포악하다고 할까? 아무튼 건드리기 꺼려지는 그런 분위기였다. 그러고 보니 모양도 제리아트와 달랐다. 뼈가 좀 굵고 뼈의 크기로 보아 좀 작은 키였을 것 같았다. 지금 나온 저주체를 세어보니 모두 11명이었다. 그중 10명은 키가 나만했는데 뼈는 나보다 배는 굵어 보였고 머리에는 두 개의 굵은 뿔이 나 있었다. 나머지 한 명은 뿔 달린 10명보다 좀 작고 가늘며 뼈도 좀 더 둥글둥글해 보였다.

"오크? 저건 분명 오크 뼈인데? 뿔 달린 오크라니……."

옆에서 다리온이 중얼거렸다. 그런데 오크라니? 저게 오크? 그러고 보니 몸을 형성하는 영체가 오크 모양이긴 했다. 그런데 오크가 뿔이 달렸었나?

"후훗, 처음 봤겠지? 이들은 다크 오크다. 아니, 처음 본 정도가 아니라 처음 들었겠지. 내가 만들었으니까. 물론 시나 덕분이긴 하지만."

이, 이런… 그런가? 시나는 롬의 실험에 깊게 관여했을 테니 아마 지식이 있었겠지. 그런데 왜 그런 말을 우리에게 하지? 화이트 엘프가 다른 존재를 인정해 줘? 아마 시나를 위한 말이 아니라 우리를 도발시키려는 속셈이겠지. 역시 화이트 엘프답군.

"그럼 펠르트들의 실수를 다시 하지 말아야지? 펠, 제리아트, 시나, 리홉, 테킬, 먀오스, 켈렉 제스미, 모두 공격해라! 시나는 저 롬이란 녀석을 맡고 제리아트는 저 뻘건 머리와 용족 녀석을 맡아라. 난 저 멍청하게 생긴 놈을 맡지. 펠은 저 검사를 맡고 제스미는 저주체들을 모두 이끌고 리홉, 테킬, 켈렉, 먀오스와 나머지를 맡아라."

메를드의 말이 끝났다. 그러고 보니 메를드는 우리에 대해 어느 정도 알고 있는 모양이었다. 우리 중에 가장 강한 존재가 용족인 밀케와 드래곤인 아르티닌이란 것도. 그런데… 그런데… 어째서, 왜? 저 메를드, 이상하게 생긴 녀석이 왜 자기 상대로 날 지목하냐고! 으아… 엘렌디아 여신님, 밧줄 좀 내려주세요, 도망가게.

그들은 우리를 향해 뛰어왔다. 아니, 날아온 것 같았다. 그만큼 빨랐다. 그렇잖아도 별로 거리도 없었는데… 그리고 난 짧은 순간에 들었다, 메를드의 말을. '제리아트, 본체로 돌아가 싸워라' 그 한마디. 본체? 그런 말은 드래곤이 많이 쓰는데… 혹시 설마… 제리아트가 드래곤이겠어? 어떤 정신 나간 드래곤이 저런 짓을…….

"으힛!"

내가 잠시 딴생각을 한 순간에 메를드가 날 공격했다. 이, 이, 이런… 옆에서 예나가 안 밀쳤으면 큰일 날 뻔했다.

"훗, 재수가 좋았군. 다른 사람이 널 구할 거라곤 생각을 못했어. 하지만 이젠 그런 행운은 너에게 없을걸.”

　메를드는 킥킥대며 나를 향해 칼을 뻗었다. 단지 겨누기만 했을 뿐인데도 으… 떨렸다. 생각해 봐라. 서슬이 퍼런 칼날이 날 향해 겨누어지고 있는 것을. 소설에서야 이런 경우 주인공이 우습게 넘기지만 이런 실제 상황에서는 정말 장난이 아니다. 칼이란 것이 무엇인지 모르는 사람이라도 그 날카로운 기운에 겁이 날 텐데, 잘 만든 칼 하나 열 무쇠 방패 안 부럽다는 말―있나? 있겠지. 없으면 하나 만들고…―을 잘 아는 사람은 더 겁이 날 수밖에 없었다. 특히 그런 사실은 잘 알지만 막상 실력이 없는 나는… 으… 나 아직 안 쌌지? 그, 그나마 다행이야… 내 옷 이거 하난데…….

　“이봐, 네 녀석 상대가 나라니까. 왜 그렇게… 후후. 그래, 알겠어. 칼이 겨눠지니 정신이 나간 모양이군. 당연하겠지. 그럼 간닷!”

　순간 메를드가 다시 공격했다. 윽! 또 딴생각을. 나 죽으려고 작정했나 봐.

　창!

　다행히 난 메를드의 칼을 검기로 막았다. 순간 메를드는 나에게서 떨어졌다.

　“검기? 소드 마스터군. 그것도 그랜드 소드 마스터. 이거 내가 상대를 잘못 잡았군.”

　메를드는 나의 손에 있는 검기를 보고 중얼거리더니 갑자기 제리아트에게 고개를 돌렸다.

　“제리아트, 본체로 돌아가라. 지금 당장.”

　이, 이봐. 나, 나 그랜드 소드 마스터 따위 아냐! 난 그냥 평범한(?) 스시민이야~ 이거 왠지 불안했다. 내가 왜 검기를 썼을까? 왜 검기로

막았을까? 그냥 피할걸. 그나저나 제리아트의 본체? 불안해, 불안해, 불안해. 제리아트, 변하지 말아줘요~

우웅.

하지만 내 바램과는 달리 제리아트는 본체로 돌아가고 있었다. 어두운 기운과 함께 한없이 커지는 몸체. 그리고 나타난 것은······.

"드래곤?"

"그래, 드래곤이다. 저주체 드래곤. 하하핫! 어떠냐?"

메를드는 나의 검기를 보더니 나에게 덤벼들 생각은 안 했다. 흥. 검기를 안 봤을 때는 무작정 공격하더니 이젠 검기를 봤다고 꽁무니를 빼? 비겁한 녀석. 고맙다. 흑흑. 감격의 눈물이······.

지금 모두들 제리아트의 본모습을 보고 있었다. 죠세프와 펠은 서로 칼을 맞댄 상태로, 롬과 시나는 그냥 서로 쳐다보는 상태로, 다른 사람들도 각자 싸우다 놀란 얼굴로, 가장 압권인 것은 밀케와 아르티닌이었다. 하긴 자신과 싸우던 존재가 갑자기 드래곤의 본체를 하고 나타났으니 당연한 일이었다. 그런데 우린 제리아트가 드래곤이란 것을 전혀 몰랐으니… 저주체라서 드래곤 특유의 존재감이 안 났던 모양이다. 본체로 돌아간 제리아트는 당연하지만 스켈레톤처럼 뼈만 있는 드래곤이었다. 난 덕분에 300여 년을 같이 있으면서도 단 한 번도 못 본 드래곤의 뼈를 낱낱이, 상세하게, 속속들이 보고 있었다.

"제리아트, 모두 없애라!"

우리가 제리아트를 보고 놀라고 있을 때 메를드가 제리아트에게 명령을 했다. 제리아트는 메를드의 말을 듣고 우리를 향해 머리를 돌렸다.

"피해요! 지금 저 드래곤은 브레스를 쏘려고 하고 있어요!"

그때 다리온이 소리쳤다. 우린 다리온의 말을 듣자마자 옆으로 몸을 날리다시피 하며 뛰어갔다. 그리고 들려오는 소리.

쿠구구궁!

난 뒤를 돌아보았다. 음? 분명 소리가 들렸는데 아무런 흔적이 없네?

"저 드래곤의 브레스는 죽음의 브레스. 물리적인 피해는 전혀 안 주지만 저 죽음의 브레스에 맞으면 생명력이 없어지죠. 만일 죽음의 브레스에 맞았으면 아마 단숨에 수천 년의 생명력이 사라졌을 겁니다. 그러니 고작 100년도 못 사는 사람이야 그대로 생명력 0이 되어 죽는 거죠."

무서운 브레스였다. 안 맞은 것이 천만다행이야… 겨우 살았네…….

"제리아트, 이번엔 실수하지 마라. 훗. 그리고 너희들도 각오하는 것이 좋을 거야. 제리아트 같은 저주체 드래곤이 뿜어내는 죽음의 브레스는 일반적인 드래곤의 브레스와는 달리 마나를 쓰는 브레스가 아니기 때문에 사용 횟수에 제한이 없다."

뭐, 뭐야? 그렇다면 우린… 죽은 거야? 흑흑. 엘렌디아 여신님, 이게 제 운명인가요? 정말 제 묘비명에 '란셸, 중간 생략 네르반. 골드 드래곤 카나이드에게 죽도록 교육받고 드디어 인간 세계에 나왔으나 리즘 분지에서 개죽음당하다' 라고 써야 하나요?

지금 제리아트는 우리를 향해 입을 벌리고 있었다. 우린 메를드의 말에 힘이 빠져 움직이지도 못하고 있고.

[잘 가라. 다음 생애에서는 좋은 운명이 기다리고 있기를 빌겠다.]

우리의 머리 속으로 제리아트의 말이 들어왔다. 대체 뭐야? 지금 우리를 죽이려면서 하는 말이… 이거 막상 죽는다고 생각하니 아무 생각도 안 나. 뭐라도 생각이 나야 할 텐데… 친구라든가, 좋았던 추억이라든가… 하지만 지금은 아무런 생각이 안 나고 그저 제리아트의 입만 보였다.

쾌아—

"컥!"

순간이었다. 이제 제리아트가 죽음의 브레스를 뿜으려는 순간 무슨 충격을 받았는지 비틀거렸다.

"응?"

"저것 봐요!"

그때 예나가 제리아트의 등을 가리키며 소리쳤다. 거기에는 사람이 서 있었다. 아니, 제리아트 등 위에서 발을 구르고 있었는데 한번 발을 구를 때 마다 제리아트가 비명을 지르며 몸을 뒤틀었다.

[쾌아아아!]

"우선 피합시다!"

다리온이 소리쳤고 우린 한쪽으로 재빨리 물러났다. 메를드 일당도 그건 마찬가지였다. 지금 제리아트는 엄청나게 몸부림을 치고 있었기 때문이다. 그때 제리아트와 싸우는 사람이 제리아트의 등 위에서 크게 두 발로 제리아트를 찍었다. 그와 동시에 제리아트의 네 발이 땅으로 파고들었다. 대단한 힘이었다. 제리아트의 몸 길이는 200길드. 드래곤이야 워낙 목과 꼬리가 길어서 실제 순수한 몸 길이야 60길드지만 그 크기가 작은 크기는 아니라서 지금 제리아트와 싸우는 사람이 제리아트의 등에 있는 것을 보니 마치 도마뱀 등 위에 벼룩 한 마리 뛰는 것 같았다.

음… 그렇게 생각하고 나니 우릴 구해준 사람인데 좀 미안하군. 근데 정말 사람 맞나? 세상에 어떤 사람이 저런 능력을 가졌지?

지금 그 사람과 제리아트는 격렬하게 싸우고 있었다. 제리아트는 자신의 등에 있는 사람을 없애기 위해 머리를 등으로 돌려 그 사람을 물려고 했다. 그 순간 그 사람은 제리아트의 머리—정확히 턱—를 찼고 제리아트의 머리는 뒤로 튕겨졌다.

[크와아아악!]

한 대 차인 제리아트는 곧바로 브레스를 뿜었다. 하지만 그 사람은 그대로 공중으로 뛰어올라 한 바퀴 공중제비를 돌더니 몸을 반으로 접었다. 그리고는 강하게 몸을 펴면서 두 발로 제리아트의 머리를 다시 찼다.

[쿠악!]

콰앙!

땅에 처박히는 제리아트의 머리. 제리아트는 재빨리 머리를 들었지만 이번엔 공중에서 몸을 굽혔다 쭉 펴면서 다시 두 발로 들려지는 제리아트의 머리를 찼다. 다시 땅에 박히는 제리아트의 머리. 제리아트는 잠시 머리를 들지 못했다. 그 공백의 순간 그 사람은 우리에게 달려왔다.

으, 으악! 나, 나 잘못한 거 없어요!

"안녕하세요? 만나서 반가워요. 전 푸른바위 가문의 진이라고 해요."

이 말만 하고는 다시 제리아트에게 뛰어갔다. 와아… 정말 빠르다…….

"호… 족?"

그때 밀케가 중얼거렸다. 그런데 호족? 호족이라면 이미 사라진 종족 아냐? 내가 잘못 들었겠지. 그런데 그 사람, 분명 가냘픈 듯이 보이는 팔다리에 호리호리한 몸을 가진 여자였다. 여자가 저렇게 세다니…….

"밀케, 저 여자 대단하지 않아? 사람이 저 정도의 힘이 있다니…

흠… 마법은 못 쓰는 것 같긴 하지만."

그래도 난 혹시나 하는 마음에서 밀케에게 말을 걸었다.

"아냐, 사람이 아냐. 아, 아니지. 용족이나 호족이나 사람은 사람이지. 하지만 란셀, 네가 말하는 그런 사람은 아냐. 호족이야. 저 진이란 여자, 분명 호족이야."

난 내가 잘못 들은 것이 아님을 알았다. 하지만 호족은 예전에 사라졌단 말이다. 아무리 용족이 호족을 상당히 의식했다고 하지만 그것이 언제적 이야긴데…

"이봐, 밀케. 호족은 이미……."

"아니, 텔시오님께 들었어. 소수이지만 호족이 남아 있다고. 동방 대륙이 멸망할 때 호족은 자신들의 힘을 다해 사람들을 피난시켰고, 그들은 결국 대륙과 운명을 같이 했지만 전부는 아니라는 거야. 힘없는 어린아이들은 피난을 시켰다고 하더군. 그 아이들 중 일부가 살아남았던 거야. 그때 텔시오님께서는 확실한 것은 아니라고 하셨지만 이제 확실해졌어. 텔시오님의 말이 맞아. 호족은 사라지지 않았어. 그리고 저 여자가 말한 가문. 호족은 성은 없지만 가문의 이름을 성 대신 쓰지."

난 잠시 충격을 받았다. 호족이 남아 있다? 호족이…….

"그리고 저 여자, 분명 흑발이지? 하지만 우리에게 왔을 때 란셀, 넌 보았는지 모르지만 일부 금발이 섞인 흑발이더군. 호족들의 특징이지. 호랑이와 같이 검은 털과 금색 털이 섞여 있는 것. 그런 특징 때문에 호족이란 이름을 얻었으니까. 또 한 가지. 우리 용족은 호족을 본능적으로 안다고 해. 호족도 우리 용족을 본능적으로 느낀다지? 내 느낌이 틀림없다면 저 진이란 여자 호족이야."

밀케는 말을 끝내고 제리아트와 진의 싸움을 보았다. 나도 밀케의 말이 좀 황당하긴 하지만 한번 믿어보기로 하고 진과 제리아트의 싸움을 지켜보았다. 그때 제리아트와 진의 싸움을 보던 밀케가 중얼거리는 소리가 들렸다.

"그런데 호족은 원래 저렇게 세? 어떻게 드래곤을 저렇게까지 몰아 붙이냔 말야. 우리 용족도 못하는 것을……."

흠… 하긴 뭔가 이상했다. 호족. 그들은 정말 강했다고 한다. 용족을 능가하는 강함. 다만 그들은 용족이 가지고 있는 이상한 수법들이 없을 뿐이었다. 하지만 호족이 아무리 강하더라도 드래곤을 이길 수는 없었다. 특히 저런 저주체의 경우 그 저주체는 자신이 가지고 있는 본연의 능력을 잃는 대신 육체적 능력은 두 배나 강하게 된다고 한다. 그렇다면 지금 제리아트는 보통 드래곤의 두 배에 해당하는 강한 힘을 가졌다는 뜻이었다. 그런 제리아트가 저렇게 일방적으로 당하다니… 내가 아는 호족의 능력으로는 절대 불가능한 일이었다.

"저 호족은 가우범이인 모양이군요."

옆에서 같이 보던 다리온이 말했다.

"가우범이요?"

가우범이? 처음 듣는 말이었다.

"예, 가우범이란 호족 중에서도 어쩌다 한 명 태어나는 호족이라고 합니다. 여기서 가우란 박달어로 가운데란 뜻이고 범이란 말은 호족입니다. 그러니까 가운데 위치한 호족이란 뜻이죠. 가우범이는 실제로 뛰어난 능력으로 호족의 중심에 위치할 존재라고 합니다. 어느 정도로 강한가 하면 미르와 신 이외에 가우범이를 이길 존재가 없다고 합니다. 동방의 용도 당연히 가우범이가 이길 수가 있고, 여기 서방 대륙에서 보면 고룡과도 대적이 가능하다고 합니다. 물론 순수한 힘과 격투 능력으로 보면 고룡도 진다고 하더군요. 다행히 고룡에게는 강한 용언 마법이 있어서 상대가 되는 것이지요. 보통의 드래곤은 가우범이에게 진다고 합니다. 흠… 못 믿을 말이지만 저 장면을 보니 믿겨지는군요."

지금 또 진이 제리아트의 머리를 옆으로 걷어차자 제리아트의 머리가 돌아갔다. 수세에 몰린 제리아트는 이번엔 긴 꼬리를 강하게 휘둘렀다. 하지만 진은 휘둘러지는 꼬리 위로 살짝 올라가서 꼬리를 따라 그대로 달렸다. 그렇게 달려 순식간에 등과 목을 지나 제리아트의 뒤통수를 발로 걷어찼다.

"다리온의 말이 정말 사실인 것 같군요. 힘은 몰라도 저 속도와 기술은……."

조금 전부터 계속 본 장면이지만 역시 이해가 안 가는 광경에서 다리온의 말 이외에는 설명할 길이 없었다.

"그렇죠? 그래도 다행인 것이 저런 가우범이는 호족에게서도 아주 드물게 태어난다고 하죠. 몇백 년에 한 번 태어날까 말까 하다고 하니까요."

"그렇군요."

나도 다행이라는 생각이 들었다. 저런 무서운 존재는 드래곤만으로도 충분하고 남았기 때문이다. 하지만 나보다도 다행으로 여긴 사람이 있었으니… 옆에서 밀케의 가슴 쓸어 내리는 소리가 들렸다.

퍽!

쿠쾅!

[콰아아아아—]

빠각!

[크왁!]

싸움은 끝으로 가고 있었다. 이미 승패는 결정난 것이었다. 제리아트가 용언 마법을 쓸 수 있었다면 조금이라도 버티었을 테지만 순수한 육체적 능력과 죽음의 브레스 외에 별다른 무기가 없는 제리아트는 진에게 질 수밖에 없었다. 힘은 제리아트가 진보다 강했겠지만 속도에서 차이가 많이 났다. 제리아트는 도저히 진의 속도를 따라가지 못했다. 또 브레스를 쓰려고 해도 어느 정도 시간이 있어야 브레스를 쓰는데 진의 계속되는 공격에 그럴 틈이 없었다. 물론 제리아트는 어둠의 마법을 쓸 수가 있을 것이었다. 그것도 강한 마법을. 하지만 그런 마법을 쓸 여유도 없이 얻어터지고 있었다.

빠악!

[콰아악.]

쾅!

그리고 마지막으로 진의 강한 발차기를 등에 얻어맞은 제리아트는 쓰러졌다.

"휴우… 그럭저럭 괜찮은 상대였어. 맷집도 좋고."

제리아트를 쓰러뜨리고 우리에게 다가오면서 중얼거린 진의 말이었다.

"훗, 용족? 맞군."

진은 우리에게 와서 밀케를 보더니 말했다.

그, 그래. 호족과 용족은 사이가 별로지? 내가 용족이 아닌 것이 다행이야…….

"인사는 좀 있다가 해요."

짧은 시간 밀케를 보던 진은 우리에게 말을 하고는 메를드에게로 걸어갔다. 그런데 메를드, 그는 지금 당황하고 있었다. 아니, 얼이 빠져서 당황할 수도 없는 상태인가? 어쨌든 지금 메를드는 굳어 있었다. 그런 메를드 앞에 선 진이 말했다.

"네가 저 드래곤과 한패인가?"

"……"

"대답을 안 해? 다시 묻지. 네가 저 뼈밖에 안 보이는 드래곤과 한패인가?"

"……"

파팍.

메를드가 계속 말이 없자 진은 그 자리에서 발을 굴렀다. 그러자 땅이 울리면서 진의 발자국이 패였다. 메를드는 그제야 정신이 돌아왔는지 진을 보며 흠칫했다.

"마지막으로 묻지. 네가 저 해골 드래곤과 한패인가?"

진은 물어보면서 양손을 옆구리에 가져갔다.

"아, 아닙니다! 한 패라뇨. 제리아트와 전 아무런 상관이 없었습니다."

메를드는 변명을 했다.

"흠… 그래? 정말 모르는 사이냐?"

"예, 정말 모르는 사이입니다! 어떻게 고귀한 엘프인 제가 저런 사악한 드래곤 따위와 알겠습니까?"

허헛. 정말 헛웃음이 나오는 소리다. 방금 제리아트의 이름까지 불러놓고 모른다고? 대체 저 진이란 호족이 바보가 아닌 다음에야 그걸 믿겠냐?

"그래? 그럼 저 해골 드래곤과 아무런 사이도 아니겠군. 모르는 사이라면 말야. 네 엘프로서의 영혼을 걸고 맹세하지?"

"예, 그렇습니다."

“그래? 그럼 믿지.”

진은 메를드의 말을 그대로 믿었다. 바보 아냐?

“훗, 당신은 정말 바보로군요.”

시나가 나서며 말했다.

“시, 시나, 네가…….”

메를드는 당황해서 말을 못했다. 그리고 원래 허연 얼굴이 더 허옇게 됐다. 하지만 시나는 메를드를 쳐다보지도 않고 곧바로 제리아트에게 다가갔다. 환한 얼굴이 되어서.

“됐습니다. 제리아트님, 메를드는 당신과의 관계를 부인했습니다. 이제 당신은 메를드에게 아무런 의무도 없습니다.”

이게 뭐야? 난 시나의 말을 듣고 놀랐다. 그게 뭐냐? 시나의 말대로면 제리아트는 메를드와 모종의 뭔가가 있어서 지금 메를드의 명령을 받고 있는다는 소리? 난 메를드를 흘깃 쳐다보았다. 그리고 난 내 생각이 맞았다는 것을 확신했다. 메를드는 화이트 엘프에서 블루 엘프로 변신 중이었다. 퍼렇게 질렸다는 뜻이지.

“그, 그게 정말인가?”

제리아트는 힘겹게 머리를 들어서 시나에게 되물었다.

“예, 제리아트님. 메를드는 당신과 아무런 관계가 없다고 했습니다. 그러니 이젠 더 이상 메를드에게 끌려다니지 않으셔도 됩니다. 그렇다고 당신이 계약을 깨는 것은 아닙니다. 당신과의 관계를 부정한 건 메를드니까요.”

제리아트는 시나의 말을 듣고 머리를 더 올렸다.

“그런가? 잘됐군. 그럼 메를드, 그대와 나는 이제부터 아무런 은원 관계도 없는 사이다. 그대가 나를 부정한 이 순간부터 나와 그대와의 관계는 백지와 같아진 것이다.”

제리아트는 단정하듯 말했고…

“안 돼에엣! 이건 사기야! 엉터리야! 어떻게 이런 일이 있어! 이 멍청한 드래곤, 거짓말과 진담도 구분 못하냐?”

메를드는 고함을 지르며 화를 냈다. 정말 멍청한 메를드.

“이봐, 흰둥이 엘프. 방금 저 해골을 모른다고 하지 않았나?”

고함을 지르며 화를 내는 메를드 앞에 진이 나서며 물었다. 그러자 메를드는 흠칫했다.

“그, 그건…….”

“난 분명 그렇게 들었는데?”

진의 말을 들은 메를드는 킥킥 웃어대기 시작했다.

“그래, 그렇군. 맞아. 킥킥. 이런 식으로 날 골탕 먹이는군. 하지만 말야, 너희들이 모르는 것이 있어. 난 8클래스에 9써클의 마법을 쓰는 대마법사란 말이다. 게다가 난 하르겐을 가지고 있지. 이건 마법을 2클래스 올려 쓰게 하는 아티펙트지. 이런 나를 이기겠다고? 나도 아까는 너무 어이없는 광경을 봐서 당황했지만 지금 생각해 보니 너희들쯤 얼마든지 와도 이길 수가 있단 말야. 각오하는 것이 좋을걸?”

메를드는 그렇게 말하고는 슬슬 걸으면서 우리를 천천히 쳐다보았다. 그런데 뭐? 메를드가 8클래스? 난 시나를 바라보았다. 시나는 고개를 끄덕였다. 맞다는 의미. 그러면 메를드는 10클래스의 실력? 말이 좋아 10클래스지 그건 어지간한 천재라고 해도 죽었다 깨어나도 못 이루는 꿈의 단계 아냐? 인간의 능력을 초월한 극한의 단계.

메를드는 순간 당황하는 우리를 보고 다시 피식 웃더니 여유있게 몇 걸음 더 옮겼다. 그리고는 마법 주문을 외우기 시작했다.

“소환 마법진.”

메를드는 순식간에 주문을 외우고 마법을 발동시켰다.

“이, 이런!”

우린 당황해서 급히 방어를 했다. 마법진을 소환하다니, 그게 무슨 마법이지? 아니, 그보다 주문이 왜 이리 빨리 끝나? 주문을 외우나 싶더니 끝나다니… 용언 마법도 아니고……

“하하핫, 그럼 난 힘을 얻으러 간다, 멍청한 것들.”

하지만 우리의 방어 태세가 무안하게 메를드는 우릴 비웃으며 사라졌다. 마법진에서 강한 빛이 나오더니 순식간에 사라진 것이었다. 아마 자코로의 기둥을 찾아간 모양이다. 그때였다. 아르티닌이 손바닥을 쳤다.

“아차, 나도 깜빡했군. 아무리 하르겐이 있어 이용한다고 해도 9클래스 이상의 실력은 안 나오는데…….”

아르티닌이 혀를 찼다. 나도 찼다. 저 녀석 드래곤 맞아? 처음 볼 때의 느낌이 자꾸 깨어진다.

“어쩌죠?”

오랜만에 아츠인이 한마디 했다.

“어쩌긴요, 우리도 따라가야죠. 어디 마법진이 있었던 곳을 살펴봅시다.”

다리온은 그렇게 말하고는 마법진이 있었던 곳을 살펴보기 시작했다. 하지만 마법의 흔적은 없었다.

“어? 마법의 흔적이 없는데요?”

덴이 이상하다는 듯이 말했다.

“그렇군요. 왜일까요? 홈… 생각하는 동안에 우리 간단하게 인사를 나누죠. 제리아트라고 했습니까? 전 다리온이라고 합니다. 다른 분들은……."

"다리온!"

난 어이가 없어서 다리온을 소리쳐 불렀다.

"지금 그런 인사나 할 때인가요? 인사는 나중에 해도 되지만 메를드가 자코로의 기둥에 들어가면……."

"란셀."

다리온은 나의 말을 막았다.

"자코로의 기둥이 뭡니까?"

"예? 자코로의 기둥이요? 자코로의 기둥이란… 대략 1만 년 전에 한 엘프가 만든 유리 기둥으로 이지를 지닌 존재가 그 안에 들어가면 악마의 권능을 얻는다는 기둥이죠."

난 설마 다리온이 몰라서 묻는 건가? 하는 생각을 하며 대답했다.

"맞습니다. 저도 자세히는 모르지만 그때 자코로의 기둥을 만든 엘프는 하이 엘프였다고 합니다."

순간 예나와 네이린이 크게 놀랐다. 하긴 일반 엘프에게 있어 하이 엘프는 언제나 고귀한, 존경과 흠모의 대상이었다. 그런데 그런 하이 엘프가 자코로의 기둥을 만들었다고 하니 놀라는 것도 무리는 아니었다.

"그때 그 하이 엘프는 무언가에 의해 협박을 받았던 것으로 전해집니다. 그래서 만들긴 만들었는데 훗날을 위해 유리로 만들었다고 합니다."

난 다리온의 말에 어리둥절했다. 그거야 나도 아는 사실이었다.

"유리로 만들었습니다, 란셀. 그럼 생각해 보시죠. 유리란 것은 어떤 겁니까?

"글쎄요… 투명하고……."

"후우… 유리는 딱딱한 물입니다."

난 그제야 다리온이 하려는 말이 무엇인지 알았다. 그런데 원자학상 액체인 유리가 이번 일과 무슨 상관이지?

"다리온, 그거야 어느 정도 지식을 쌓은 학자라면 다 아는 사실이 아닌가요?"

"아니죠, 상당히 쌓아도 모르는 경우가 많습니다. 우연히 배우거나 특별히 관심이 있거나, 아니면 란셀처럼 특이한 교육을 받은 사람이 아니면 말입니다. 뭐, 저야 워낙 위대한 대현자라 알고 있는 거지만."

으… 지겹다, 위대한 대현자란 소리.

"글쎄, 누가 알든 간에 그게 무슨 상관입니까? 대체 그게 지금 일과 무슨 상관이라고… 지금 메를드란 녀석이 도망쳤다고요."

이번엔 아츠인이 다리온을 다그쳤다. 아츠인도, 아니, 멜리사 일행은 전부 초조한 표정이었다. 그도 그럴 것이 이 일을 위해 온 것이나 다름없는 사람들이었기 때문이다. 그리고 그들은 우리 같은 별종(?)들과는 다른 평범한(?) 사람들이기에 더욱 그럴 것이었다. 하지만 다리온은 아직도 태평이었다.

"도망이요? 글쎄요… 메를드가 가야 어딜 가겠습니까? 갈 곳이야 뻔하지 않나요?"

"그러니까 더 문제가 아닙니까?"

이번엔 덴도 나섰다.

"하하, 문제가 될 일이… 아, 찾았다!"

다리온은 말을 하다가 탄성을 냈다. 그리고 우리에게 한곳을 가리켰다.

"여긴……."

다리온이 가리키는 곳은 마법진의 한구석. 그런데 자세히 보니 뭔가 이상했다.

"통로? 그렇다면 마법진은 결국 눈속임이었군요. 저 흙 색깔이 다른 부분이 입구인가요?"

가장 먼저 알아차린 사람은 아르티닌이었다.

"예, 아울. 이 마법진은 아무것도 아니죠. 아! 아니죠, 세 가지 역할이 있습니다. 하나는 사람들을 속이는 기능. 우리도 속았었죠? 마법을 쓴 줄 알고요. 아마 눈치없는 사람이라면 계속 마법진을 풀이하느라 시간을 다 보내겠죠."

난 다리온의 말을 듣고 죠세프를 바라보았다. 죠세프는 메를드가 사라진 시점부터 계속 마법진을 풀고 있었다. 비록 다리온의 말이 나오자마자 저렇게 시치미를 떼고 있지만 난 처음부터 봤었다.

"또 한 가지는……."

다리온의 말이 이어졌다.

"마법진의 복잡한 문양으로 흙의 색 구분이 쉽지 않다는 겁니다. 그리고 마지막으로 빛을 내는 기능이죠. 그러면 몰래 입구로 들어가도 안 들키겠죠?"

다리온은 그 말을 하고 씩 웃었다. 그리고 죠세프에게 손짓해서 입구로 추정되는 부분을 들어 올리게 했다. 그리고 정말 들어 올려졌다. 두 명의 사람이 통과할 정도의 크기의 입구가 나타난 것이었다.

"보셨죠? 여기에 자코로의 기둥이 있을 겁니다. 그럼 들어가기 전에 알아두실 것이……."

"그렇다면 빨리 들어가야죠."

쿠당탕!

"커윽!"

"보시다시피 어둡습니다. 그리고 내려가는 길이니 계단이 있을 테고…… 저렇게 될 수 있으니 조심하셔야 할 겁니다."

다리온의 설명은 끝났다. 아츠인의 훌륭한(?) 시범 아래.

다리온이 무언가 주의를 주려고 할 때 가장 먼저 나선 사람은 의외로 페린도 다른 용병 출신들도 아닌 아츠인이었다. 아츠인은 급히 가려다가 가파른 계단에서 그대로 구른 것이다. 간단히 말하자면 다리온이 주려던 주의를 몸으로 확실히 보여준 것이었다. 아마도 이런 것을 두고 살신성인의 정신이라고 하는 것이겠지?

"자, 그럼 들어갈까요?"

우린 다리온의 말에 누구처럼 구르지 않으려고 천천히 조심해서 들어갔다. 그런데 안 따라온 사람이 있었으니…

"롬. 이봐, 롬. 어이, 롬."

롬은 내가 여러 번 불러도 시나를 보면서 바보같이 웃기만 하는 것이었다. 내가 롬의 뒤통수를 한 대 쳐도 정신을 못 차렸다. 그래서 난 시나를 끌고 내려갔다. 그랬더니 이제 롬도 따라오고 있었다. 진작 이 방법 쓸걸. 아이구, 손이야.

안은 의외로 넓었다. 그리고 지하임에도 공기가 깨끗했다. 또 천장에 박힌 구슬에서 빛이 흘러나와 안이 환했다. 밖에서 볼 때는 어둡게 보였는데 실제로는 이렇게 밝은 것을 보니 빛을 차단하는 결계가 입구에 쳐져 있는 모양이었다.

"저기 빛이 느껴지는군요."

그때 네이린이 말했다. 확실히 엘프의 시각이 좋기는 좋은 모양이었다. 이런 밝은 곳에서 다른 빛을 감지하다니……. 아무튼 우린 빛이 비치는 곳으로 갔다. 아마 거기에 자코로의 기둥과 메를드가 있을 가능성이 컸다.

"저거……."

그리고 우리가 그곳에 갔을 때 우린 놀라서 입을 벌리고 말았다. 거기에는 망연자실해 있는 메를드가 있었고 그 앞에는 반 넘게 녹아서 흘러내린 듯한 유리가 있었다.

"제가 말했지요? 문제될 일이 없다고 말입니다."

다리온이 앞으로 나서며 말했다.

"저 자코로의 기둥은 보통 유리로 만든 것입니다. 단지 힘을 전달하는 통로이기 때문에 유리를 써도 무방해서죠. 그런데 유리는 액체입니다. 단단한 액체. 하지만 아무리 단단해도 액체는 액체입니다. 결국 높은 곳에서 낮은 곳으로 흘러내립니다. 유리도 예외는 아니죠. 흘러내립니다."

우린 다리온의 말을 듣고 흘러내린 유리를 보았다. 하지만 그래도 납득이 가지 않았다.

"다리온, 하지만 유리는 단단하게 굳어 있는 것이 아닙니까? 물론 가열하면 흘러내리지만 지금 여기는 덥지도 않은데……."

"글쎄요… 단단하긴 하죠. 하지만 이걸 생각해 보시죠. 물로 기둥을 세울 수 있습니까? 마법을 쓰지 않고요. 물론 가능할 수도 있을 겁니다. 하지만 물로 만든 기둥이 얼마나 오래갈까요? 1초? 0.1초? 너무 짧은 시간이죠. 그럼 끈끈한 나무 진액이나, 아니면 걸쭉한 시럽이면요? 당연히 흘러내립니다. 하지만 최소한 물보다는 느리게 흘러내립니다. 같은 액체라도 이렇게 고유의 성질에 따라 흘러내리는 시간이 차이납니다."

"그럼……."

뭔가 감이 잡혔다.

"예. 유리는 수천 년을 두고 흘러내리는 액체인 것입니다. 음… 그렇군요. 나중에 한번 세워진 지 몇백 년이 지난 오래된 도서관이나 신전의 유리창을 만져 보세요. 아마 위는 얇고 밑은 두껍다는 것을 알게 될 겁니다. 그건 처음부터 그런 것이 아니라 처음에는 두께가 같았지만 세월이 지나 흘러내려서입니다."

우린 이제야 다리온이 여유있게 행동한 이유를 알았다. 아마 다리온이 아니었으면 우린 고생 좀 했을지도 몰랐다. 아직도 마법진을 풀고 있다거나… 하지만 섭섭하기도 했다.

"다리온, 그런 건 좀 일찍 알려줘도 되잖아요."

난 좀 항의를 했고…

"글쎄요… 이렇게 극적으로 아는 것이 더 잘 기억되지 않을까요?"

이런, 누가 다리온을 이렇게 물들여 놓은 거야?

"우아아악! 이건 거짓말이야! 말도 안 돼! 이럴 수는 없어!"

갑자기 메를드가 고함을 질렀다. 메를드도 다리온의 말을 들은 모양이다.

"그때 그 엘프는 지금 이 상황을 위해 보통 유리로 자코로의 기둥을 만들었을 겁니다. 생각해 보시죠, 유리가 얼마나 약한지. 마법 통로가 되는 이유로 다른 보호 마법을 못 걸면 유리보다 더 강하고 안정된 재료로 만들었어야 했는데 보통 유리로 만든 것은 다 이유가 있어서죠."

다리온의 말은 설득력이 있었다. 지금도 가능한 일인데 마도 시대 때 불가능할 리는 없었다. 그렇다면 정말 일부러 유리로 만들었을지도 몰랐다. 이렇게 흘러내려 쓸모없게 만들려고. 이 기둥을 만들 때 기둥을 만든 엘프와 주변 상황이 어땠는진 모르겠지만 그 엘프는 자신의 의지로 좋아서 만든 것이 아닌 것은 확실해 보였다.

"큭큭, 그래? 그럼 난 지금까지 쓸데없는 짓을 한 것이군."

메를드가 슬쩍 맛이 간 모양이었다. 저런 웃음소리라니…….

"하지만 아직 기회는 많아. 얼마든지 힘을 모을 수 있지. 아무래도 난 이만 가봐야겠다. 그런데 너희가 너무 걸리는데? 훗, 그래서 선물을 준비했지. 이동."

메를드는 그렇게 말만 하고는 사라졌다.

"어?"

난 조금 전에 확인을 했다. 메를드는 8클래스의 실력에 9써클의 기술을 가진 마법사였다. 따라서 그가 마법으로 공격하면 그 공격은 대단한 것이기에 조심하려는 뜻이었다. 그런데 뜻밖에도 여기서는 마법을 못 쓴다고 했다. 페디의 말로는 여기에도 홀로드네이베일이 쳐져 있다고 했다. 자세히 보니 정말이었다. 따라서 이 안에서 마법은 못 쓰는 것이었다. 그런데 순간 이동을?

"아무래도 여기엔 밖으로 나가는 워프 통로가 있는 모양이군."

롬이 중얼거렸다.

"아차!"

그때였다. 다리온이 뭔가를 기억해 낸 모양이었다.

"이제 생각납니다. 자코로의 기둥. 거기엔 이런 기능이 있다고 하더군요. 대대로 자코로의 기둥은 엘프가 지키기로 되어 있었다고 합니다. 물론 철회가 되었지만 말입니다. 그런데 비록 철회가 되었지만 이미 만들어진 것은 어떻게 고칠 수가 없어서 처음 기능 그대로 남았다고 합니다. 그중에 하나가 탈출 워프라고 하는데 그건 자코로의 기둥을 지키는 엘프가 적이 침입해 왔을 때 탈출하기 위한 것으로 그 탈출

워프로 탈출하면 밖으로 나가게 된다고 합니다.”

“그럼 메를드는 그 워프 통로를 이용한 것이군요.”

덴은 방금 메를드가 있던 곳을 살펴보았다.

“거기를 살펴도 소용없습니다. 이 방 안 자체가 그 워프 통로인데다 그 통로는 1회용이니까요. 그렇게 탈출하면 자코로의 기둥이 있는 방은 봉쇄가 된다고 하죠.”

난 저절로 감탄이 나왔다. 지키는 사람은 탈출하고 침입자는 오히려 가두어 버린다? 꽤 괜찮은 생각이었다… 가 아니잖아! 지금 메를드가 탈출했으니 우리가 침입자가 되고, 그렇다면 우린…….

“우아악! 다리온, 어떻게 해봐요!”

“예? 뭘요?”

다리온은 내 말에 오히려 반문했다.

“우리 갇혔잖아요. 어떻게 해요? 걱정도 안 돼요, 여기에 갇혔는데?”

“아, 걱정됩니다.”

난 그제야 좀 안심이 되었다. 그런데 다리온이 걱정된다는데 왜 내가 안심이 되지?

“정말 걱정이군요, 메를드란 화이트 엘프. 밖에는 셰인즈와 제리아트, 그리고 다크 오크들이 있는데…….”

엥? 이게 뭔 소리? 우리 걱정이 아니라 메를드 걱정?

“다리온!”

“하하하. 란셀, 소리 지르지 말아요. 아, 그리고 보니 제가 다 말을 안 했군요. 그런데 그렇게 갇히게 하면 누가 자코로의 기둥을 지키죠? 그래서 이런 기능도 있었죠. 밖에서는 다시 입구를 열 수가 있게 말입니다. 그러면 다시 탈출 워프 통로가 생기죠. 침입자가 들어오면 엘프는 탈출. 탈출 후 어느 정도 시간이 지나 침입자가 지쳤을 때 입구를 열면 다시 지킬 수도 있고 침입자고 잡고. 좋아 보이죠? 그런데 몇 가지 문제점이 있어서 철회가 된 것이랍니다. 우선 침입자가 입구가 봉쇄된 것에 화가 나서 기둥을 부수면 어쩐단 겁니다. 그리고 밖에 침입자 일행이 있으면 또 어쩝니까? 기껏 탈출한 엘프는 잡히고 남은 일행이 입구를 열면 끝이죠."

하하… 그런 오묘한 이치가… 그런데 다리온은 이런 걸 다 어떻게 알았지?

우리가 갇힌 지 어언 몇 분. 세인즈가 입구를 열어서 우리는 밖으로 나왔다. 그리고 메를드의 소식을 물었다. 메를드는 우리에게 회심의 일격을 가하고 밖으로 나오니 세인즈와 제리아트가 있는 것을 보고 판단력을 잃은 모양이었다. 메를드는 동료들과 도망을 쳤는데 하필이면 우리가 탈출했던 감옥으로 도망갔다고 했다. 불쌍하게도…….

지금 내 손에는 메를드의 자랑거리였던 하르겐이 있었다. 우습게도 그는 워프를 할 때 하르겐을 떨어뜨리고 간 것이다. 나도 우연히 발견했는데 구조되기를 기다리는 동안 심심하기도 하고 호기심에 자코로의 기둥이었던 유리를 살피다가 바닥에 떨어진 것을 발견한 것이다. 내가 이 사실을 다른 사람에게 알리자 사람들의 반응은 '불쌍한 메를드. 쯧쯧쯧' 이었다. 그런데 이번엔 감옥으로? 정말 불쌍한 메를드. 쯧쯧쯧.

내가 살핀 바로는 저 감옥도 누군가 들어가면 마법진이 발동하는 그런 감옥이었다. 메를드가 거기서 탈출하려면 1클래스를 올려 9클래스가 돼야 탈출이 가능한데, 8클래스의 마법사가 1클래스를 올려 9클래스가 되는 것은 정말 힘든 일이었다. 그보다는 1클래스의 마법사가

3클래스로 올라가는 것이 훨씬 쉽고 기간도 짧았다. 클래스가 높을수록 한 클래스 올리는 것은 더 힘들어지는 것이었다. 그러니 메를드 일행은 아마 거기서 오랜 기간을 지내야 할 것이다. 어쩌면 거기서 늙어 죽을지도 몰랐다. 그나마 다행히도 그 안에는 감옥을 지키던 오우거를 먹이기 위해 여러 가지 재배되는 식량들이 있다고 셰인즈가 말했다. 그럼 그나마 굶어 죽는 것은 면한 건가? 아니, 엘프는 수명이 기니까 혹시 몰랐다. 어쩌면 식량이 먼저 떨어질지…….

"그런 사악한 자는 거기서 평생 갇혀 지내야 해요."

메를드에 대해 네이린은 그렇게 말했다. 그건 우리도 마찬가지 생각이었다. 제리아트의 입을 통해 들은 메를드의 악행을 듣고는 최소한 '불쌍한 메를드. 쯧쯧쯧' 이란 동정마저 사라졌기 때문이다.

제리아트는 블랙 드래곤으로 빙계 드래곤이었다. 사람들에게는 그리 알려져 있지도 않았고 드래곤끼리도 별로 입에 올리지 않는 평범한 드래곤이었다고 한다. 게다가 성격도 온순하고 활동적인 성격이 아닌 탓에 오직 레어에서만 지냈다고 한다. 그러던 중에 제리아트는 자신의 레어 주변에 오크의 마을이 있다는 것을 알았다. 아무리 온순하고 조용한 성격이라도 드래곤 특유의 호기심은 있어서 제리아트는 자신의 레어 주변에 있는 오크의 마을에 가보기로 했다.

그런데 제리아트가 조용하고 온순한 성격인 것이 지리 탓이었을까? 우습게도 제리아트의 레어 근처에 있는 마을의 오크는 무척 온순했었다고 한다. 보통 오크라고 하면 거친 성격에 파괴 욕구도 강해서 사냥을 하거나 가끔은 인간을 습격하기도 하는 몬스터였다. 하지만 그 마을의 오크들은 산에서 나는 과일이나 여러 가지 열매, 근, 씨앗 등을 채

집하여 먹고 살아갔다.

그런 마을에 들어선 제리아트가 가장 먼저 만난 오크가 지금 다크 오크들의 대장인 데니아의 어머니였다. 그들 스스로 베롤이라 부르는 오크 마을의 오크들은 무척 친절했다. 그 당시 제리아트는 인간의 모습으로 베롤을 찾아갔었다. 원래는 오크로 폴리모프해서 가야 했지만 워낙 그런 경험이 없어서 한 실수였다. 하지만 그런 모습과는 상관없이 베롤의 오크들은 제리아트를 적대시하지도 않았고 제리아트가 배고픈 기색을 보이자 식량을 나누어 주기까지 했었다. 나중에 베롤의 오크들도 제리아트가 드래곤인 것을 알았지만 달라진 것은 없었다.

아니, 달라진 것이 하나 있긴 했는데 그것은 여태까지는 제리아트가 일방적으로 베롤을 찾았지만 제리아트가 드래곤인 것을 안 후로는 베롤의 오크들이 제리아트의 레어를 찾기도 했다는 것 정도?

제리아트는 가진 물건이 거의 없었다. 다른 드래곤들은 보물을 쌓아 놓고 있었지만 제리아트는 보석류가 거의 없었던 것이다. 그걸 본 베롤의 오크들이 산에서 가끔 발견되는 호박이란 보석을 가져다 주어서 제리아트의 레어에 호박이 좀 쌓였다는 정도였다.

그렇게 왕래를 하던 중 베롤에 식량이 부족한 때가 있었다. 그래서 제리아트는 그들을 위해 도시로 식량을 구하러 갔었다. 다행히 아는 드래곤을 만나 많은 식량을 수월하게 구할 수 있었던 제리아트는 도중에 한 해츨링을 목격하게 되었다. 은회색 드래곤의 해츨링. 이름은 시나라고 했다. 그 해츨링의 부모는 죽었다고 한다. 그들이 시나를 낳았을 때는 너무 나이가 들었었는데 보통의 드래곤이라면 고룡으로 성장했겠지만 능력이 부족한 시나의 부모님은 그 나이의 힘을 못 견디고 죽은 것이라고 한다.

그걸 듣고 제리아트는 어이가 없었다. 그런 황당한 일이 벌어지다니… 그리고 시나의 부모들이 불쌍하기도 했다고 한다. 아무래도 어린 시나를 두고 편히 눈을 감지는 못했을 테니. 아무튼 그렇게 시나를 만난 제리아트는 시나를 길렀다. 비록 다른 드래곤들이 하찮은 은회색 드래곤의 해츨링이나 키운다며 말렸지만 제리아트는 그런 것에 신경을 쓰는 드래곤이 아니었다.

그리고 삼 개월 후, 데니아가 태어났다. 하지만 데니아는 너무 약했다. 게다가 몸에 한 가지 이름 모를 질병을 안고 태어났다. 몇 년이 지나 데니아가 다 성장했을 때 데니아는 마지막 생명의 불꽃이 다하고 있었다. 그래서 제리아트는 데니아에게 모든 시간이 정지된 고위 마법을 걸었다.

그로부터 오랜 세월이 지난 후 성룡이 된 시나는 데니아를 다시 살릴 기술을 배우기 위해 떠났었다. 그리고 다시 어느 정도 세월이 지난 어느 날 데니아가 사라졌다. 데니아에게 걸린 시간 정지 마법은 영구적인 것이 아니라 하루에 한 번씩 계속 걸어주어야 하는 마법이었다. 만일 하루가 지나 버리면 마법이 깨지고 데니아는 죽게 되기 때문에 제리아트는 발을 동동 구르며 찾아다녔다.

그때 데니아를 납치한 범인이 나타났다. 화이트 엘프. 메를드라는 화이트 엘프였다. 그는 데니아를 돌려주는 대신 제리아트에게 한 가지 약속을 원했다. 보통 드래곤이라면 메를드가 원하는 약속 내용을 말하지 않은 것에 대해 의심을 하겠지만 제리아트는 경험도 없었고 순진한 데다 데니아에 대한 걱정으로 다른 것을 살필 수가 없어서 메를드와 약속을 맹세했다. 하지만 그 약속은 제리아트의 복속을 뜻했다. 아울러 그렇게 메를드에게 복속된 제리아트는 데니아마저 돌려받지 못하게 되었다. 그때였다, 시나가 제리아트를 찾아온 것은. 그녀는 여러 곳을 돌아다니다가 롬을 알게 되었다. 시나는 롬의 지식을 알고는 롬에게 접근했다. 그리고 롬의 조수 노릇을 하면서 상당한 지식을 쌓았고 드디어 데니아를 살릴 방법을 알아내서 다시 돌아온 것이었다. 하지만 제리아트는 메를드의 계략에 복속이 되고 데니아는 이미 손 쓸 여지가 없는 상태가 되어 있었다.

다행이라면 다행일까? 베롤의 오크들은 이미 제리아트가 피신시킨 후였다. 만약을 대비한 조치였는데 경험없던 제리아트가 그런 일을 한 것은 대단한 일이었다. 하지만 맨 나중에 피신하던 10명의 오크들이 붙잡혔다. 그리고 시나도. 시나는 제리아가 메를드의 손에 있어서 어쩔 수 없이 스스로 잡힌 것이나 다름없었다. 그런데 시나를 잡은 메를드는 엉뚱한 생각을 했다. 오크들을 자신의 부하로 부릴 생각을 한 것이다. 그래서 메를드는 시나에게 잡혀 있던 10명의 오크들을 다크 오크로 진화시킬 것을 명령했다. 이미 시나의 능력을 알았던 것이다.

자신의 아버지와 같은 존재인 제리아트와 다른 친하게 지내던 오크들의 목숨을 걸고 명령을 하는 바람에 시나는 메를드의 요구를 들어줄 수밖에 없었다. 그리고 드디어는 친구인 데니아와 다른 오크 10명을 저주체로 만들어야 했다. 그땐 이미 제리아트는 저주체가 되어 있던 시점이었다. 시나는 친구들을 저주체로 만든 뒤 울었다. 하지만 그녀는 힘이 없었다. 시나는 롬에게 다시 돌아가고 싶었다. 그래야만 자신에게도 여유가 생겨 어떤 방법이라도 찾을 테니까. 그때 시나에게는 기적과 같은 일이 일어났다. 메를드가 시나에게 다시 배우러 돌아가기를 명령한 것이다. 물론 그건 시나가 가지게 될 지식을 이용하려는 메를드의 속셈이었지만 그래도 시나에게는 그것이 탈출구였다. 그리고 시나는 다시 자신이 있던 곳으로 갔다. 롬에게로. 시나와 우리가 만난 것은 그로부터 3년 후였다.

　여기까지가 제리아트와 시나가 해준 이야기였다. 시나도 그동안 제리아트를 메를드에서 해방시키기 위한 방법을 생각해 냈다고 한다. 하지만 제리아트는 이미 맹세를 한 바 있었기 때문에 메를드가 제리아트를 놓아주는 방법 외에는 다른 방법이 없었다고 한다. 아니면 메를드가 제리아트와의 관계를 부정하거나. 말로는 다른 방법 같지만 결국 메를드의 마음에 달린 문제라 포기했었는데 기적처럼 그 기회가 찾아왔던 것이다. 진에 의해서.

　난 이야기를 듣고 문득 롬이 불쌍해졌다. 시나가 저 정도로 제리아트를 위한다라… 난 처음에 시나와 롬이 서로 좋아하는 줄로 알았다. 하지만 시나는 제리아트를 좋아한 모양이었다.

"롬, 안됐다."

"뭐가?"

　롬은 시나가 배신했던 것이 피치 못한 사정에 의해 임시적으로 한 것임을 알고 가슴을 다행이라며 쓸어 내리고 있었다. 그런데 내가 롬의 가슴에 못을 박는군.

"시나 말야. 제리아트를 좋아하는 모양이야."

　그 말에 롬의 얼굴빛이 다시 변했다. 그때 시나가 웃으며 말했다.

"란셀은 제 말을 잘 안 들으셨군요? 전 분명 제리아트님은 제 아버지와 같은 존재라고 했습니다. 제가 제리아트님에게 느끼는 감정은 아버지에게 느끼는 감정이지요. 그리고 제리아트님은 따로 좋아하시는 분이 있습니다."

우린 궁금한 눈으로 제리아트와 시나를 번갈아 보았다. 그런데 그 둘의 눈이 행하는 곳은… 데니아? 말도 안 돼! 데니아라니! 우선 데니아는 저주체였다. 다른 건 다 제쳐 놓고 보더라도 저주체는 보이는 것이라고는 해골이었다. 물론 겉이 몸체 모양의 영체로 둘러싸여 있긴 하지만 거의 투명한 영체보다는 하얗게 빛나는 해골이 눈에 더 잘 보이는 것은 자연스런 현상이었고 또 그것이 정상이었다.

또 저주체가 아니라도 데니아는 오크였다. 나도 드래곤들과 오래 지냈고 카나이드처럼 어린 하이 엘프를 좋아하는 드래곤에 에레시스처럼 신을 사랑하는 드래곤까지 보았지만 오크를 좋아하는 드래곤은 처음이었다. 우리가 모두 말도 안 된다는 눈빛으로 제리아트를 쳐다보자 제리아트는 헛기침을 하며 쑥스럽다는 듯이 말했다.

"험험, 뭐가 이상해? 어떤 생물이든 그 생물은 자신의 몸에 맞는 생각과 감정을 가지지. 나도 마찬가지야. 전에는 안 그랬지만 이렇게 저주체가 된 후에는 데니아가 아름답게 보인다. 저 아름답게 곡선 진 뼈의 굴곡과 하얗게 빛나는 아름다운 뼈의 색깔. 또 균형 잡힌 뼈의 구도. 손상되지 않은 자연 그대로의 뼈. 아름답지 않아? 난 정말 아름다운데."

이런, 제리아트의 말에 시나도 충격을 받은 모양이었다. 제리아트가 데니아를 좋아하는 것까지는 알았어도 이런 뼈 예찬은 처음 듣는 모양이었다. 물론 우리 모두 벙찐 표정으로 서로 쳐다보았다. 아름답다니… 난 밤에 볼까 무섭구만.

"흠흠, 뼈가 아름다운 여자가 진짜 미인이지. 제아무리 아름다운 여인도 뼈에서 얼굴을 잡아주거든."

계속되는 제리아트의 변명. 제리아트, 그런 걸 가지고 궤변이라고 하는 겁니다. 하지만 우리의 감정을 제리아트에게 말할 필요는 없었다. 어쨌거나 제리아트는 자신의 취향대로 좋아하는 것이니까. 그때 난 문득 이런 생각이 들었다. 스켈레톤들도 저희들끼리 애정을 느낄까? 그리고 그런 감정이 있다면 어떻게 남녀를 구분하지?

"전 용기와 투지의 상징이며 무력과 바람을 관장하는 여신이신 달의 여신 엘레아나님의 종 엘시아라고 합니다."

어느 정도 정리가 되자 갑자기 빛과 함께 나타난 인물이 있었다. 자신에 대해 공손히 소개하는 엘시아란 여성. 간단히 말해 하렌과 같은 신의 사자. 짧게 줄여 천사였다. 그런데 어떻게 같은 신의 사자인데 저렇게 다르냐? 엘시아는 정말 신의 사자답게 공손하고 정중하며 품위있고 고귀한 기품이 흘렀다. 완전 날라리 껄렁한 누구와는 전혀 달랐다. 게다가 이건 아주, 아주, 아아주우~ 작은 거지만 정말 아름다웠다. 흠… 정말 아름다웠다. 햐~ 아름다워라. 역시 천사는 아름답고 봐야… 흠흠.

"그런데 무슨 일이십니까?"

엘시아에게 온 용건을 물어본 사람은 역시 천사와 거래까지 한 경험이 있는 예나였다. 다른 사람? 멜리사야 신의 사자를 처음 봤고—물론 아까 하렌 일당을 보긴 했지만 어디 그게 천사냐고. 천사가 지상의 존재와 거래나 하고 그나마 쪼잔하게 깍자고 하기나 하고. 정말 천사다운 천사는… 우리도 처음이다—남은 남자들이야… 어이, 침 닦아. 헛! 그러고 보니 나도… 즈읍.

"예. 전 제리아트님에게 볼일이 있어서 왔습니다."

엉? 제리아트에게? 흠… 제리아트라… 제리아트는 강하다. 흠… 강하다… 특히 죽음의 브레스는 정말 강하다. 비록 진에게 흠씬 두들겨 맞았지만 그건 호족 중에서도 가우범이로 불리는 드물게 태어나는 초 능력 호족이니까 그런 것이고 객관적인 평가로 볼 때 제리아트는 무척 강했다. 그런 제리아트에게 볼일이 있다? 이거 마나스와 엘레아나가 스카웃 전쟁을 벌이는 건가?

"제리아트님에게는 죄송한 말이지만 지금 제리아트님은 여기서는 배척을 받아 계실 곳이 없으실 겁니다."

엘시아의 말을 들은 제리아트는 몸이 흠칫 굳었다. 엘시아의 말이 사실이기 때문이었다. 차라리 언데드라면 어떻게라도 하겠지만 지금의 제리아트는 저주체. 언데드에게도 배척을 받기 때문이었다.

"그건 당신 말이 맞소. 그래서 어쩌자는 거요?"

제리아트는 퉁명스럽게 말을 받았다.

"나쁜 감정에서 말하는 것이 아닙니다. 다만 저희는 제리아트님을 모시고 싶어서 그럽니다."

거봐, 스카웃이지. 제리아트, 봉 잡았다.

"그게 무슨 소리요?"

오히려 당사자인 제리아트는 어리둥절한 모양이었다.

"말 그대로 엘레아나 여신님께서 제리아트님을 수하로 쓰고 싶어하십니다."

"크하하하하!"

제리아트는 웃었다.

"그것이 말이 되는가? 고귀한 여신이 나 같은 저주체를 쓰고 싶으시다고? 오히려 날 처단해야 한다고 하는 것이 맞는 말이 아닌가? 넌 누구냐? 누군데 신의 이름을 함부로 이용하는 것이지?"

제리아트는 엘시아를 향해 일갈했다. 하지만 엘시아는 조용히 웃으면서 말했다.

"그럴 리가요. 누가 함부로 신의 이름을 도용하겠습니까? 그리고 제리아트님, 신의 기준은 따로 있는 것입니다. 신의 기준을 중간계의 기준으로 생각을 하시면 안 됩니다. 신계에는 신계의 기준이 따로 있는 법. 신계의 기준으로 제리아트님께서는 저희 엘레아나 여신의 수하가 되기에 충분한 자격이 있습니다."

"……."

"아직 모르시겠습니까? 그럼 일례를 들죠. …입니다. 어떻습니까?"

엘시아가 들은 예는 하렌이었다. 그동안 하렌은 여러 명을 마나스의 수하로 끌어들였는데 그중에서 엘시아가 강조한 것은 낡이었다. 그런데 원래 낡은 마나스의 수하가 연구하던 생명체로 스카웃한 것이 아니라 회수해 간 것 아닌가?

"란셀님……."

갑작스런 엘시아의 낮게 깔린 음성. 으악! 알았어요. 말 안 할게요. 정말이라니까요… 제, 젠장, 저 엘시아란 신의 사자. 남의 마음을 읽는 능력이 있었군. 이거 딴생각 품으면 안 되겠는걸.

"예. 그럼… 어떻습니까, 제리아트님?"

"하지만……."

제리아트도 엘시아의 말에 마음이 끌린 모양이다. 하긴 자신 같은 저주체를 신이 써준다는데 마다할 이유는 없었다. 하지만 무엇이 걸리는지 밑을 쳐다보았다.

"물론 다크 오크들도 같이입니다. 제리아트님께서 허락만 해주신다면요."

제리아트가 마음에 걸려하는 것이 무엇인지 엘시아가 눈치 챈 모양이다.

“그러습니까? 그렇다면… 엘레아나 여신님의 뜻을 받들겠습니다.”

제리아트는 엘시아의 말대로 하기로 했다. 당장에 제리아트의 말투부터 높임말로 고쳐졌다. 하긴 엘시아가 아마 선배가 되지?

“감사합니다. 그러면 언제 제리아트님을 데리러 오면 되겠습니까?”

“아무 때나. 아니, 지금이라도 좋습니다. 제가 저주체가 된 후 제게 남은 것은 없습니다. 제 친구들인 다크 오크 외에는…….”

엘시아는 제리아트의 말을 듣고 반색했다.

“아아, 감사합니다, 제리아트님. 그리고… 진이라고 하셨나요?”

엘시아는 이번엔 진에게 손을 내밀었다.

“예.”

“그래요, 진. 당신은 어떤가요?”

“글쎄요…….”

서방 대륙에 7주신이 있다면 동방에도 신이 있었다. 모두 아홉 신이 있는데 그중 중심이 되는 신이 셋으로 그 신들을 3성신이라고 불렀다. 그 3성신은 호족과 박달민족이 주신으로, 또 시조 신으로 모시는 신이었다. 따라서 호족인 진이 엘레아나 여신을 모실 이유는 없는 것이었다.

“호호, 진님께서도 엘레아나님이 마음에 드실 겁니다. 엘레아나님은 용기와 투지의 상징이시죠. 호족도 용기와 투지를 지향하고 계시죠? 무력의 종족이기도 하시고요. 또 저희 엘렌디아 여신님은 바람을 관장하는 여신이십니다. 그런데 이런 말이 있더군요, 호족은 바람과 함께 나타난다고. 그건 호족이 바람과 같은 종족이라서가 아닌가요?”

“아뇨, 우리 호족은 몸 안의 기를 움직여 몸 주위에 바람을 일게 할 수 있어요. 그래서 강한 호족일수록 기를 운용하면 강한 바람이 일죠. 그래서 생긴 말이에요. 물론 바람이 안 일게 할 수도 있지만.”

진의 설명을 듣고 엘시아는 웃었다.

"아, 그렇군요. 제가 잘못 알았군요. 어쨌든 호족과 저희 엘레아나 여신님과는 비슷한 점이 많아요. 아마 서로 마음이 통하실 겁니다. 특히 진님은 엘레아나님의 수하로 들어가는 것이 아니랍니다. 엘레아나님께서는 진님을 친구로서 초청하신 겁니다."

"예에?"

이번엔 진이 놀랐다. 아니, 듣고 있던 우리도 놀랐다.

"무슨 말이시죠?"

"말 그대로입니다. 엘레아나님께서는 진님과 친구가 되고 싶어하십니다. 결코 수하로 두는 것이 아닙니다."

엘시아는 다시 말했다. 하지만 난 아직도 무슨 소린지 모르겠다. 듣는 진은 아나?

"무슨 말씀인지 정말 모르겠군요."

진도 이해가 안 가는 모양이었다.

"후후, 무엇부터 말을 해야 할지… 그렇죠. 엘레아나님께서는 진님을 높이 평가하고 계신답니다. 아시다시피 엘레아나님은 전투의 여신이십니다. 인간의 기준으로 보면 무관입니다. 따라서 그 사람의 가문이나 다른 조건은 엘레아나님께 큰 문제가 안 됩니다. 오직 진님의 강함과 의지, 곧바름만이 그분의 눈에 보일 뿐입니다. 엘레아나님께서는 진님의 그런 점을 높게 평가하셨죠. 그리고 그런 높은 평가로 인하여 진님을 수하로 하는 것이 아니라 친구로서 사귀고 싶어하시는 겁니다."

진은 알았다는 듯이 고개를 끄덕였다. 난 아직도 무슨 소린지 모르겠는데… 혹시 저 호족이 나보다 머리가 좋은 건가? 아니면 끼리끼리 통하는 무언가가 있다던지.

"그런데 엘리아나 여신님은 저를 어떻게 알고 계시죠? 전 우리 마을을 떠난 지 얼마 안 되는데……."

어쨌든 엘시아의 말에 어느 정도 관심을 가지는 진이었다. 하지만 저런 질문을 하는 것을 보니 아직 의심이 가는 모양이지?

"훗, 방금 보셨다고 하면 거짓말이겠죠. 사실 엘레아나님께서는 진님의 마을, 그러니까 호족들이 모여 사는 마을에 대해 알고 계셨답니다."

우린 여기서 놀랐다. 나도 놀랐고, 그리고 당연하겠지만 특히 진과 밀케는 더 놀라는 것 같았다. 그런데 다리온은 왜 저렇게 놀라는 거지?

"그런……."

"그런이 아닙니다. 엘레아나님은 신이십니다. 그 정도는 알고 계시죠. 사실 전투 신이신 엘레아나님께 호족은 정말 매력적인 존재입니다. 호족이 멸종되신 것을 알고 무척 슬퍼하셨죠. 그러다가 나중에 소수지만 호족이 살아남았다는 것을 알고 얼마나 기뻐하셨는지……."

여기서 엘시아는 잠시 과거를 회상하는 듯 말을 잠시 멈추었다.

"아, 죄송합니다. 어쨌든 그렇게 호족이 사는 마을을 알아내시곤 자주 그곳을 지켜보셨답니다. 그러던 중 호족 중에서도 드물다는 가우범이인 진님이 태어나시는 것을 보셨고, 그리고 진님을 계속 관찰하셨답니다."

여기서 진은 얼굴이 빨개졌다. 볼 것 못 볼 것 다 보여주었을 테니까. 그런데 그렇게 관찰하는 거 사생활 침해 아냐?

"그리고 진님의 모든 것을 보고 마음을 결정하신 겁니다. 처음엔 정말 진님을 수하로 만들 생각이셨지만 후에 친구로서 진님을 알기로 말이죠."

엘시아는 여기서 말을 끝냈다. 그런 엘시아를 보며 진은 잠시 생각하는 듯했다. 그리고 드디어 말을 했다.

"그런가요? 정말 그렇다면 제가 영광입니다만……."

진은 엘시아의 말에 어느 정도 넘어간 모양이었다. 엘시아는 다시 미소를 지었고…

"감사합니다. 그럼 제가 지금 엘레아나님께 모실까요? 아니면 나중에 만나시겠습니까? 모든 결정은 진님께 맡기시라고 엘레아나님께서는 말씀하셨습니다만……."

진은 다시 고민하는 듯했다.

"저도 여신께서 친구로서 청하시는데 지금이라도 가서 뵈어야 하는 것이 도리인 줄 압니다. 하지만 아직 제 마음의 준비가 안 되었습니다. 우선 많은 곳을 다니며 경험도 많이 쌓고 제가 준비가 되면 그때 찾아뵙겠습니다. 그분께서 그때까지 절 기다리신다면요."

진의 말에 엘시아는 실망의 기색 없이 다시 미소 지었다. 음, 미소 짓는 것이 보기에는 좋은데 너무 지으니 영업용 미소 같잖아.

"그렇습니까? 하긴 엘레아나님께서도 진님과 당장 만나지 못할 것을 예견하셨지요. 그럼 진님께서 마음의 준비가 되시면 언제라도 절 불러 주십시오. 방법은 단순합니다. 그저 마음으로 저를 부르시면 됩니다."

엘시아는 진에게 그렇게 말하고 미디시아에게 고개를 돌렸다.

"미디시아라고요? 솔직히 미디시아 당신도 엘레아나님께서 수하로 거두고 싶어하신답니다. 어떻게 생각하십니까?"

미디시아는 엘시아의 말을 듣더니 고개를 저었다. 에이, 바보. 저 좋은 기회를…….

"전 여기에 좀 더 있고 싶어요."

"그런가요? 그건 미디시아가 결정하시는 거죠. 엘레아나님께서도 이 문제는 미디시아, 당신에게 맡기라고 하셨으니까요. 하지만 엘레아나님을 모시고 싶으면 언제라도 말하세요. 방법은 진님과 같습니다."

그리고는 엘시아는 우리 전체를 보고 다시 미소 지었다. 그래그래, 영업용 미소라도 좋다. 하이고, 예뻐라~

"그럼 전 이만 가보겠습니다. 그럼……."

이 말을 남기고 엘시아와 제리아트와 다크 오크들은 사라졌다. 그리고 한순간 리즘 분지에는 정적이 돌았다.

"하하하, 끝났나요? 어라? 제리아트는?"

잠시 조용하던 리즘 분지의 정적을 깨며 온 사람(?)은 하렌 일행이었다. 그런데 오자마자 제리아트부터 찾는 것을 보니 이들도 제리아트에게 눈독을 들인 모양이었다. 우리가 자초지종을 말해 주자 하렌은 비명을 질렀다.

"으아아아아악! 이럴 수가, 우리가 한 발 늦다니! 엘레아나님이 먼저 선수를 치시다니… 아니, 이런 일을 하시다니… 으아아아아악! 우리 이제 감봉이다! 이건 말이 안 돼!"

하렌이 절규했다. 그런 하렌의 옆에서 아난이 한숨을 쉬며 말했다.

"그래도 하렌은 상관없잖아요. 하렌이 감봉돼도 엘시아가 포상을 받을 텐데요. 주머니돈이 쌈지돈이라고 부부 사이란 원래 같이 공유하지 않나요? 그나저나 제가 걱정이에요. 제 남편인 로일은 아직 월급도 받기 전인데……."

흠… 그런 관계였군. 우린 일종의 부부 전쟁을 본 건가? 그나저나 갑자기 엘시아가 별로 안 예뻤다는 생각이 드는 것은 왜일까?

"그래도 지금이라도 아주 늦은 것은 아니다."

하슬이 무뚝뚝하게 입을 열었다. 그 말을 들은 하렌의 눈이 반짝였다. 생쥐눈 같아…….

"그렇군. 음… 누가 좋을까? 아, 그렇지. 거기 호족 아가씨."

"전 이미 엘레아나님께……."

하렌의 벌레 씹은 얼굴.

"그럼… 거기 드래고일……."

"신을 모시는 것이 영광된 일이긴 하지만 전 아직 생각이 없어요. 그리고 간다면 엘레아나님이죠."

하렌의 뭣 씹은 얼굴.

"흠… 그럼 거기… 음… 누가 좋을까?"

그때 하슬이 나서며 하렌을 막았다.

"계속 엉뚱한 사람 부르지 말고… 거기 당신."

하슬은 롬을 가리켰다.

"예? 왜, 왜 그러시죠?"

롬은 당황해서 겨우 말했다.

"최신 연구 시설과 최적의 작업 환경, 높은 임금, 근무 시간대 자유, 유급 휴가 보장, 작업장 위치 위임 보장. 언제든지 원하면 나 마나스 신님의 종 하슬을 부르시오."

그랬다. 꿩 대신 닭, 닭 대신 병아리, 병아리 대신 달걀. 하슬의 눈에 비친 롬은 닭이었을 거다. 그렇게 롬을 지목한 하슬을 따라 고개를 돌린 하렌도 롬을 쳐다보았다. 그리고 얼굴이 약간 펴졌다.

"그래, 맞아. 저 사람이 있었군. 음… 이름이……."

"로뮤입니다… 만……."

"로뮤. 좋은 이름이군. 나 하렌이 내 이름을 걸고 맹세한다. 내가 보니 넌 수천 년은 살 사람이다. 그러니 앞으로 꼭 100년 후에는 마나스

신님을 섬겨라. 아니면 정말 국물도 없다. 뭐, 그전에 섬기면 더 좋은 조건을 받겠지만."

아니, 협박하고 있었다. 롬은 성격이 남의 협박을 받으면 그 반대로 하는 경향이 다분하게 있었다. 하지만 그것도 상대에 따른 것이지…

"옙. 그럼 백 년 후 뵙죠."

고룡도 못 이기는 존재가 신이었다.

"그런데 진, 우리와 같이 안 가시겠어요?"

난 정말 나답지 않게 진을 일행으로 삼으려고 꼬시고 있는 중이었다. 신을 친구로 둔 여인이었다. 게다가 드래곤도 가볍게 물리친다. 얼굴도 예뻤다. 같은 일행을 하면 정말 요모조모 도움이 많이 될 여자였다.

"당연하죠. 전 아직 당신을… 아니, 당신들을 잘 모르거든요."

진의 말에 우린 우리의 소개를 했다. 내 소개를 포함해서. 그런데 그게 문제였다. 진은 내가 마도의사란 소리를 듣고 잠시 생각하더니 말했다.

"그래요? 마도의사라… 처음 듣는데?"

"당연하죠. 내가 1호 마도의사인데."

"그래요? 어쩐지 처음 듣는다 했어요. 흠… 그럼 문제 하나 내죠. 아주 간단한 걸로요. 의사이니 알겠죠? 감기에 걸리면 뭘 먹어야 하죠?"

후훗, 저건 아까 밀케가 나에게 한 질문이잖아? 이거 호족 여자 버전 밀케를 보는군. 그런데 나 그때 감기약을 잘못 말해 토르주에 튜튜티 가루 타서 마신다고 했지? 이번엔 그런 실수를…

"토르주에 튜튜티 가루 타서 마신다."

엉? 이게 무슨 소리지? 이거 내가 한 말이야? 그럴 리가… 난 생각만 한 건데… 난 내 말을 수습하려 했다. 하지만 이미 늦었다.

“틀렸어요. 감기에 걸리면 감기약을 먹어야죠. 그런 상식도 모르면서 어떻게 의사라고 하죠. 참 뻔뻔하군요.”

이렇게 진은 내 가슴에 대못을 꽂았다. 으윽, 아파…….

“전 제 갈 길로 갈 거예요.”

진은 당당히 말했다. 난 진을 포기하고 밀케를 바라보았다. 이제 용족의 못된 점을 상당히 버린 밀케는 진보다는 못해도 필요한 사람이었다. 하지만 밀케는 고개를 저었다.

“싫어, 난 저 호족 여자를 따라갈 거야.”

난 황당해서 밀케를 쳐다보았다. 용족이 호족을 따라가?

“난 싫어요.”

진이 밀케를 보고 말했다.

“어떻게 호족과 용족이 같이…….”

진은 말끝을 흐렸다. 그 순간 밀케가 말했다.

“전 솔직히 호족을 처음 보았습니다. 그래서 같이 길을 가면서 호족과 용족에 대해 대화를 나누고 싶어서입니다.”

흥, 한눈에 반해서가 아니라? 저 진이란 호족이 조금만 경험이 많았으면 지금의 네 행동과 눈빛을 보고 마음을 알았을 것이다. 하지만 진은 그런 것을 눈치 못 채고 밀케와 같이 여행을 하기로 했다. 그녀도 용족은 처음이라 밀케의 의견이 마음에 든 모양이었다.

“이봐, 이상한 짓 하면 알아서 해.”

“내가 미쳤냐? 드래곤도 이기는 널…….”

하지만 처음부터 싸우며 사라지는 두 사람이었다. 그리고 세 천사도 떠났다. 우리도 리즘 분지를 떠나 롬의 집으로 돌아갔다.

그리고 이틀 정도 묵은 뒤 길을 나섰다. 멜리사의 일행은 우리보다 하루 먼저 떠나갔었다. 빨리 보고를 하기 위해서였다. 이제 우리는 다시 6명이 된 것이었다. 옛말에 든 사람은 몰라도 난 사람은 안다더니 전에는 시끄럽게 느껴졌던 우리 일행이 참 조용했다.
"이제 어쩌죠?"
난 죠세프의 물음에 한곳을 가리키며 말했다.
"쭉 가자."
내 말에 지도를 보던 예나의 한마디.
"어머, 란셀. 이 지도로 보면 거기는 숲만 있네요?"
"그, 그래? 그럼 그냥 반대쪽으로 가지 뭐……."
"거기도 숲인데요?"
"그, 그래? 그럼 숲이 아닌 곳으로 가지 뭐."
이렇게 우린 우리의 갈 길을 재촉했다.

"으아아악! 내 스크롤들……!"
그렇게 길을 가던 중 아르티닌이 말했다. 그러니까 아르티닌의 말은 아르티닌이 만든 모든 마법 스크롤을 그만 롬의 집에 두고 왔다는 것이다.
"롬만 횡재했네."
아깝긴 했지만 이젠 늦었다. 우리가 묵던 방은 이미 청소를 했을 테고 당연히 스크롤도 보았을 것이다. 아마 우리가 주고 간 것으로 생각하겠지. 그걸 다시 가서 달라고 하기도 좀 그랬다. 게다가 지금 온 거리가 어딘데 되돌아가? 그나마 우린 지금까지 마법 스크롤 없이 잘 지냈으니 아쉬울 것이 없었다. 물론 내가 만드는 것을 돕기는 했지만 나야 아르티닌에게 수고비만 받으면 되고, 아쉬운 건 아르티닌이었다.

따라서 우린 계속 가던 길을 갔다. 참고로 마을까지 가는 데 모든 식사와 설거지는 아르티닌이 했다. 우리가 마법 스크를을 핑계 삼아 압력을 가해서였다. 물론 우리야 아쉬울 것은 없지만 조금만 연극하면 편해지니까.

"그런데 다리온, 코끼리가 뭡니까?"
난 다리온에게 궁금한 것을 물어보았다. 다리온이 코끼리를 말한 걸 들었는데 보통 동물이면 궁금하지 않을 것이다. 그런데 소의 30배의 힘이라니…….
"코끼리 말입니까? 그건 대륙 중서부에 서식하는 동물이죠. 우선 덩치가 무척 큽니다. 큰 놈은 어깨 높이가 4길드가 넘는 경우도 있으니까요. 당연히 무게가 엄청나겠죠? 몇천 크린이나 나간다고 합니다. 또 그런 몸을 지탱하기 위해 다리도 기둥처럼 굵죠. 그 외에 귀가 무척 크답니다. 입에서는 1길드 이상 되는 긴 이빨이 자라나 있고요. 그리고 이건 진짜 중요한 특징인데 코가 무척 길답니다. 그저 길기만 한 것이 아니라 그 코가 자유자재로 움직이며 물건도 잡는 등의 일을 하는데, 간단히 말하자면 사람의 손에 해당이 된다고 할까요? 음… 그리고 꼬리가 짧고… 아, 피부에 털이 거의 없습니다. 털이 약간 있기는 하지만 그 털은 마치 철사같이 빳빳하답니다."
다리온의 코끼리에 대한 설명이 끝났다.
음… 다리온의 설명대로 한번 다시 생각해 보면 우선 덩치는 엄청나게 크고 그에 따라 무게가 엄청난 것까지는 좋다. 그런데 다리가 기둥처럼 굵다면 그 다리 힘은 얼마나 좋은 거지? 한번 뛰면 엄청나게 뛸 텐데… 그 다리에 발톱이 있을까? 어쩌면 말이나 소처럼 발굽일 수도 있겠지만 몇천 크린의 무게를 지탱하기에 그런 발굽은 약할 것이다. 아마 깨져 나가지 않을까? 그렇다면 발은 충격을 흡수하게끔 두터운 가죽으로 되어 있을 테고 발톱이 있겠지? 그럼 발톱은 길까? 아니면 날카로울까? 몸무게가 무거우니 길거나 날카롭지는 않을 것 같지만 아무튼 그런 다리에 발톱으로 한번 채이면 그대로 사망일 것 같았다.

그래도 거기까지는 그렇다고 치자. 그런데 큰 귀? 귀가 크다면 토끼처럼 귀가 길다는 소리겠지? 멀리서 보면 마치 뿔이 달린 것처럼 보이겠군. 그리고 입에서는 1길드가 넘는 긴 이빨이 있다? 마치 검치호와 같이 그런 이빨이 있다는 거겠지? 무섭군. 어떤 동물이라도 그런 이빨에 한번 물리면 즉사하겠어. 이빨로 볼 때 코끼리는 분명 육식 동물일 거야. 또 코가 자유자재로 움직인다라… 그렇다면 그 코는 마치 뱀과 같다는 건데… 거기에 사람의 손과 같다면 코끝에 손가락 비슷한 것들이 달렸다는 소리? 뱀처럼 움직이는 긴 코에 손가락, 아니, 코가락이 달린 동물. 코가 그런 기능이라면 아마도 그 코로는 숨을 못 쉴 거야. 오로지 입으로만 호흡하는 동물이겠군. 마지막으로 털이 없는 피부라고? 거기에 드문드문 난 철사 같은 털? 그렇다면 그건 고슴도치 같은 것 아냐? 비록 몸에 드문드문 났다지만 그 가시가 어디에 났는지가 더 중요하겠지. 어허… 생각해 보니 엄청난 녀석일세. 정말 꿈에 볼까 무서운 무시무시한 맹수 중의 맹수야. 그런데 그런 생물이 정말 존재한다는 거야? 몬스터도 아니고 키메라도 아닌 그저 동물로서? 언제 한번 구경 가야겠다. 물론 만일의 경우를 대비해서 만반의 준비를 갖추고.

제4장
피땀

우린 숲을 빠져나왔다. 우리가 숲을 빠져나와 잡은 방향은 서남쪽. 그저 숲이 없을 듯한 방향을 잡았는데 이쪽이었다.

"이번에 나오는 마을에서 쉬고 가죠."

다리온의 제안에 우린 모두 찬성했다. 때는 바야흐로 늦여름. 마지막 더위가 기승을 부리는 시기라 길을 오래 가기가 힘들었다. 땀은 비 오듯 흐르지, 목은 마르지, 힘은 쫙쫙 빠지지. 이럴 땐 시원한 물에 목욕하고 차가운 물 한 바가지 마시는 것이 제격이었다. 그리고 날도 저물어서 어둑해졌고.

다행히 마을은 멀지 않았다. 물론 도착한 시간은 밤이었다.

"얏호, 마을이다. 드디어 휴식을……."

난 말을 계속하지 못했다.

"피… 냄새?"

모두들 놀라고 있었다. 우리가 들어선 마을에서는 피 냄새가 진동하고 있었다. 난 이 마을이 산적이나 몬스터 등에 피해를 입었다고 생각했다. 하지만 다시 보니 마을은 멀쩡했다. 어디 하나 부서진 곳도 없었다. 게다가 지금 저기서 걸어나오는 사람은 또 뭐란 말인가?

"어? 누구슈?"

그리고 그 사람은 우릴 보고 말을 걸었다. 이쯤이면 분명 귀신이나 좀비는 아닐 것이다.

"아, 저… 우리는 여행자들인데……."

난 좀 주저하며 말을 했다.

"아, 그래요? 그럼 날도 저물었으니 여기서 묵어가겠군요. 이 마을에서 여관은 단 두 군데요. 이 마을에는 여행자가 많이 들어오지 않는 편이라 여관이 많이 필요가 없어서지. 둘 다 작은 여관이긴 하지만 그래도 저 여관은 방도 깨끗하고 음식점과 주점을 겸하고 있으니 이용하는 데 불편하지 않소. 난 저 여관을 추천하고 싶소. 여관 이름이 '엘프의 꿈'이라오."

그 남자는 친절했다. 역시 시골 인심이란 건 좋은 거야. 우린 그 남자에게 고맙다고 인사를 하고는 추천받은 엘프의 꿈이란 여관을 향해 갔다. 여관은 가까웠기 때문에 아까 그 남자가 손으로 가리킨 것만으로도 위치를 알 수 있었다.

"그런데 아까 그 남자 몸에서 피 냄새가 나더군요."

여관을 향해 가면서 다리온이 굳은 얼굴로 말했다.

"하지만 악해 보이진 않던데요?"

예나의 의견이었다.

"그리고 죽은 사람도 절대 아니에요. 그 사람, 생명의 기운이 넘치던

걸요."

페디도 거들었다. 하지만 다리온의 얼굴은 더 굳어졌다.

"그래서 더 불안해요. 하지만 무엇이 문제인지 모르니… 우선 조금
이라도 쉰 뒤에 생각하죠."

나도 다리온의 말에는 찬성이었다. 아아, 눈이 감긴다. 자칫 하다가
는 땅이 내 얼굴을 덮칠 것 같아.

아침이었다. 그것도 이른 아침. 우리가 여기 엘프의 꿈이란 여관에
왔을 때는 무척 피곤한 상태였다. 그래서 어제 점심부터 굶었는데도
밥도 안 먹고 그대로 잠자리에 들었었다. 그리고는 아마 정신없이 깊
이 잤을 것이다. 이렇게 일찍 일어났는데도 개운한 것을 보면 말이다.

"란셀, 일어났나요?"

"아, 예, 다리온. 아함… 그런데 다른 사람들은요?"

"모두 아래층으로 내려갔습니다. 차라도 한잔씩 한다면서요."

음… 쩝쩝. 또 내가 제일 늦게 일어났군.

난 자리에서 일어나서 다리온과 같이 아래층으로 내려갔다. 아래층
에는 모두들 모여서 차를 마시며 담소를 나누고 있었다. 나도 같이 앉
아서 차를 마셨다. 그런데 차의 향기가 콧속으로 들어가자 상쾌한 아
침 분위기와 영 맞지 않게 피 냄새가 풍겨왔다. 난 잠시 놀랐지만 그
냄새가 차에서 나는 것이 아니라 어젯밤에 여기에 왔을 때부터 풍기던
냄새란 것을 깨달았다. 잠을 자는 동안 피 냄새에 코가 무디어져서 일
어난 후엔 피 냄새가 안 났지만 차 향을 맡는 순간 코의 감각이 깨어나
면서 그 냄새를 맡은 것이었다.

"어? 너희들은 피 냄새 안 나?"

그런데 이상한 것은 다른 사람들 반응이었다. 모두들 신경 안 쓰는 눈치였다.

"아, 피 냄새 말입니까?"

내가 우리 일행에게 물어보았을 때 누군가 다른 사람이 내 뒤에서 대답을 했다.

"피 냄새가 나는 이유는 다른 분들께 이미 말했습니다."

난 뒤를 돌아보았다. 그런데 거기엔… 어제 분명 밤에 도착하기는 했다. 하지만 그래도 달도 있고 다른 불빛도 있어서 그럭저럭 사물은 보았던 것이다. 그런데 내 물음에 대답한 사람, 어제 이 여관을 추천한 사람이었다. 확실했다. 아무래도 이 여관과 관련이 있는 사람인 것 같은데…

"전 이 엘프의 꿈 여관의 주인인 보이트 파코우입니다."

역시.

"그런데 어째서 이 마을에서 피 냄새가 나는 거죠?"

난 보이트에게 물었다. 다른 사람에게 말했다지만 내가 못 들었다는 것이 중요한 것이다.

"흠흠, 이미 말했는데……."

"이 사람들 건망증 심해요."

"그, 그런가요? 험. 그럼 말하죠. 이 마을이 바로 블러디스크란 마을입니다."

"블러디스크? 그런데요?"

내 말에 주인은 놀랍다는 듯이 말했다.

"아니, 그 유명한 블러디스크를 모르십니까?"

"모르는데요."

내 대답에 보이크는 아예 의자를 끌어다 놓고 설명을 해주기 시작했다.

"거참… 초보 여행자 맞으시죠? 아, 대답은 안 해도 됩니다. 다 알고 있어요. 하지만 그래도 그렇지 암만 초보 여행자라도 우리 마을을 모르다니. 쯧쯧."

어, 어이, 보이트 씨. 그게 무슨…

"우리 마을은 유명하답니다. 사람들이 땀을 흘릴 때 피가 섞인 땀을 흘리죠. 전 세계에서 유일하게 우리 마을만 이런 피땀을 흘린답니다."

그러면서 그는 자신의 손수건을 보여주었다. 그의 손수건은 적갈색으로 물들어 있었다. 확실히 피가 굳은 모양, 바로 그것과 같았다.

"하하, 덕분에 땀을 흘린 뒤에는 꼭 목욕을 하고 옷을 빨아야 하죠. 하지만 땀이 날 때마다 할 수는 없어서 우리 마을에서는 특별한 날 아니면 이렇게 적갈색의 옷을 입는답니다."

난 놀랐다. 피땀을 흘리다니… 어떻게 이런 일이 있을 수 있지? 아니, 세상엔 별 희한한 일이 많으니 피땀 흘리는 것, 그럴 수 있다고 치자. 그렇다고 해도 피땀을 흘리는 것을 아무렇지 않게 생각하다니… 게다가 피땀을 흘리면 몸에 이상이 안 생기나?

난 이상해서 보이크에게 물었다.

"이상요? 천만에요. 다른 사람들이 보면 우리보고 빈혈이겠다고 걱정하기도 하지만 저희는 건강하답니다. 다른 사람들보다요."

"건강하다고요?"

난 이상해서 되물었다. 피가 땀샘으로 나온다는 것은 분명 몸에 이상이 있다는 소리인데 건강하다니…

"예, 건강합니다. 그래서 저희 마을 사람들은 이렇게 생각하죠. 우리 마을은 신의 축복을 받은 마을이라고요. 그래서 피가 다른 마을 사람들보다 훨씬 많다고요. 그래서 같은 일을 하고도 덜 지치고 빨리 회복한다고요. 그리고 피도 오래되면 배출이 되지 않습니까? 그 배출되는 피가 너무 많아 땀과 같이 나온다고 생각합니다."

보이트의 말을 듣자니 더 이상했다. 피가 많다는 것은 그만큼 피를 많이 생산한다는 뜻이었다. 그리고 피를 많이 생산하려면 더 많은 영양분이 필요했다. 하지만 이 마을은 평범한 마을이었다. 결코 피 많이 만든다고 좋은 음식을 양껏 먹을 환경이 아니란 소리였다. 그저 빵과 야채 수프, 삶은 감자와 옥수수를 먹는 것이 다였다.

이런 생활 환경의 사람이 그들이 말한 대로 땀으로 피가 나올 정도로 많은 피가 생산된다면 많이 섭취하지도 않는 영양분마저 피를 만드는 데 쓰여지므로 이 마을 사람들은 몸이 약해져서 다른 병이 생겨야 했다. 하지만 암만 봐도 나보다 더 튼튼해 보였다.

이건 더 생각할 필요도 없었다. 무슨 문제가 있는 것이다. 게다가 피가 많이 생산이 되어서 많이 배출을 한다고 해도 땀으로 나온다면 그 자체만으로도 문제가 있는 것이다. 분명 여기에는 문제가 있고 원흉도 있을 것이다.

"그런데 피땀은 언제부터 흘리기 시작했나요?"

난 우선 기본적인 사항부터 알기로 했다.

"글쎄요… 한 1년 됐나? 덕분에 전에는 이름도 없던 이 마을이 유명해졌죠."

아니, 뭐야? 겨우 1년 전에 일이 시작되었으면서 남들이 다 알아주기를 바란 거야? 꿈이 커도 너무 크군. 꿈이 현실성없이 클 때 우린 그걸 개꿈이라고 부르는데 그것도 모르나? 거기다 내가 볼 때는 확실히 뭔가 문제있는 일인데 그런 일에 자부심을 가지는 것도 한심했다. 아마 별 볼일 없는 마을에 다른 마을과 다른 이상한 일이 있으니 그걸로 마을 자랑 삼겠다는 생각을 한 모양인데 그거야말로 독인지 약인지 모르고 무조건 삼키고 보는 어리석은 행동과 다를 것이 없었다. 더 기막힌 것은 그런 현상이 생겨난 지 겨우 1년 전이라는 것이다. 한 몇십 년 된 일이라면 또 몰라도 겨우 1년 전이라면 무슨 일인지 진상을 밝히는 것이 정상이었다.

난 방으로 돌아와서 일행을 불러놓고 말했다.

"이건 분명 문제가 있습니다. 사람이 땀과 같이 피를 흘리다니요. 무슨 극약을 먹은 것도 아니고 이런 일이 있을 수는 없습니다."

내 말에 이브린도 동감을 표했다.

"맞아요. 하지만 여기 사람들은 그것에 별로 신경 쓰지 않는 것 같아요. 물론 처음 피를 흘렸을 때는 난리가 났었는데 의사와 마법사들도 원인을 못 밝히고 특이한 자연 현상이라고 말했다고 해요. 그런 의사, 마법사 말도 있고 오히려 더 건강해져서 나중엔 생각을 바꾸었다고 해요. 신의 축복이라고 생각을 바꾼 것이죠."

"그래도 피인데……."

"글쎄, 그게 말이죠, 저기 대륙 중서부에 하마란 동물이 산다고 하더군요. 그런데 그 하마란 동물도 피땀을 흘린다고 해요. 어떤 사람이 그걸 말한 모양이에요. 그 말을 듣고는 그나마 걱정하던 사람들도 피땀을 흘리는 것을 당연하게 여기게 되었다고 해요. 그런데 하마가 뭐죠?"

이브린은 다리온을 바라보았다. 다행이다, 나도 하마가 뭔지 모르는데.

"하마란 대륙 중서부에 사는 동물입니다. 코끼리보다 작지만 그래도 무척 큰 동물이죠. 특히 몸무게가 무거워 물에서 대부분을 사는데 몸이 돼지처럼 생겼습니다. 또 입이 무척 큰데 그 입에 난 커다란 이빨은 정말 위협적이죠. 그리고 그 동물이 피땀 흘리는 것 맞습니다. 정확히는 피의 성분 중의 하나인 헤모글로빈이 섞인 붉은 땀이지만요. 하마가 그런 땀을 흘리는 이유는 피부를 보호하기 위해서라고 합니다. 하마는 피부가 약해 땡볕에 오래 노출되면 피부가 갈라지는데 그것을 방지하기 위해서라고 하죠. 제가 단언하는데 하마의 피땀과 이 마을의 피땀을 절대로 같이 볼 수 없습니다."

다리온의 설명이 끝났다. 그런데 하마라… 우선 돼지 같은 몸에 커다란 덩치라… 그건 대충 모양이 그려지는데. 또 물속에서 대부분을 지낸다면 분명히 지느러미가 있겠군. 커다란 돼지 몸에 지느러미라… 안 어울리는데? 그리고 입. 커다란 입에 이빨이라… 그렇다면 하마는 물속의 무법자란 소리 같은데 대체 어느 정도일까? 그런데 피부가 약하다? 하마 같은 무시무시한 육식 동물이 피부가 약해? 그렇다면… 그렇다면… 에잇, 상상 안 돼. 하여튼 별 희한한 동물 참 많군.

"주인님, 주인님."

갑자기 페디가 날아왔다. 어디 갔었던 것일까?

"페디."

예나는 페디를 끌어안았다. 페디가 꼭 애완 동물 같군.

"이 마을 무서워요."

갑자기 나온 페디의 한마디였다.

"응? 왜지?"

"이 마을, 뭔지 모르지만 이상한 기운이 느껴져요. 무섭고 불길한 느낌요.”

페디의 그 말에 예나도 뭔가 생각하는 눈치였다.

“그러니? 하긴 나도 느낌이 안 좋아. 하지만 마을 사람들을 봐서는…….”

예나는 말끝을 흐렸다. 예나와 페디가 이상한 안 좋은 느낌이 들었다면 분명 뭔가 일이 있다는 소리였다. 난 창밖을 보았다. 피 냄새—지금은 코가 무뎌져 나도 맡지 못하지만…—나는 것 빼놓고는 아무런 이상이 없는 마을이었다. 적어도 겉보기에는. 아이들은 즐겁게 놀고 있고 어른들은 부지런히 일을 하고 있었다. 마을이 작아서 한눈에 들어오는 평범하지만 활기 찬 마을의 모습. 모습. 모습. 모습… 뭐, 뭐지? 방금 스쳐 지나간 생각?

“란셀, 뭐 해요?”

뒤에서 죠세프가 날 불렀지만 난 손을 저으며 조용히 시켰다. 지금 뭔가 생각나려는데… 그게… 그게… 그래! 전경! 난 창밖을 다시 보았다. 뭔가 있었다. 뭔가가.

“페디!”

난 황급히 페디를 불렀다.

“너, 마을 위로 좀 날아봐라.”

내 말에 페디는 고개를 갸우뚱했다.

“이미 마을을 한번 보고 온걸요. 이상한 일이 있으면 제가 벌써…….”

“아니, 그게 아냐.”

내가 말하는 것은 그것이 아니었다. 페디가 마을 위를 날아서 돌아다녔지만 그건 마을의 분위기를 살피기 위한 것이었다. 하지만 내가 페디에게 말하는 것은 다른 것이었다.

"난 마을의 요소 하나하나를 살피거나 분위기를 보라는 것이 아냐. 내 말은 마을 위로 높이 올라가서 한눈에 마을을 내려다보란 말야."

페디는 내 말에 무엇인가 깨닫는 듯하더니 곧바로 날아올랐다.

"뭐죠? 왜 페디가 저렇게 황급히……."

"기다려 봐, 예나. 페디가 오면 자세히 알게 될 거야."

페디는 곧 돌아왔다. 그리고 몸을 떨면서 말했다.

"맞았아요! 그거예요. 란셀이 생각한 것이 맞아요."

이런, 정말이란 말야? 난 내심 아니기를 바랬는데 내 예상이 맞았다.

"뭔데?"

"뭐야?"

모두들 페디에게 질문을 했다.

"별이요. 다섯 개의 뿔이 달린 별이요. 커다란 오망성이 마을에 그려져 있었어요."

"누군가 악마를 불렀군요."

다리온이 가라앉은 목소리로 말했다.

"예, 맞아요. 그러니까 그게……."

페디는 자신이 보고 온 것에 대해서 설명했다. 마을을 위에서 보면 집이 있고 집 사이로 길이 있었다. 그런데 그 길이 오망성 모양이었다는 것이다. 그런데 그냥 오망성이라면 아무런 문제가 없었다. 오히려 멋진 마을 정비 계획에 의한 배치였다. 마을의 집과 길을 잘 배치해서 별을 만들었으니 칭찬받을 일인 것이다.

하지만 그 오망성이 역오망성이면 문제인 것이다. 역오망성은 바로 악마의 표식이기 때문이다. 물론 이런 마을을 이용한 배치에서 역오망성은 쉽게 그려지지 않는다. 땅에 그려져서 사방에서 보게 되므로 위아래가 없기 때문이다. 하지만 원칙만 지키면 땅에 그린 그림이라도 위아래가 생긴다.

우선 동서남북 중에서 남쪽을 아래로 잡아서 역오망성의 맨 아래 위치하는 꼭지점을 그려놓는다. 하지만 그렇다고 남쪽이 아래가 되는 것은 아니었다. 남쪽에 자리 잡은 꼭지점에 나무를 심어야 한다. 나무는 생명을 나타내고 또 생명을 자라게 하는 땅을 나타내기도 하는 것이었다. 그 외의 꼭지점에는 아무것도 심지 않는 것이다. 그리고 여기에 심는 나무는 아무 나무나 되는 것이 아니라 떡갈나무여야만 했다. 그런데 페디가 말한 건 모두 역오망성의 조건에 부합이 되는 것이었다.

"그런데 어째서 역오망성이 악마의 표식이죠?"

이브린이 궁금하다는 듯이 물었다. 이브린의 질문에는 예나가 대답을 했다.

"그건 간단해. 역오망성의 모양 때문이지. 역오망성을 보면 위쪽으로 두 개의 뿔이 보이지? 그것이 악마의 뿔을 상징해. 그리고 양 옆과 밑으로 난 뿔은 악마의 수염을 나타내지. 사람에 따라서는 밑에 난 수염을 악마의 뾰족한 턱으로 말하는 사람도 있고 또 소수의 사람의 주장이지만 악마는 얼굴 밑에도 뿔이 있는데 그 뿔이라고 하는 사람도 있지. 그리고 역시 소수이긴 하지만 양 옆의 수염도 악마의 광대뼈라고 하는 사람도 있어. 그런데 우스운 일이 있는데 염소란 동물은 머리에 두 개의 뿔이 있고 턱에 수염이 있잖아? 그래서 한때는 악마의 동물이라고 한 적도 있다는 거야. 그때가 아마 마녀 사냥이 있을 때였지? 그래서 그때는 염소를 키우는 여자도 마녀로 몰았다고 해."

신전에서 신관에 의해 자랐던 예나여서 그런지 잘 알고 있었다. 염소에 관한 일은 그 시대에 살았던 나도 몰랐는데.

"그런데 이상하잖아요?"

죠세프가 물어왔다.

"이 마을은 분명 1년 전부터 피땀을 흘렸다고 했어요. 그런데 마을을 건설하고 나무를 심어서 키우고… 그것이 1년 만에 가능한 일인가요?"

죠세프가 날카로운 질문을 하긴 했는데 난 이미 예상한 답이 있었다. 단지 그 답이 맞는지 틀리는지 마을 사람들에게 물어보는 일만 남았다. 그러고도 한 가지 알아보아야 할 일이 있었다.

"그럼 알아보자고. 죠세프, 넌 마을 사람들에게… 아니, 여관 주인인 보이트 씨에게 물어보면 알겠군. 어쨌든 이 마을이 언제 만들어졌는지, 마을을 최근에 재건설한 적은 없는지 물어보고 아울, 이브린, 예나, 너희들은 마을의 우물이나 근처 물을 길어 먹는 샘 등에서 물 좀 떠와. 그리고 다리온은 저 좀 도와주세요."

난 다른 사람들이 할 일을 알려주고 나도 준비를 했다.

"마을에서는 이 우물물을 먹는다고 해요. 전에는 근처 개울에서 길어다 마셨는데 마을을 다시 건설하고는 우물물을 마시기 시작했다는 거죠. 마을 사람들도 개울물보다는 우물물이 시원하고 단 데다 우물도 크기 때문에 우물물을 마신다고 하네요."

지금 예나가 물을 길어와서 한 말이었다.

"응? 그런데 마을을 다시 건설해?"

"예, 한 1년 전에 원인 모를 불이 나서 마을이 홀랑 탔다고 해요. 그때 어떤 복지가가 와서는 돈을 기부하고 마을 건설 계획까지 짜주었다고 하네요. 우물도 그때 만든 것이고요.”

더 이상 들을 것도 없었다. 그 복지가가, 아니, 복지가의 탈을 쓴 악당이 이 마을에 역오망성을 그린 것이 확실했다. 어쩌면 마을에 일어난 불도 그자의 짓일지도 모르지.

콰당!

그때였다. 죠세프가 문을 벌컥 열면서 들어와서는 외쳤다.

“란셀, 맞았어요! 이 마을 재건설된 마을이었어요!”

“그래? 1년 전에 마을에 원인 모를 불이 났지?”

“어? 맞아요.”

“그리고 어떤 복지가가 돈도 대고 마을 건설 계획도 짰지?”

“그, 그것도 맞아요. 그런데 그걸 어떻게 알았어요?”

나야말로 죠세프에게 묻고 싶다. 어떻게 바로 밑에 있는 여관 주인에게 물어보러 간 사람보다 물 뜨러 갔던 사람이 더 빨리 소식을 알려 오냐고.

난 다른 사람들이 나갔을 때 다리온과 약간의 준비를 했다. 다리온이 가지고 있어 페키치아로 만든 치료용 마법 스크롤과 방 안에서 잡은 생쥐의 피 약간—어째서 생쥐가 방 안에 있었냐는 것은 묻지 마라. 덕분에 일은 편했지만 정말 충격받았다—방법은 간단했다. 물론 페키치아 잎이 있어서였지만. 다리온이 페키치아 잎으로 만든 마법 스크롤을 가지고 있는 것은 정말 다행이었다. 아니었으면 이런 실험도 못했을 것이다.

난 페키치아 잎을 다져서 즙을 내었다. 그리고 그것을 생쥐의 피와 섞은 다음 에나가 떠온 물에 넣었다. 물이 아무런 변화가 없으면 이 물은 보통 물이고 만일 붉게 변한다면 내가 생각한 물질이 들어 있다는 뜻이었다. 그리고 물이 순식간에 붉게 변했다.

"역시 내 생각대로군. 이 물엔 서미러가 들어 있어."

악마를 부르는 이 방식은 상당히 교묘한 방식이었다. 원래 악마를 부르기 위해서는 제물을 바쳐야 했다. 그것도 살아 있는 사람의 피로. 하지만 그런 행위는 명백한 살인이고 범법 행위로 모든 나라에서 금하는 방법이었다. 사람을 제물로 바치다 걸리면 국가적으로 잔당 소탕 작전에 들어가기 때문에 사실상 악마를 부르는 행위는 봉쇄된 것이었다.

그러나 막히면 통하게, 없으면 무슨 수를 써서라도 만들어내는 것이 사람이었다. 악마를 부르기 위한 산 제물을 바치는 행위가 불가능해지자 악마 신봉자들은 다른 방법을 생각해 내었는데 그것이 바로 이 마을에서 향해진 방법이었다.

악마를 부르는 의식에서 필요한 것은 피였다. 물론 산 제물을 바치면서 피와 함께 제물의 영혼을 바치는 것이 최고의 방법이긴 하지만 꼭 영혼을 함께 바칠 필요는 없었다. 피를 많이 바치면 되는 것이었다. 피는 바로 생명의 상징이기 때문이다.

그런데 문제는 영혼없이 피만 바칠 때는 영혼의 가치만큼 피를 더 많이 바쳐야 한다는 것이었다. 하지만 소수의 악마 신봉자들의 피를 다 모아도 그 양에는 부족했다. 그래서 여러 연구 끝에 법에도 안 걸리고 자신들의 피도 안 뽑으면서도 피를 모아 악마를 부르는 방법을 만들어낸 것이었다.

아까 말한 대로 남쪽을 아래로 해서 역오망성을, 그리고 남쪽의 꼭지점에 떡갈나무를 심는 것이었다. 그렇게 하면 제단은 차려진 것이었다. 그리고 사람이 마시는 물에 서미러를 타는 것이다. 그러면 사람은 피땀을 흘릴 테고 그렇게 흐른 피는 땅으로 들어가 제물이 되는 것이다.

서미러는 아직 성분이 밝혀지지 않은 물질인데 사람 몸에 해로운 물질은 아니었다. 다만 서미러를 먹으면 피가 다량으로 생성이 되는데 그러면서도 몸에 이상이 없는 것을 보면 서미러에는 피를 생성시키는 양분이 다량 함유되어 있을 거라는 추측이 있을 뿐이었다. 또 서미러를 복용하면 병약한 사람이라도 건강해졌다. 하지만 문제는 피를 너무 많이 생성을 시키는 데 있었다. 그 외에도 여러 부작용이 있었다. 한데 부작용에도 불구하고 서미러가 가지는 효능 때문에 마도 시대에는 서미러를 연구해 의약품으로 이용하려고 했다. 하지만 끝내 그 신비를 밝히지 못하고 묻혀진 물질이었다. 그래서 지금 시대에는 서미러를 아는 사람이 없었다. 나 같은 사람 말고는.

그런 서미러가 이 마을의 우물물에 들어 있었다. 서미러가 들어 있으니 사람이 피땀을 흘리는 것은 당연했다. 서미러를 먹고 피는 많아졌는데 그 피의 배출은 쉽지 않았을 것이다. 하지만 서미러의 약리 작용으로 그 남아도는 피가 땀구멍으로 나오게 된 것이다. 마도 시대의 기록에도 서미러를 오래 복용하면 사람의 신체를 바꾼다라는 구절이 있는데 바로 이런 경우를 말한 모양이었다.

"그러면 어쩌죠?"

이브린은 걱정스런 표정이었다.

"어쩌긴, 우선 역오망성을 지워야지."

방법은 간단하다. 역오망성을 지우면 해결이 되었다. 악마 신봉자들이 정말 이렇게 대단한 방법을 만들어냈지만 제대로 이용하지 못한 것은 치명적인 약점이 한 개도 아니고 여러 개 있어서였다. 우선 피를 흘리는 것인데 문제는 시간이었다. 사람들이 아무리 땀을 많이 흘려도 어느 세월에 원하는 만큼의 피를 바치냐는 것이다. 한마디로 시간을 너무 잡아먹는 방법이었다. 또 다른 문제로는 과연 서미러가 원하는 효과를 내냐는 것이었다. 지금 이 마을의 경우는 피땀을 흘리니 원하는 결과지만 항상 똑같은 결과를 주는 서미러가 아니었다. 마지막으로 깨지기 쉬운 제단이었다. 만약 누군가가 역오망성을 지운다거나 떡갈나무를 베어낸다면 제단은 깨지는 것이었다. 지금 이 마을만 해도 집의 위치를 좀 변경시키고 떡갈나무를 베어낸다면 역오망성은 깨지는 것이었다.

그러니 나중에 이 사실을 알게 된 악마 신봉론자들이 이 방법을 쓸 리가 없었다. 그런데 그런 역오망성을 제단으로 만드는 방법이 이 마을에 쓰인 것을 보면 누군지 마도 시대의 지식을 가진 사람일 것이다. 이거 또 강적을 만난 건가? 왠지 메를드가 생각나네.

"그런데 서미러는요?"

이브린은 다시 내게 물었다. 하지만 서미러는 나도 해결할 방법이 없었다. 내가 가지고 있는 여러 지식은 마도 시대의 지식이었다. 그러니 겨우 마도 시대 때 남긴 지식을 가지고 있는 내가 그 시대에서 포기한 물질을 어떻게 할 수 없었던 것이다. 그래도 다행인 것이 피땀 흘리는 것 빼놓고는 마을 사람들이 피해를 입는 것 같지는 않고 오히려 건강하게 사는 것 같아서 놔두기로 했다. 물론 서미러를 먹게 하지 않으려면 우물을 메우는 방법이 있긴 하지만 그렇게 하면 마을 사람들이 우릴 가만히 두지 않을 테니 역시 가만히 놔두는 것이 살길이었다. 또 어쩌면 한 10년쯤 지나면 정말로 이 마을이 유명해질지도 몰랐다. 피땀을 흘리는 신기한 마을로.

"우선 나무를 없애자."

우린 그렇게 의견을 모았고 그 일에 마을 사람들의 힘을 빌리기로 했다. 사실 이방인이 들어와서 멀쩡한 나무를 없애자고 하면 들어줄 사람은 없었다. 하지만 우린 여관 주인인 보이트를 통해 간단히 해결했다. 물론 보이트는 간단하지 않았다. 하지만 우리가 묵었던 여관에서 쥐가 나왔고, 그 증거—당연히 쥐—도 있었으니 보이트의 입장에서는 우리의 말을 들어야 했다. 간단하든 간단하지 않든 뭐 그거야 보이트의 사정이지 나랑 아무 상관 없는 일이니까.

아무튼 보이트는 무슨 수를 썼는지 역오망성의 떡갈나무를 뿌리째 뽑는 방향으로 마을 의견을 정했다.

"란셀, 저길 봐요."

예나가 한곳을 가리키며 말했다. 거기에는 마을 사람들이 뽑아논 나무가 있었고 그 뿌리에 비석이 하나 얽혀 있었다. 난 그 비석에 묻은 흙을 훔쳐 내고 무슨 비석인지 읽어보았다.

"어디 보자, 역오망성 축조 기념. 메를드. 뭐! 메를드?"

난 놀라서 일어섰고 다른 사람들도 놀라서 뛰어왔다. 그리고 비석에 쓰인 글을 보고는 어이없는 표정이었다.

"메를드가 여기까지 일을 벌였었군요. 정말 대단한 엘프입니다."

다리온은 혀를 차며 말했다. 나도 동감이었다. 으으… 메를드, 이놈. 마지막까지 사람 귀찮게 하는군. 리즘 분지 감옥에서 평생 오우거에게 쫓겨다녀라.

"정말요? 하~ 왜 화이트 엘프는 그렇게 비열할까요? 메를드만 해도 대단한 지식과 실력을 가졌잖아요."

"글쎄요… 화이트 엘프가 원래 그런 종족이긴 하지만……."

다리온도 혀를 찼다.

"하지만 반쪽 똑똑이야, 메를드란 녀석은."

하지만 아르티닌은 다른 의견을 냈다.

"제대로 된 녀석이라면 이런 멍청한 짓을 했겠어? 역오망성이라니. 이런 걸 두고 모래 위의 집이라고 하지."

아르티닌의 말도 맞는 말이었다. 하긴 그런 지식과 능력을 가지고도 제대로 이용 못하고 바르지 못한 짓에 쓰는 자체가 어리석은 짓인 것이다.

"참. 란셀, 서미러 안 챙겨요? 나 같으면 챙기겠는데. 마도 시대도 아닌 요즘 세상에서는 서미러를 구할 수도 없잖아요."

맞다. 이런 기회가 언제 있겠냐. 아무리 마도 시대 때부터 연구하기 포기한 물질이지만 있으면 다 좋은 거지.

"고마워요, 다리온."

난 다리온에게 고맙다는 인사를 하고 보이트에게 쓰지 않는 큰 술통을 여러 개 얻었다. 그러고 보니 세상은 참으로 알 수 없는 요지경 속이다. 고 쬐그만 생쥐 한 마리가 위력 한번 엄청났다. 지금 생각해 보면 그때 방에서 요놈을 발견 못했다면 일하는 데 힘들었을 것이다. 그래서 세상의 모든 것은 다 쓸 곳이 있다고 하나?

"그럼 갈까요?"

내가 술통에 서미러가 든 우물물을 가득 채우고 아르티닌의 레어로 그것을 옮긴 후 우린 출발했다. 그리고 한참 가는데 문득 한 가지 이상한 생각이 들었다.

"참, 그런데 다리온은 어떻게 서미러를 알았죠?"

"그야 란셀이 말했잖하요."

"아니, 그게 아니라 어떻게 서미러가 마도 시대의 물건인 것을 알았고, 또 지금은 구하기 힘들다는 것은 어떻게 알았냐고요."

"그거요? 우선 란셀이 해결하는 일 중 마도 시대의 것이 아닌 경우가 언제 있었… 군요. 흠흠. 어쨌든 서미러란 물질, 구하기 쉬운 물질이면 죠세프나 예나 씨도 알았을 텐데 몰랐잖아요. 그리고 이건 가장 중요한 건데 전 위대한 대현자거든요. 하하하."

그렇군요. 하하하. 하긴 언제나 알고 있던 사실이지. 대현자 다리온. 나도 대현자 되면 다리온같이 될까? 한번 연습해 봐? 나 란셀은 위대한 대현자… 윽! 닭살. 역시 대현자는 아무나 되는 것이 아닌가 봐. 어이, 같이 가요, 다리온.

여름이다. 뭐, 여름이라고 특별한 것은 없지만 이번 여름은 날씨가
유난히도 더웠다.

"란셀, 이번 여름은 특별히 덥지요?"

내가 손으로 부채질을 하는 것을 보고 죠세프가 물었다.

"응, 그래. 왜 이렇게 덥냐?"

"그건 우리가 서남쪽으로 방향을 잡아서죠. 더운 지방으로 가니 같
은 여름이라도 더 덥죠. 하긴, 그런 이유가 아니라도 덥긴 덥군요. 이
런 날씨에는 병에 걸리기 쉬운데……."

우린 죠세프의 말에 고개를 끄덕였다. 며칠 전에 지나쳐 온 마을에서
도 식중독으로 고생하던 사람을 제법 봤었다. 이런 더운 날씨, 특히 고
온 다습한 곳에서는 그런 병에 조심해야 하는 것이다. 그런 의미에서…

"우리 다른 할 일도 없는데 방향을 바꿔갈까?"

"예?"

"아, 그러니까 더운 서남이 아니라 덜 더운 동북 방향으로 길을 잡자고. 우리 대륙 서남부에 볼일이 있는 것도 아니잖아?"

솔직히 서쪽으로 가야 사막만 나오지 볼 것도 없고 갈 일도 없었다. 물론 어떤 사람들은 비록 사막이지만 그래도 볼 것은 있다고도 한다. 끊임없이 변하는 모래언덕에 신비스러운 느낌을 주는 붉은 모래밭, 독특한 멋이 있는 저녁노을. 그리고 척박한 환경에서 살아가는 생명을 보노라면 저절로 대자연의 경이로움이 든다고 한다. 나도 빨리 가서 봐야지.

"좋아요, 란셀. 동북쪽으로 가죠."

갑자기 죠세프가 말했다. 근데 이게 무슨 소리야? 갑자기 웬 뜬금없이 동북 방향? 죠세프, 애가 더위 먹었나?

"무슨 소리야? 우리 지금 대륙 서남으로 가는 중 아니었어? 갑자기 웬 동북 방향? 죠세프, 더위 먹었니?"

정말 이상한 소리였다. 빨리 가서 사막의 신비스런 모습을 봐야지 무슨 동북 방향이라니… 근데 왜들 날 저런 눈으로 쳐다보는 거지?

"마, 말도 안 돼!"

어이, 예나. 안 되긴 뭐가 안 돼?

"하아… 덥긴 더운가 보군요……."

예, 다리온. 지금 덥긴 합니다만…

"드디어 란셀이 미쳤군."

어이, 드래곤 씨. 노망났냐? 왜 멀쩡한 사람을 미친 사람 취급해?

"불쌍하다……."

어쭈? 이브린까지?

“란셀, 먼저 동북 방향으로 가자고 한 사람은 란셀이 아니었나요? 그런데 갑자기 지금 무슨 소리예요? 정말 더위 먹었어요?”

엥? 그런 또 무슨 소리야? 내가 무슨 말을 했다고?

“죠세프, 빨리 길 바꿉시다. 지금도 이런데 더 더운 것으로 가면 란셀 잡겠어요.”

다, 다리온, 왜 그래요?

“예.”

죠세프는 두말없이 날 잡아끌었다. 으윽. 이 무식하게… 아니, 죠세프는 천재니까… 유식하게 힘만 좋은 녀석. 놔, 놓으란 말야! 난 사막 구경 가야 해!

“반항하지 말고 빨리 가요.”

“죠세프, 조심해요. 사람이 미치면 힘이 좋아진다고 합니다.”

“알았어. 고마워, 페디.”

페, 페디, 넌 또 왜 그래?

“놔, 죠세프. 나 사막 구경 갈 거야.”

“아, 글쎄, 이렇게 더운데 사막은 무슨 사막이에요? 반항하지 말고 따라오세요.”

크윽… 결국 난 가고 싶은 사막도 못 갔다. 흑흑. 그런데 정말 왜 이러는 거지? 내가 뭘 어쨌다고…….

우리가 간 곳은 한번 지나갔던 마을인데 되돌아가는 과정에서 다시 거쳐 가게 된 마을이었다. 그런데 이 마을, 우리가 자나갈 때 식중독이 유행했던 마을이었다. 그때가 한… 닷샌가? 아니, 엿새 전? 아무튼 그 정도 됐나? 그런데… 마을 분위기가…

"말도 안 돼. 암만 날씨가 더워도 그렇지 의사도 제법 있는데 식중독이 아직 낫지 않았단 말야?"

예나가 놀라서 소리쳤을 때 난 마을 분위기가 왜 이런지 알 수 있었다.

"흠… 우리가 봤을 때 닷샌가?"

"엿새요."

"아, 그래, 엿새. 고마워, 죠세프. 엿새 전이었지? 그런데 아직까지 식중독이 낫지 않았다면 뭔가 문제가 있는 건데… 식중독이 무슨 난치병도 아닌데."

"그렇죠? 란셀도 그렇게 생각하죠?"

예나가 물어왔다. 확실히 문제가 있는 것이었다. 여기 의사들의 실력이 형편없다거나 계속 상한 음식을 먹는다거나 아니면 뭔가 알 수 없는 요인이 있다는 것이다. 내가 볼 때 마지막이 가장 설득력있었다.

왜냐하면 첫 번째 경우는 식중독도 열흘 가까이 못 고치는 가짜 의사라는 소린데 저 의사들은 제법 실력이 좋은 의사들이었다. 그리고 계속 상한 음식만 먹었다? 여기 사람들이 그렇게 어리석은가? 정말 그렇게 어리석었다면 이 마을 사람들은 예전에 모두 죽었을 것이다.

그렇다면 남은 건 단 한 가지. 뭔가 있다는 소리. 간단히 생각하면 마을 물이 변질되었는데 미처 발견을 못하였거나 아니면 식중독을 일으키는 균이 무척 내성이 강하다거나… 하지만 물은 우리도 마셨지만 우린 아무 탈이 없었다. 그리고 그렇게 강한 독이라면 식중독으로 죽은 사람이 있어야 하지만 그렇지도 않았다. 이런 경우도 있다, 저주에 의한 것. 하지만 그런 기운은 없어 보였다. 결국 아무런 이유가 없는 것이다. 그래서 내가 내린 결론은… 마을 사람들이 식중독으로 고생할 팔자인가 보다였다.

"란셀, 우리가 도와야 하지 않을까요?"

이브린이 옆에 있다가 물어보았다. 하지만 그러기에는 문제가 있었으니…

"여기 의사 자격증은 그만두더라도 제대로 된 의학 지식 있는 사람?"

아무도 없었다. 잠시 모두들 다리온을 보았지만…

"흠흠, 위대한 현자는 전문적인 일은 전문가에게 맡긴다는 이치를 확실하게 지킵니다."

결국 다리온도 없다는 소리였다. 에고, 저 말 무슨 뜻인지 해석하느라 머리가 다 아프네.

"거기 더운물 좀 가져다 줘요!"

베일이 소리쳤다.

"예, 지금 가요."

에고, 허리야… 의학 지식은 없지만 결국 우린 사람들을 돕게 되었다. 바로 의사… 라면 좋겠지만 의사들 심부름꾼으로. 마을 사람의 많은 수가 식중독으로 드러누웠기 때문에 일손이 부족해서였다. 그러고 보니 우리도 정말 착하군. 여관 주인이 숙식비 무료로 해주겠다고 하긴 했지만 사실 그게 몇 푼이나 되나? 그런 걸 생각할 때 정말 감동이 파도처럼 밀려왔다.

"란셀, 정말 여관 주인에게는 미안한데요? 겨우 이런 잔심부름이나 해주고 특실에 최고급 음식을 대접받으니 말예요."

죠세프, 그렇게 말하면 내 감동이 무안해지잖아.

"거기, 잡담 말고 물. 그리고 약도 좀 가져다 줘요!"
"예, 가요."
에고. 그래, 감동은 일 끝난 다음에 느끼자.

또 한 명이 쓰러졌다. 아니, 솔직히 쓰러진 사람 보는 것은 지금이
처음이었다. 지금까지 본 환자들은 우리가 이 마을을 지나칠 때 보았
던 사람들이 대부분이고 늦게 쓰러진 사람들도 우리가 다시 이 마을로
오기 사흘 전에 쓰러진 사람들이었다. 이번에 쓰러진 사람은 베일이라
는 의사로 내가 그의 조수(?)로 일을 하고 있었다. 여느 때처럼 베일이
말한 약을 가져갔을 때 그는 약을 받다가 배를 움켜잡으며 뒹굴었다.
이젠 의사까지 식중독에 걸린 것이다. 그런데… 이상한걸? 얼굴에 저
무늬는…
"예? 아, 그래요. 그러고 보니 모두들 그랬어요. 하루 지나면 사라졌
지만."
베일의 동료였던 엘릭이 확인시켜 준 사실이었다. 얼굴에 마치 호랑
이 같은 줄무늬가 생겼다? 생각나는 것이 있지만 아직 속단은 금물이
었다. 우선 환자들의 피를 검사해 봐야 했다.

"이건 일종의 독에 의한 겁니다."
난 환자들의 피를 조사했다. 대단한 조사는 아니었다. 피를 강한 빛
에 어느 정도 노출시키고 다시 어두운 곳으로 가져오는 것이었다. 그
리고 그렇게 한 결과… 이런, 하필이면……
"흠흠, 아까 제가 피를 검사한 것을 보셨을 겁니다. 무슨 검사가 그
러냐고 할 사람도 있겠지만, 그것도 방법은 방법입니다. 그리고 조사

가 됐는데 역시 피에서 빛이 나더군요."

내 앞에 있는 사람들은 웅성거렸다. 우리 일행을 제외하고 열 명도 안 되는 숫자였지만 그들의 수군대는 소리는 제법 컸다.

"아아, 진정들하시고. 궁금한가요? 우선 결론은 좀 전에도 말했지만 독 때문입니다. 저도 몰랐는데 사람이 쓰러지는 모습을 보고 알았습니다. 그래서 검사를 한 겁니다. 이 독은 피에 섞이면 이상한 물질로 변합니다. 그 물질은 빛을 받으면 그 빛을 저장해 두었다가 나중에 어두운 곳에 가서 저장한 빛을 내는 겁니다. 그리고 이 피들은… 모두 빛을 냈습니다."

내 말은 여기서 끝이었다. 사람들의 반응은 두 가지였는데 의사들은 이해할 수 없다는 표정이고 우리 일행은 수고했다는 표정이었다.

"역시 란셀이에요. 일을 몰고 다니긴 하지만 해답도 가지고 다니신다니까요."

하하. 고맙다, 예나. 그런데 그 말 좋은 뜻이겠지?

"그런데 그 독을 해독할 약은 어떻게 하면 구할 수 있죠?"

하지만 이어지는 예나의 물음에 난 얼굴이 굳어질 수밖에 없었다.

"해, 해독약? 있기야 하지만……."

"그럼 빨리 가요."

예나는 빨리 가자고 했지만 문제가 있었다. 우선 저 사람들이 당한 독은 일종의 용독이었다. 그 말은 독계 드래곤과 관련이 있다는 소리였다. 아무리 우리에게 아르티닌이 있어도 쉽게 생각할 그런 문제는 아니었다. 만일 사람들이 정말 독계 드래곤과 관련돼서 이렇게 된 것이라면 아르티닌이 참견할 수가 없다. 우리는 당연한 것이고.

"우선 이 독에 대해 설명하죠. 이 독은 일종의 용독입니다. 음… 혹시 독계 드래곤이 여기 이 마을에 용독 브레스를 뿜어낸 적이 없나요?"

내 질문에 사람들이 웅성거렸다. 그리고 조금 시간이 지난 후 어떤 노인이 나왔다.

"커험, 그 말이라면 내가 좀 알지."

그는 우리 앞에 나서며 말했다.

"그러니까… 내가 어렸을 때군. 지금 젊은애들이야 모르는 이야기지만 우리가 어릴 때만 해도 어른들이 해주시던 이야기가 있지."

"발카 영감님, 빨리 좀 말해 주세요."

마을의 한 사람이 성화를 해댔다.

"가만있어, 지금 하잖아. 쯧쯧. 요즘 애들은 그저 성질만 급해 가지고… 허험. 그러니까… 한 오백 년 전인가? 그런 일이 있었다고 하더군. 원래 이 마을은 사람이 살 수 없는 곳이었지. 아니, 그전에는 사람이 살고 있었지……."

원래 땅이 비옥해 많은 사람들이 살고 있던 마을이 여기였다. 그리고 이 마을은 영주의 영지에 속한 마을도 아니어서 살기가 더욱 좋았다. 그런데 그런 이 땅을 탐낸 사람이 있었다. 이 마을 이장이었는데 그는 이 마을의 땅을 모두 자신의 소유로 하기 위해 사악한 마법사를 불러왔다.

탐욕에 눈이 먼 이장과 사악한 마법사. 그 둘의 음모로 마을은 죽음의 마을로 변했다. 사람들은 죽고 그 죽은 사람들은 언데드가 되어버렸다. 그런 마을을 본 이장은 이제 곧 마을의 땅이 모두 자신만의 것이 될 것이라고 좋아했지만 결국 탐욕에 눈이 멀어 다른 사람을 해친 사람이 흔히 그렇듯 그도 마법사에게 희생이 되고 말았다. 마법사는 이장을 이용한 것뿐이었다.

그렇게 해서 마을은 그 마법사의 차지가 되었다. 이제 그는 이곳에 큰집을 짓고 지주가 되면 되는 것이었다. 그런데 문제가 있었으니 언데드가 처리되지 않았다는 것이다. 사실 마법사의 마법 실력은 별것없었다. 어느 정도인가 하면 자신이 만든 언데드를 자신이 조종을 못했다. 실력도 없으면서 탐욕스러운 그에게 그저 순진한 농부만 있는 마을은 부담없는 먹잇감이었던 것이다.

하지만 이제는 살아서 농부였던 언데드들은 부담이 되었다. 그래서 그는 한 가지 꾀를 내었다. 바로 드래곤에게 일이 끝난 후 보석을 주기로 하고 일의 처리를 부탁한 것이었다. 그가 부탁한 드래곤이 독계 드래곤인데 독계 드래곤은 자신의 영토 안에 침입자가 생겨도 우선 살펴보는 성격이라 그가 부탁하기에 가장 알맞았다.

마법사는 드래곤에게 부탁했고 드래곤은 그 부탁을 흔쾌히 받아들였다. 그리고 드래곤이 말하기를 마법을 쓰면 번거롭고 시간만 걸리니 언데드들을 자신의 브레스로 간단하게 쓸어버리겠다고 했다. 마법사는 그 말을 듣고 브레스로 인해 자신의 땅이 파괴될까 봐 브레스의 강도와 범위를 설정해 주었다. 드래곤은 그 말까지 흔쾌하게 받아들였다.

그리고 그로부터 이틀 후 드래곤은 정말 언데드를 처리하기 위해 마을에 나타났다. 마법사는 흡족한 미소를 지으며 안전한 마을 어귀에서 언데드가 사라지는 구경을 하였다. 아니, 하려고 했다. 그런데 드래곤의 브레스의 강도와 범위가 마법사가 설정한 것보다 더 강하고 넓었다. 드래곤의 입에서 강한 독 브레스가 뿜어지는 순간 언데드들과 마을 지주의 꿈에 부풀던 마법사는 모두 부서져 갔다.

"드래곤의 브레스가 무섭기는 무서웠지. 그 후 이 마을은 이백 년 간은 죽음의 땅으로 변했었다고 하니… 이 마을에 사람이 다시 살기 시작한 지는 백 년이 채 안 되네. 땅이 다시 살아나기 시작한 때는 지 금부터 삼백 년 전이었다네. 이 땅이 예전만큼은 아니지만 그래도 이 정도로 비옥해진 것은 백 년 전이고."

발카라는 노인의 말은 끝났다. 듣고 보니 한마디로 전설따라 삼천 길드였다.

"그럼 그때의 독 브레스 때문인가요?"

아까 발카 노인에게 핀잔 들었던 사람이었다. 여보게, 젊은이. 사람 이 느긋해야지. 성질만 급해서는… 응? 나 삼백 살 넘었다니까.

난 고개를 저었다. 그것으로는 부족했다. 사실 독계와 산계 같은 브 레스가 뇌전계 브레스나 화염 브레스처럼 화끈하고 깨끗하게 끝나는 브레스는 아니고 어느 정도 질질 끄는 그런 브레스라지만 이렇게 너저 분한 브레스는 아니었다. 5백 년 전의 브레스에 지금 사람들이 피해를 입는다? 드래곤 웃다가 배꼽 빠질 일이다.

참고로 드래곤들은 난생이라 배꼽이 없다. 다만 내가 이 마을에 있 는 독을 보고 독계 브레스가 쓰였냐고 물은 것은 이 독이 용독이 무슨 이유로 변질이 되어 발생한 것이기 때문이었다. 이 독은 이름도 없는 독이었다. 워낙 흔치 않은 상황에서 흔치 않게 생겨나는 독이라 드래 곤들도 평생 가야 거의 쓸 말이 아니라서 이름 따위는 없었다.

하지만 용독에서 변질된 것은 확실한 것. 보통 용독은 드래곤의 몸 에서 나오면 특별하게 모아서 특수 처리를 하거나 특수 용기에 담지 않는 이상 저절로 소멸이 된다. 하지만 가끔 가다가 자연 상태에서 암반 등으로 막힌 밀폐된 곳에서 물과 섞이는 경우가 있었다. 그럴 경우 용독의 모든 독은 스스로 소멸하지만 극히 일부의 독 기운이 물에 녹은 상태가 된다. 그 물은 먹어도 죽지는 않지만 사람 몸에는 좋지 않았다. 신체 전반적으로 나쁜 영향을 미치고 내장 기능을 떨어뜨렸다.

특히 소화기 계통에 그 영향이 큰데 초극강 알칼리성 독인 용독의 기운으로 산성인 위액이 중화되어 소화가 안 되고 위산으로 죽어야 할 음식 안의 세균들도 죽지 않아 탈을 일으키는 것이다. 그리고 증상은 이 마을 사람들에게서 보이듯이 식중독과 흡사했다. 그 이유는 몸 전체에 안 좋은 영향을 끼치는 독 기운 때문이었다. 문제는 이 독 기운이 명색이 용독 출신이라고 치료약이 없다는 것이었다. 내가 아는 한 가지를 빼놓고는.

"독 브레스라고만 할 수는 없습니다. 자, 그럼 한 가지만 더 묻겠습니다."

"란셀, 치료약을 구해야지요."

예나가 나를 다시 보챘다.

"치료약도 중요하지만 환자가 더 나오면 안 되잖아."

난 이 말로 간단히 예나를 누르고 계속 물었다.

"혹시 이 마을에 요즘 들어 지하수 개발을 하셨나요?"

"예, 그렇습니다만……."

누군가 내 말에 대답했다. 아마 내 기억이 틀림없다면 이장일 것이다.

"여름에 유난히 무덥고 비가 안 와서 지하수를 몇 개 팠죠. 그런데 그것이 이번 일과 무슨 관련이 있습니까?"

그게 문제였군. 분명 용독의 기운이 있는 물을 퍼 올린 것일 것이다.

"그렇게 개발한 지하수가 몇 개인가요?"

"다섯 개요. 모두 열두 곳을 팠는데 한 곳은 물이 아예 없었고 나머지 여섯 곳은 물이 조금만 나왔소."

"그래요? 그럼 그중에서 식수로 쓰는 것은요?"

"모두요. 농사에 지을 물과 식수 모두 같이 이용하오."

결국 모든 물을 검사해야 했다. 하지만 난 곧 그 생각을 버렸다. 어차피 한번 물이 올라왔으면 그 일부는 땅으로 스며들었을 것이다. 그렇다면 독의 기운이 땅에 스며들었을 수도 있다는 소리였다.

"그런가요? 후우… 그럼 역시 치료제뿐인가?"

난 한탄을 해야 했다. 왜 이리 일이 꼬이지?

치료제를 구하려면 독의 발산지로 가야 했다. 쉽게 말하자면 독계 드래곤의 레어로 가야 하는 것이다. 독계 드래곤의 레어에 자라는 펫토라는 풀이 있는데 이 펫토는 용독 전문 치료제였다. 용독에 당한 상처에 펫토의 뿌리 진액을 바르면 효과가 좋았다.

이 마을과 같은 경우의 사람들은 펫토의 잎을 말려서 차로 마시면 그 즉시까지는 아니더라도 빠른 시간 내에 완치가 가능했다. 게다가 펫토는 용독의 기운을 흡수하기 때문에 이 마을에 펫토를 심으면 물과 땅에 스민 독의 기운이 모두 해소된다. 문제라면 펫토는 용독의 기운을 흡수 못하면 죽어버렸다. 그러니 펫토가 자생할 수 있는 유일한 곳은 드래곤의 레어뿐이었다. 물론 독계 드래곤이 브레스를 뿜은 곳에도 자랄 수는 있지만 독 기운이 다하면 펫토는 결국 죽게 되는 것이다. 땅과 공기와 물을 원상태로 돌리고. 또 펫토는 제법 무거운 씨로 씨가 멀리 못 가고 싹을 내리기 때문에 인위적으로 심지 않으면 다른 곳에서 자라지도 않았다. 결국 우리는 독계 드래곤의 레어로 가야 했다.

난 이 사실을 우리 일행에게 말했다. 그리고 누구나 짐작했듯이 호기심 많은 우리 일행은 블랙 드래곤 구경을 가자고 펫토를 따러 가잔다. 참나… 블랙 드래곤이 무슨 동물원 구경거리도 아니고… 그리고 독계 드래곤에 블랙 드래곤이 월등히 많은 것은 사실이지만 화이트 드래곤이나 그린 드래곤에서도 독계 드래곤은 있단 말이다.

어쨌든 우린 드래곤을 찾으러 갔다. 근데 대체 독계 드래곤이 어디에 있느냔 말이야.

우리는 프라파트라는 작은 나라를 찾아가고 있었다. 아르티닌의 말로는 그곳에 블랙 드래곤인 자우라가 산다고 했다. 아르티닌과 자우라는 별로 친하지 않기 때문에 그곳에 자우라가 산다는 것만 알고 자우라가 독계 드래곤인지 아닌지는 잘 모른다고 했다. 하지만 블랙 드래곤이면 독계 드래곤일 확률이 높기 때문에 우선 자우라를 찾아가기로 했다. 만일 자우라가 독계 드래곤이 아니라도 자우라가 독계 드래곤의 행방을 알지도 모르기 때문에 헛걸음은 안 할 것이다. 또 그동안 사람들이 죽을 일도 없고… 다만 자우라가 유희를 떠나지 않기를 빌 뿐이었다.

"저기 멀리 보이는 산이 크얀 산이다. 저 산에 자우라가 산다고 들었어."

아르티닌은 멀리 보이는 산을 가리키며 말했다.

"생각보다 가깝네요? 크얀 산을 넘으면 프라파트의 수도인 제귤라가 바로 나온다면서요? 그런데 마을에서 출발한 지 고작 사흘인데……."

예나가 이상하다는 듯이 물었다.

"아니, 맞아. 우선 프라파트는 작은 나라야. 프라파트 바로 옆에는 셰인즈라는 큰 제국이 있지. 셰인즈 주변에 작은 나라가 세 개 있는데 셰인즈는 그 세 개의 나라를 속국으로 삼아 많은 공물을 받고 내정 간섭도 하는데 프라파트도 그런 나라 중의 하나라고 하더군. 셰인즈의 속국인 세 나라가 연합한 것이 템연합인데 그 연합 세력의 힘이 셰인즈에 못 미치는 모양이야. 어쨌든 사정이 그렇다 보니 그 나라들의 수도는 되도록 셰인즈에서 떨어진 곳에 위치하고 있지. 그래서 이렇게 빨리 온 거야. 참고로 말하자면 우리가 온 마을은 브레스트라는 마을로 한번 드래곤의 브레스 공격을 받은 마을이라 다른 나라들이 영토로 삼기 꺼림칙해하는 마을이지. 그래서 도시도 아닌 마을이면서 국가에 속하지 않은 자유 마을이야.”

흠… 아르티닌은 정말 자우라와 별로 친한 사이가 아닐까? 그러면 왜 자우라가 사는 주위 환경을 너무 잘 알고 있을까?

우린 크얀 산 주변에 있는 크티얀이라는 작은 도시로 갔다. 작은 도시지만 산 하나 넘어 수도가 있어서인지 제법 발달한 도시였다. 사람도 제법 많았다. 우린 그곳에서 여관을 잡아 하루 묵고 크얀 산에 올라가기로 했다. 비록 아직 대낮이었지만 지금 이 시간에 산에 올라가면 금방 어두워지기 때문이다.

“제귤라 영광의 쉼터라…….”

난 우리가 묵을 여관의 이름을 살펴보았다. 이름이 멋지다고 해야 하려나…

“그런데 제귤라라면 이 나라 왕의 성이 아닌가요?”

죠세프가 다른 여관들의 간판도 흘깃 살피며 물었다.

“맞아. 원래 이 나라의 이름이 제귤라 공국이었다지? 지금도 수도의 이름이 제귤라잖아.”

“그런데 왜 이런 상호를……..”

죠세프의 의문이 나의 의문이었다. 단지 이 여관만 이름이 그렇다면 말을 안 하겠다. 이곳 여관의 상호가 모두 제귤라 영혼의 안식처, 제귤라 휴식과 잠, 제귤라 신선함의 향기 등으로 모두 제귤라라는 단어가 들어갔다. 이곳만이 그런 것이 아니라 지금까지 오는 동안 본 상호가 그런 것이었다. 그나마 다른 곳은 프라파트가 들어간 것도 꽤 되었는데 이 도시는 아예 제귤라라는 것으로 통일되어 있었다.

“프라파트는 워낙 셰인즈의 수탈을 많이 받은 나라야. 그래서 살기 위해서는 서로 단결해야 했지. 바로 애국심이란 구심점을 가지고. 그리고 그것을 이룬 사람이 바로 현 국왕인 제귤라 베인트라고 하더군. 모든 국민이 국가의 이름을 공유함으로써 국가와 국민이 하나가 되는 정책. 그래서 이렇게 프라파트와 제귤라라는 이름이 많은 것이야. 그리고 제귤라의 명칭은 프라파트란 국가명과 동일한 무게를 지니지. 과거 공국일 때의 국가명이자 지금은 왕의 성에 수도의 이름이기 때문인데 이 도시가 수도인 제귤라와 산 하나를 사이에 두고 있어서 그 영향을 받은 것일 거라고 하더군.”

아르티닌의 설명이었다. 아르티닌의 설명을 듣고 나니 크티얀의 사람들이 다르게 보였다.

“그런데 저게 뭐죠?”

그때 예나가 한곳을 가리키며 물었다. 거기에는 여러 명의 젊은 여자들이 마차를 타고 있었다. 나이가 10대 중반에서 후반쯤으로 보이는 여자들이었는데 저 정도의 인원이면 이 도시에 사는 저 또래의 여자들은 다 모였을 것 같았다.

“글쎄… 물어보면 알겠지.”

난 지나가던 사람을 붙잡고 여자들에 대해 물어보았다.

“저 여자들요? 저 여자들은 블랙 드래곤이신 자우라님에게 바쳐질 여자들이죠.”

뭐?! 자우라에게 바쳐지는 여자?

난 놀라서 그 사람을 다시 쳐다보았다. 그 사람은 그런 날 보며 그저 피식 웃더니 다시 말했다.

“뭘 그리 놀라나요? 여기만이 아니라 이 프라파트의 여자들은 모두 자우라님에게 바쳐진답니다.”

드래곤에게 여자가 바쳐진다는 것에 대해서 전혀 새삼스러울 것 없다는 표정을 지으며 말하는 사람. 대체 이런 엄청난 일을 저렇게 아무렇지 않게 말하다니…

“매년 각 도시마다 돌아가며 바치는데 이번엔 우리 크티얀 차례로군요.”

그 말을 남기고 그 사람은 갔다.

“드, 들었어?”

난 우리 일행에게 물어보았고 그들도 고개를 끄덕였다. 나도 드래곤과 적지 않은 세월을 살았지만 이런 경우는 듣지 못했다. 이런 경우가 있다면 사람이 영웅을 띄울 목적으로 쓴 소설에서나 나왔다.

“자우라가 그런 일을 벌이다니… 믿을 수 없어.”

아르티닌은 무척 분노했다.

“아울 씨는 자우라와 잘 아는 것처럼 말하는군요.”

분노하는 아르티닌을 보고 다리온이 물었다. 그 말에 아르티닌은 흠칫했다.

“아, 아니, 그게 아니라… 아, 그래요. 그런 못된 드래곤이 있다니…
그런 드래곤은 혼을 내야 합니다. 우리 자우라를 혼내주러 갑시다.”

“하지만 우리 능력으로 드래곤을 이길 수 있을까요?”

이어지는 다리온의 질문에 다시 흠칫하는 아르티닌.

“그, 그래도 갑시다. 모랐다면 모르지만, 알았으면 가만히 있을 수가
없어요.”

이 말을 하고 아르티닌은 앞서서 걸어갔다. 지금 아르티닌의 행동을
보면 역시 자우라를 아는 것 같았다. 그리고 다리온도 말했다.

“그런데 아울, 크얀 산은 반대쪽인데요?”

크얀 산은 해발이 200길드인 그렇게 높지 않은 산으로 산길도 험하
지 않아서 오르는 데 별문제가 없었다. 게다가 자우라의 레어 찾기도 무
척 쉬웠다. 대체 누가 드래곤 레어 가는 길의 이정표를 세운 것인지…

“자우라의 레어. 왼쪽 길로 250길드.”

죠세프는 이정표에 쓰여 있는 글자를 읽었다.

“흠… 다리온, 이게 무엇일 것 같아요?”

“글쎄요… 말 그대로 자우라의 레어로 가는 길 안내 같군요. 설마
드래곤의 레어를 가지고 장난칠 사람은 없을 테니까요.”

내가 지금까지 보아온 드래곤을 생각하면 참 별난 성격을 가진 드래
곤들이 많았었다. 지금 내 옆에 있는 아르티닌만 봐도 모험가가 가져
갈 금을 따로 준비하는 별종이지만 아직까지 그 어떤 드래곤도 이런
이정표를 세웠다는 말은 못 들어봤다.

“우선 가보죠.”

이번엔 이브린이 먼저 나섰다.

"여기 나온 방향으로 가면 가는 길은 뻔하겠죠. 어차피 산은 산이니까. 정면으로 가지 말고 좀 돌아가서 숨으면 아무 문제가 없을 것 같은데요?"

우린 잠시 의논을 하고 이브린의 말대로 하기로 했다. 우선 이정표에 나온 대로 길을 가다가 중간에서 빙 둘러서 레어 앞의 공터 옆면으로 갔다. 다행히 거기에는 나무와 길게 자란 풀들이 많아서 우린 쉽게 숨을 수 있었다.

"란셀, 저기 봐요. 공터에 사람들이 꽤 많이 있군요. 아! 저기 블랙 드래곤도 있군요."

다리온의 말대로 레어의 입구에 블랙 드래곤이 있었고 공터에는 크티얀에서 끌려온 여자들로 가득했다. 그리고 그 여자들을 감시하는지 간간이 병사나 마부, 일꾼 차림의 남자들도 눈에 띄었다. 그런데… 뭔가 이상하다?

"란셀, 저거 웃음소리 맞죠?"

예나가 물어왔다. 그런데 글쎄… 웃음이라… 예나야 하프 엘프로 청각이 좋으니 잘 들리겠지만 난 아니다. 웃음소리인지 뭔지 뭔가 들리는 것 같기는 한데 도저히 모르겠다. 하지만 한 가지 확실한 것은 암만 봐도 끌려온 사람들과 끌고 온 사람들의 분위기가 좋아 보인다는 것이었다. 제물이든 뭐든 바쳐지기 위해 끌려온 분위기는 이런 분위기가 절대로 아니어야 정상이었다.

"우리가… 잘못 생각한 건가요?"

옆에서 다리온이 중얼거렸다. 그때 누군가 큰 소리로 말하는 것이 들렸다. 쳐다보니 자우라였다.

"자, 그럼 여러분, 오늘은 즐거운 날이니 맘껏 즐깁시다!"

이 분위기는 초청자 자우라, 손님 여자들, 자우라 레어 앞 공터에서의 잔치. 꼭 이거였다.

"우리 나갈까요?"

저런 분위기를 보며 심각하게 숨어 있는 우리 꼴이 한심해서 내가 먼저 의견을 냈다. 다든 한숨을 쉬며 내 의견에 동의했다.

자우라는 우릴 물끄러미 쳐다보았다. 의문에 가득 찬 눈빛으로.

"아, 안녕하세요… 에… 그러니까… 우린 길을 잃었는데 여기 사람이 많아서요……."

난 자우라가 쳐다보는 바람에 어설픈 변명을 했다.

"그런가? 참 길눈이 어두운 사람들이군. 사람이 여섯이나 있으면서, 그것도 산길 찾기 명수인 하프 엘프가 있는 일행이 이 별거 아닌 크얀 산에서 길을 잃다니. 역시 세상은 오래 살고 볼일이군."

음… 좀 듣기 거북한 말이긴 하지만 몰래 훔쳐보고 있었다고 말할 수 없으니 참자.

"그러지 말고 여기서 같이 음식을 들지? 산을 헤맸으면 배가 무척 고플 텐데."

역시 참는 자에게는 복이 있었다.

사람들이 다 돌아가고 난 후 우린 자우라의 레어에 남았다. 자우라가 먼저 여행 이야기를 듣고 싶다는 핑계로 우릴 잡았지만 그건 다른 사람들의 눈을 의식해서였다. 알고 보니 자우라는 이미 우리가 숨어 있다는 것을 알고 있었다고 한다.

"만일 예전의 나였으면 당신들에게 브레스부터 뿜었을 거요."

자우라가 우리에게 맨 처음 한 말이었다.

"하하, 나도 정말 성격 많이 변했지."

우리가 어리둥절한 표정을 짓자 자우라는 검은 빛과 함께 폴리모프를 하였다. 온몸이 윤기나는 검은 피부에 허리까지 오는 긴 검은 머리, 흑요석 같은 검은 눈동자를 가진 청년. 인간으로 폴리모프한 자우라의 모습이었다. 자우라는 폴리모프를 끝내고 한번 미소 짓더니 자신에 대해 말하기 시작했다.

"그때가 아마 100년 전이었을 거야……."

100년 전. 이 나라 프라파트는 지금과 같은 상황이었다. 아니, 더 심했다. 지금이야 프라파트란 이 나라가 세인즈의 속국이긴 하지만 다른 두 속국과 달리 수탈이 거의 이루어지지 않고 있었다. 하지만 100년 전 그때는 세인즈의 전신인 제레인에 매년 많은 양의 보석과 돈, 곡물, 특산품, 여자를 바쳐야 했다. 하지만 그거야 자우라가 상관할 일은 아니고…

100년 전 어느 날 자우라는 평소와 같이 자신의 레어 앞 공터에서 볕을 쬐고 있었다고 한다. 그때…

"응?"

자우라는 누군가가 자신의 레어로 오는 기척을 느끼고 고개를 들었다.

"헉헉."

잠시 후 나타난 것은 사람이었다. 인간의 여자.

"무슨 일인가?"

자우라는 자신의 근처로 뛰어 들어온 여인을 보고 물었다. 여인의 몰골을 보니 옷은 찢어지고 머리는 산발인 것이 누군가에게 쫓기는 것 같았다. 자세히 보니 신발도 벗겨져 여자가 온 발자국마다 피가 고여 있었다. 그래서일까? 여인은 경황 중에 자우라를 발견 못한 모양이었다. 자우라가 여인을 보고 누구냐고 물어봤는데도 그저 땅만 쳐다보며 숨을 고르고 있었다.

“리커버리.”

잠시 여인을 보던 자우라는 여인에게 치료 마법을 걸어주었다. 나중에 자신의 휴식을 방해한 죄를 물어 죽이든 뭘 하든 우선 무슨 일인지 물어는 봐야겠다는 생각에서였다. 또 여인이 저렇게까지 해서 여기로 온 이유가 궁금하기도 했다.

“아!”

여인은 자신의 몸이 회복되고 체력도 돌아온 것을 느끼고 탄성을 냈다.

“다시 물어보겠다. 여기는 나의 영역. 무슨 일로 나의 영역에 침범을 했느냐?”

자우라는 다시 물어보았고 여인은 고개를 들어 자우라를 보았다. 그리고 몸을 흠칫 떨었다. 하지만 그것도 잠시, 여인은 주먹을 꼭 쥐고 숨을 한번 크게 쉬더니 자우라를 향해 입을 열었다. 그 모습을 볼 때 이 여인은 자우라에게 볼일이 있어 온 것이 확실했다. 자우라는 더욱 궁금증이 일었고 여인의 말을 기다렸다.

“살려주세요.”

“응?”

하지만 여인의 입에서 나온 말은 자우라가 기대한 말과는 달랐다. 살려달라니? 기껏 드래곤의 레어에 와서 살려달라고? 보석을 달라던가 힘을 달라는 말이 아닌 살려달라? 그 살려달라는 말도 자우라에게 한 말이었다. 그럼 자우라에게 살려달라고 할 거면 무엇 하러 여기까지

온 것일까? 자우라는 여인의 말을 잘 이해 못해서 고개를 갸우뚱했다.

"저를 살려주세요. 아니, 저와 다른 사람들을요."

여인의 이어지는 말에 자우라는 조금 이해가 갔다. 이 여인은 지금 도움을 요청하는 것이다. 하지만 그런 요청을 왜 자신에게 할까? 자우라는 또 다른 의문이 들었다. 인간의 힘으로 감당하기 힘든 존재가 저들을 위협하는 건가? 하지만 그럴 정도의 존재는 자신의 감각에 잡히지 않았다. 그래서 이번엔 자우라가 직접적으로 물어보기로 했다.

"대체 어떤 존재가 너희를 위협하는데 드래곤인 나를 찾아오느냐?"

"제, 제레인의 군대입니다."

여인은 자우라의 질문에 흠칫 몸을 떨다가 대답했다. 자우라는 그런 여인의 대답을 듣고 대강의 사정을 알 수 있었다. 자우라도 인간의 세상으로 유희를 나간 경험이 꽤 되기에 인간 사회에 대해서는 좀 알고 있었다. 그리고 자신의 레어는 인간의 영토로 보면 프라파트란 나라에 있었기에 그 나라와 주위의 나라에 대한 사정도 대강 알고 있었다.

"제레인의 군대라… 넌 공녀로 뽑힌 여인이로군."

여인은 고개를 끄덕였다. 그런 여인을 보며 자우라는 참 당돌한 여자라고 생각했다. 아마 공녀로 잡혀가던 중 탈출한 모양인데 그렇다고 드래곤에게 와서 구원 요청을 하다니… 자신도 드래곤이지만 뭘 믿고 드래곤에게 도움을 요청한 건지 궁금했다. 그리고 그런 여인에 대해 호감이 느껴졌다. 하지만 호감은 호감이고 자신은 인간들의 일에 휘말리고 싶지 않았다. 그래서 자우라는 여인의 청을 거절하려고 입을 열었다.

"저기 있다!"

하지만 자우라가 입을 열기 전에 대여섯 명의 사람이 공터로 들어섰다. 병사 복장을 한 것을 보니 제레인의 군대가 확실했다.

“너희…….”

자우라가 제레인의 병사들에게 물러가라 말하려고 입을 열려는 순간이었다.

“흥, 도망을 가?”

“얼굴이 반반해서 좀 귀엽게 봐주려고 했더니 우릴 고생시키다니.”

“가만 안 두겠어!”

그들은 저마다 한마디씩 하며 다가왔고 자우라는 말할 기회를 놓쳤다.

“아아…….”

여인은 병사들을 보더니 자우라의 다리 뒤로 숨었다.

“흥, 그런 썩어 빠진 나무 둥치 뒤에 숨는다고 우리가 못 잡냐?”

“역시 나라가 작으니 생각하는 머리도 작아.”

“저런 미련한 것이 우릴 이렇게 고생시킨 거야? 어이가 없군.”

병사들은 다시 한마디씩 하며 다가왔다. 하지만 정말 어이가 없는 것은 자우라였다. 지금이 밤이라면 자신의 색이 검으니 어두운 밤에 잘 안 보인다고 하지만 지금은 낮이었다. 환한 낮에 검은 몸체를 지닌 자신은 보여도 너무 잘 보일 텐데 지금 저 병사들은 자신을 못 보고 있는 것이다. 게다가 드래곤의 다리를 보고 나무 둥치라니. 제레인의 병사들은 무식한 순으로 뽑나? 하는 생각까지 드는 자우라였다. 자우라가 보기에 여인은 전혀 미련하지 않았다. 오히려 같은 조건이면 저 병사들쯤은 가지고 놀 그런 여인이었다.

“좋은 말로 할 때 안 나오면 네 가족부터 죽이겠다.”

병사들은 능글맞게 웃으며 여인을 협박했다. 그들의 능력으로 충분히 잡을 수 있을 텐데도 저러는 것을 보면 아마 여인을 가지고 놀다 잡으려는 심산인 것 같았다. 그런 광경을 본 자우라는 계획을 바꿔 여인을 손님 대접하기로 했다. 아무래도 저 병사들이 마음에 들지 않아서였다.

　"어떤 겁없는 녀석이 감히 나 블랙 드래곤 자우라님의 손님을 협박하지?"

　자우라는 약간의 드래곤 피어를 내며 말했다. 병사들은 자우라의 음성을 듣자 얼굴이 하얗게 질렸다. 드래곤 피어에 공포를 느낀 것이다. 그리고 고개를 들어 자우라를 바라보고는 그대로 주저앉았다. 개중에는 오줌을 지린 병사도 있었다. 자우라는 그런 병사를 보며 다시 여인을 쳐다보았다. 여인도 분명 병사들과 마찬가지로 드래곤 피어의 영향을 받았을 텐데도 얼굴 표정이 경직되긴 했지만 버티고 있었다.

　"병신들."

　자우라는 그런 여인을 보고 다시 병사를 본 다음 한심함을 감출 수가 없었다. 저런 병사들이 이 여인을 쫓고 있었던 것이다. 자우라는 다시 고개를 여인에게 돌렸다.

　"여인아, 그러고 보니 네 이름을 묻지 않았구나."

　"저, 저는 카트라고 합니다."

　"카트? 그건 남자 이름인데……."

　"그건… 제 아버지께서 제레인의 병사를 피하기 위해 일부러 그렇게 지으신 겁니다. 이름만 보면 남자로 알고 넘어갈 수도 있으니까요."

　"그럼 그 이름 작전은 실패한 거로군."

　카트는 고개를 끄덕였다.

　"그래. 하지만 이제 내가 널 지켜줄 테니 남자 이름을 가질 필요가 없다. 그렇지 내가 이름을 정해주지. 우선 네 아버지가 지어준 이름을 함부로 할 수는 없으니 카트리샤 어떠냐?"

　"카트리샤… 아! 좋은 이름이네요. 감사합니다."

자우라는 속으로 흐뭇했다. 자신의 작명 실력은 정말 엉망이란 것을 스스로 잘 알고 있었다. 그래서 인간 세상으로 유희를 나갔을 때 이름 때문에 곤란한 적이 한두 번이 아니었다. 그런데 지금 제대로 이름을 지은 것이었다.

"하하핫, 네가 좋다니 나도 좋다."

"그런데, 지우라님."

"응? 내 이름을 알고 있었나?"

카트리샤는 고개를 저었다.

"아닙니다. 이 크얀 산에 드래곤님이 살고 계신 것은 알았지만 이름은 몰랐습니다. 하지만 조금 전에 자우라님께서 친히 이름을 말하셨던 것을 들었습니다."

자우라도 생각이 났다. 병사들에게 자신의 이름을 말하지 않았던가? 그런데 그때는 분명 드래곤 피어를 섞어서 말할 때였는데 그런 상황에서도 자신의 이름을 듣고 기억한 카트리샤가 대견했다.

"하하핫, 그렇군, 그래. 기분이 좋군. 카트리샤, 원하는 것이 있으면 말하라. 내 능력이 닿는 것이라면 들어주겠다."

카트리샤는 우선 자우라에게 감사를 표하고 말했다.

"전 자우라님의 가호를 받게 되었지만 다른 여자들은 공녀로 끌려가 갖은 수모를 당할 겁니다. 무례하고 무리한 부탁이지만 그들도 보호해 주시기를 바랍니다."

자우라는 카트리샤의 말을 듣고 아직도 정신을 못 차리는 제레인의 병사들을 보았다. 드래곤인 자우라가 보기에도 썩어 빠진 병사들이었다. 병사들이 저렇다면 나라도 썩은 것이다. 그런 나라에 비록 인간의 나라지만 같은 지역을 공유한 나라가 피해를 입는 것은 기분 좋은 일이 아니었다. 그런 생각을 하고 자우라는 결심했다.

"좋다. 내가 너희들을, 아니, 프라파트의 여인들을 지켜주지. 워프."

자우라는 카트리샤가 놀랄 틈도 없이 마법을 썼다. 순간 자우라의 레어 앞 공터에는 아무도 없었다. 자우라도 카트리샤도, 그리고 제레인의 병사들도.

자우라가 간 곳은 프라파트의 왕성이었다. 거기에는 많은 여인들이 모여 있었다. 분명 공녀로 뽑혀온 여인들이었다. 자우라는 그곳에서 프라파트의 왕을 불렀다. 드래곤의 출연에 사람들이 놀라 우왕좌왕했지만 그 사이로 침착한 모습을 보이며 자우라에게 다가온 젊은 남자가 있었다.

"위대한 존재여, 제가 이 나라의 왕인 카트리샤 핀 제굴라입니다."

자우라는 왕의 이름을 듣고 그만 웃을 뻔하다가 초룡적인 인내로 참았다.

"음… 으윽… 그, 그대는… 그, 그래… 그대는 나라가 걱정이 안 되는가? 어째서 자국의 여인을 남의 나라에 넘기는 거지?"

자우라의 질문에 왕은 슬쩍 뒤를 바라보았다. 왕이 있는 곳은 왕궁 회의실의 테라스. 안으로 왕의 자리가 보였다. 그런데 그 왕의 자리에는 화려한 옷을 입은 사람이 앉아 있었다. 아마도 제레인의 사신이라고 자우라는 생각했다.

"슬립."

자우라는 그 사신이 있으면 제대로 된 대화를 못 나눌 것이란 생각에 사신을 잠재웠다.

"고맙습니다. 그럼 드래곤님께 답하겠습니다. 저도 고통스럽습니다. 하지만 만일 제레인의 요구를 듣지 않으면 이 나라의 모든 국민이 위험하게 됩니다."

자우라는 더 듣지 않아도 알 것 같았다. 그래서 이번엔 자신의 의견을 내놓았다.

"이해를 하겠다. 그렇다면 내가 한 가지 의견을 내지. …인데 어떤가?"

순간 왕의 표정이 밝아졌다.

"그렇게만 된다면 바랄 것이 없습니다. 제가 가진 모든 것을 드래곤 님께 바치겠습니다."

"그럴 필요 없어. 그리고 내 이름은 자우라다."

"예, 자우라님."

"아! 그리고 음… 내가 해주는 것에 대한 보답으로 한 가지만 말해주겠나?"

"무엇이든지 말하겠습니다, 자우라님."

"그래. 흠흠. 자… 자네의 이름이… 흠흠. 이거 물어보기 민망한 데… 이름이……."

왕은 잠시 멍한 얼굴이었다가 곧 정신을 차리고 말했다.

"제 이름 말입니까? 여자 같죠? 제 이름은 돌아가신 제 할아버님께서 지으신 겁니다. 할아버님께서 태몽을 꾸셨는데 꿈에 여신께 큰 복숭아를 받는 꿈을 꾸셨다고 합니다."

"어? 그거 여자 낳는 태몽인데?"

"…예, 그렇습니다. 그래서 할아버님께서는 제가 태어나기 전에 제 이름을 우선 여자 이름으로 지으셨습니다. 그런데 제가 태어나기 전에 돌아가셨죠. 그리고 제가 태어났을 때 할아버님께서 마지막 지으신 이름이라 그래도 붙인 겁니다. 어차피 왕이니 이름을 부를 일이 거의 없어서죠."

자우라는 좀 아쉬웠다. 뭔가 그럴듯한 사정이 있을 줄 알았는데…….

　제레인의 황성. 한창 연회 중인 그곳에 거대한 생명체가 나타났다. 그리고 그 생명체는 프라파트에 갔던 제레인의 사신들과 병사들을 던져 놓았다. 그들은 다행히 다친 곳은 없어 보였지만 굉장히 겁먹은 얼굴을 하고 있었다. 난데없는 사태에 연회를 즐기던 사람들은 그 거대한 생명체가 있는 곳을 보았다. 그리고 덮쳐 오는 공포에 벌벌 떨었다. 그때 그 생명체는 입을 열었다.

　"제레인의 황제, 난 블랙 드래곤 자우라다. 네가 감히 나의 여자들을 뺏었는가?"

　제레인의 황제는 겁에 질린 얼굴로 아무런 말도 못했다.

　"못 들었는가? 어째서 나의 여인들을 잡아갔지?"

　"무슨 말씀입니까?"

　자우라의 앞에 나서서 물은 사람은 황제가 아닌 기사였다. 아무런 장식도 없는 기사 갑옷. 아마 이름없는 하급 귀족 출신으로 경비를 맡은 기사일 것이다. 하지만 당당하게 자우라 앞에 나서는 기사의 기상을 보고 자우라는 제레인 제국의 미래를 보았다. 새로운 제국을.

　"네 이름이 무엇인가?"

　"제 이름은 가베다 센입니다."

　"가베다 센. 좋은 이름이구나. 네가 섬기는 황제에게 말하라. 프라파트는 나의 것, 또 한 번 나에게 바쳐진 것들을 빼앗아간다면 내가 가만히 있지 않으리라."

　여기까지가 자우라가 들려준 이야기였다.

　"그럼 아까의 여인들도……."

“물론이다. 드래곤이 거짓말을 할 수 없는 법. 프라파트의 여인들은 매년 각 도시를 돌아가며 나에게 바쳐진다.”

“암만 봐도 소풍 온 것 같던데요?”

예나가 자우라에게 물었다.

“당연하다, 하프 엘프. 나에게 바쳐진 제물이다. 내가 어떻게 다루든 간에 그건 내 마음이지.”

“예나예요.”

“그래, 예나. 프라파트의 여인들이 내 레어에 와서 놀든 말든 중요한 것은 나에게 바쳐진 제물이지. 드래곤에게 바쳐진 여인을 누가 함부로 건드리겠는가? 제레인, 아니, 지금의 세인트 제국도 감히 건드리지 못하지. 여인을 대상으로 범죄를 저지를 수도 없다. 난 일 년에 한번 즐거워서 좋고 여인들은 평생이 안전해지니 좋은 거지. 하하하.”

자우라는 즐겁다는 듯이 웃었다. 정말 특이한 드래곤이었다.

“참, 그런데 카트리샤는 어떻게 되었죠? 자우라 당신과 결혼했나요?”

역시 난 여자의 후일담이 기대되었다. 자국의 여인들을 구하고 드래곤의 아내가 된 여인. 재미있을 것 같았다.

“응? 그 여자가 왜 나와 결혼을 해야 하지? 내가 그녀를 좋게 본 것은 사실이지만.”

“아니, 그럼 목숨까지 구해주고 그냥 헤어진 건가요?”

난 좀 실망스러웠다.

“목숨을 구해줬다고 꼭 결혼해야 하는가?”

자우라의 말이 맞긴 하지만…

“그럼 혹시 왕비가 되었나요? 그 정도 공을 세웠으면…….”

“아니, 그냥 평범한 남자를 만나 잘 살았지.”

"그럼 왕은요? 나이가 젊었다고……."

"나이가 젊으면 결혼하면 안 되는 것인가? 그는 왕이다. 왕이라면 결혼을 일찍 하는 것이 보통이지."

에에. 재미없는 쟈우라의 얘기 끝이다.

쟈우라의 얘기가 끝나자 우린 우리가 찾아온 목적을 쟈우라에게 말했다. 그런데 쟈우라는 고개를 갸우뚱했다.

"펫토? 듣기는 했지만 난 한번도 못 봤는데? 그런 것이 내 레어 근처에 있다고? 만일 그런 풀이 있었다면 내가 먼저 알았을 텐데?"

난 힘이 빠지는 것이 느껴졌다.

"저… 그럼 다른 독계 드래곤들은 알까요?"

"아니. 그런 풀이 있다면 드래곤 전체가 다 알 것이다. 누구의 레어 근처에 펫토가 자란다는 식으로 말이지."

결국 우린 헛걸음 한 건가? 그나저나 내가 배운 것과는 영 다르네? 설마 카나이드님이 잘못 가르친 건가? 아니면 이미 지나간 지식이 된 건가…….

"그런데 펫토는 왜 찾지?"

쟈우라가 궁금한지 우리에게 물었다. 난 우리가 본 마을의 이야기를 해주었다.

"그래? 그것참 묘하군. 대단한 우연이야."

쟈우라는 우리의 말을 듣더니 무릎을 쳤다.

"예전에 그런 일이 있었지. 그때 난 인간의 몸으로 유희 중이었는데 어떤 마을의 이장이 마을을 독차지하려고 사악한 마법사와 짜고 일을 벌이는 것을 목격했지. 하지만 그때의 난 지금과는 성격이 많이 달라서 사람들을 구할 생각은 없었다. 그저 재미있는 구경거리라 생각하고 숨어서 구경했지. 그런데 그 꼴이 갈수록 가관이더군. 마을을 자신의 것으로 만들려는 이장이나 그 이장을 이용하는 마법사나 다 같은 녀석들이었어. 그리고는 마지막에 마법사는 나의 레어 근처로 찾아왔지. 난 얼른 내 레어에 들어갔고. 그 마법사가 자신이 찾아온 이유를 말하더군. 그 내용은 잘 알 테지. 너희들이 날 찾아온 이유와 관련이 되었으니. 아무튼 황당하더군. 그리고 화도 나고. 날 그런 식으로 이용하려들다니… 그래서 그 마을과 언데드, 마법사까지 쓸어버릴 작정으로 브레스를 쓰겠다고 했더니 마법사 녀석 무엄하게 브레스의 강도와 범위까지 정하더군. 하지만 내가 그런 약은 꾀에 넘어갈 리는 없었지. 그래서 더 약은 꾀를 냈었다. 성공할 경우에는 돈을 받겠지만 실패할 수도 있으니 실패할 경우에는 돈 한 푼 안 받겠다고 했었지. 그리고 결론은 돈 한 푼 못 받았어.”

　정말 인연이란 것은 있는 모양이었다. 우리가 온 마을에서 그 블랙 드래곤, 그러니까 자우라는 인간을 돕는 착한 드래곤이라는 전설로 이야기가 전해지고 있었다. 물론 젊은 사람들은 잘 모르고 노인들만 알긴 하지만. 그리고 프라파트에서는 정말 인간을 돕는 착한 드래곤인 것이었다. 그럼 인연이 아니라 이것이 자우라의 운명인가? 사람들과 어울리던 자우라는 정말 따스한 기운이 느껴졌었다.

　“그나저나 미안한 일이군. 내 브레스 때문에 그 마을 사람들이 그런 고통을 당하고 있다니… 난 그때 판단하기로 마을이 영원히 복구되지 못할 것으로 생각하고 완전히 신경을 끊었었는데… 그런 일이… 쯧쯧. 사람이 살 줄 알았으면 브레스의 독 기운을 중화시키는 건데……”

　자우라는 혀를 찼다.

"그런데 그거 마법으로 안 되나? 아니면 지금이라도 독 기운을 중화시키거나. 우리 같은 독계 드래곤은 자신의 독 기운을 중화시키는 능력이 있네."

"아뇨. 그것은 용독에서 비롯되었지만 이미 독 기운만 남은 용독과는 완전히 다른 물질로 변했습니다. 따라서 중화시킬 수 없습니다. 그리고 마법으로 치료해도 일시적인 것입니다. 마법으로 할 거면 차라리 페디에게……."

난 페디를 슬쩍 바라보고 다시 자우라에게 고개를 돌렸다.

"맡겼을 겁니다. 지금 같은 경우는 근본적으로 독 기운을 없애야 하는데 그 기능을 가진 풀이 펫토입니다."

자우라는 내 말을 듣고 심각한 표정이었다.

"그렇군… 펫토라……."

"자우라님."

그때 어디선가 말소리가 들렸다. 자우라는 순간 생각에서 깨어난 듯 급히 움직이며 수정 구슬을 꺼내 들었다.

"이건 내가 프라파트 왕실에 준 수정 거울과 한 쌍이다. 기왕에 도와줄 것 확실히 하자는 뜻에서 내가 왕실에다 준 거다. 나라에 큰일이 생기면 이 수정 구슬로 날 부르라고 했었지. 미안하구나. 지금 프라파트에 큰일이 생긴 모양이다. 마을 일은 신경 쓸 수가 없겠는걸."

자우라는 우리에게 사과를 하고 수정 구슬을 바라보았다. 거기에는 마법사의 로브를 입은 사람이 있었다.

"무슨 일이냐, 살리파?"

"예, 그게… 세인트에서 쳐들어온다는 소식입니다."

"뭐?"

자우라는 눈썹이 꿈틀대었다.

"나 자우라가 지키는 이 나라에 쳐들어와? 세인트에서 그 내용은 들어 알 텐데?"

"예, 물론 세인트도 아는 내용입니다."

"그래? 그럼 세인트가 나에게 도전한 것으로 보면 되겠군. 훗. 웃기는군. 세인트가 아무리 제국이라지만 다른 나라에 비하면 덩치만 큰 나라인데. 드래곤 슬레이어의 능력을 가진 자는커녕 소드 마스터도 없는 나라가……."

자우라는 실소를 했다. 하지만 수정 구슬에 비친 살리파는 난처한 기색이었다.

"저… 그게… 이번에 쳐들어오는 세인트의 병사들은 인간이 아니라고 합니다."

"응? 인간이 아냐? 그럼 몬스터인가?"

"아닙니다. 스켈레톤이라고 합니다."

"스켈레톤?"

"예. 그런데 이상한 것은 보통 스켈레톤은 뼈의 색이 회색이라고 알고 있는데 이번에 쳐들어오는 그 스켈레톤들의 색은 붉은색이라고 합니다."

"음……."

자우라는 신음성을 흘렸다. 그리고 살리파를 보고 말했다.

"알았다. 내가 곧 왕성으로 가겠다."

자우라는 구슬을 내려놓고 레어 밖으로 나가며 말했다.

"너희들 일은 정말 신경 쓸 수가 없게 되었구나. 미안하게 되었군. 이만 헤어져야겠다."

"아뇨."

그때 다리온이 나섰다.

"스켈레톤의 색이 붉은색이라고요? 그럼 우리의 도움이 필요할 겁니다."

자우라는 고개를 돌려 궁금한 표정으로 우리를 쳐다보았다. 그런 자우라를 보며 다리온이 날 가리켰다.

"잘 생각해 보시죠. 이 사람의 이름은 란셀 카나마시드 헤르타로드 슈만델리오 네르반. 뭐 생각나는 것이 없습니까?"

"자, 잠깐. 카나마시드? 그럼… 혹시 네가 카나이드님의 인간 제자?"

순간 다리온이 내 옆구리를 쿡 찌르는 바람에 난 자동으로 고개를 끄덕였다.

"흐음… 그렇군. 카나이드님의 제자였군. 어쩐지 용독의 기운으로 인한 질환을 안다는 것이 좀 이상하긴 했는데 역시……."

자우라는 턱을 긁적이더니 나에게 물어보았다.

"그런데 카나이드님과 음… 이름이 뭐냐… 아무튼 하이 엘프 꼬마가 결혼한다는 것이 사실이냐?"

에휴… 역시 모르는 드래곤이 없구만. 카나이드님과 세리아는 결국 결혼할 운명인가… 난 고개를 끄덕여 주었다.

"그래? 그럼 이번엔 무슨 선물을 할까? 전에 선물한 것은 별로였어. 이번엔 좋은 것으로 많이 해야겠어."

난 자우라의 말을 듣고 좀 이상했다.

"저… 그런데 전에도 카나이드님께 선물한 적이 있나요?"

"당연하지. 넌 카나이드님의 제자라면서 다른 드래곤들이 카나이드님을 얼마나 존경하는지 모르나? 우리 드래곤들은 카나이드님을 존경하지. 그래서 매년 선물을 드리고 있어. 카나이드님의 생일 때. 원래 드래곤들에게 생일이란 의미가 없어. 그런 거야 인간이 각 계절이 돌아가는 것을 주기로 삼아 만든 것일 뿐이니까. 하지만 우린 카나이드님께 선물을 드리기 위해 일부러 인간들의 생일 문화를 이용해서 카나이드님께 선물을 드렸지."

"…그럼… 매년 드렸나요?"

"물론이지."

흠… 그랬군. 난 카나이드님이 매년 많은 물건을 가지고 오시면서 다른 드래곤이 준 선물이라고 할 때 절대 안 믿고 다른 드래곤에게 빼앗은 것이라고 생각했는데 정말 선물을 받은 것이었군. 그리고 그 선물받은 것을 나에게도 나누어 주셨고…….

"아, 한가로이 이런 말을 할 때가 아니지. 그래, 카나이드님의 제자라면 쓸모가 있을 거야. 같이 왕성으로 가자."

자우라는 검은 빛과 함께 본체로 돌아갔다.

"내 기억이 맞는다면 란셀, 너는 마법이 안 듣지? 자, 타라. 순간 이동보다는 느리겠지만 그래도 금방 갈 거다."

우린 자우라의 등에 올라탔다. 전에 아르티닌의 등에 탔을 때는 요구를 많이 했었는데 자우라에게는 차마 입이 안 떨어졌다.

"그럼 내 등을 좀 변화시켜 의자처럼 하면 되겠지? 그리고 실드로 바람막을 만들고……."

에고, 고맙습니다. 자우라… 역시 나이가 있어서 그런지 아직 어린(?) 아르티닌보다 훨씬 낫군.

"저… 자우라님, 세인트란 어떤 나라인가요?"

자우라를 타고 가는 도중에 이브린이 자우라에게 물었다. 사실 나도 궁금했었다. 아까 센인가? 무슨 기사 이야기가 세인트와 연관이 있는 것 같은데… 헤… 궁금해라.

"그래? 원한다면 설명해 주지."

자우라는 세인트에 대해 설명하기 시작했다.

세인트. 그 나라는 제레인이 멸망한 후 생겨난 나라였다. 황실의 말단 기사였던 가베다 센이 썩을 대로 썩은 제레인을 뒤엎고 세운 나라였다. 가베다 센은 세인트의 역사, 아니, 제레인까지 합한 역사에서 유일하게 소드 마스터인 기사였다. 물론 5단계에 가까스로 도달한 실력이지만. 하지만 그의 진짜 강한 부분은 그의 의지와 마음이었다. 그는 자신의 부하를 덕으로 감쌌고 옳지 않으면 상관에게도 당당하게 맞섰다. 드래곤인 자우라에게까지 맞설 정도의 더 이상 설명이 필요없는 사람이었다. 그래서 부하에게도 존경받는 그런 사람이었다.

가베다가 50살 때 제레인은 결국 분열했다. 공작가를 내세운 귀족 연합과 황실. 그렇게 남제레인과 북제레인으로 나누어 내전을 벌였는데 그 상황에서 국민에 대한 수탈과 행패는 더 심해졌다. 만일 귀족의 마음에 안 들게 행동하면 적국의 첩자로 몰아 죽이던 일도 다반사였다. 보다 못한 가베다가 드디어 일어나 순식간에 황실을 뒤엎고 남제레인을 차지했다. 그리고 북제레인과의 10년 전쟁을 통해 나라를 완전히 통일시킨 후 국명을 세인트라고 명명했다.

"그리고 세인트는 3대 황제까지는 정말 괜찮았어. 가베다야 말할 것도 없고 그의 아들은 가베다보다는 좀 못하지만 그래도 덕이 있던 녀석이었지. 특히 가베다가 세인트를 세울 때 그의 역할도 참 컸는데 역시 전쟁 세대라 그런지 건국의 어려움과 국민의 어려움을 알더군. 하지만 가베다의 손자는 그런 것을 몰랐지. 세인트가 세워질 때는 3대 황제는 어린아이였으니까. 그래도 그때는 나라가 안정되기 위해 노력하던 때라 그렇게 큰 문제는 없었는데 문제는 4대 황제 때부터야. 그는 아무런 어려움을 모르고 보호 속에서만 자랐지. 4대 황제는 가베다처럼 하급 기사였던 적도 2대 황제처럼 하급 기사의 아들이었던 적도 없는 처음부터 귀한 신분이었으니까. 지금이 5대 황제 시대인데 지금 세인트가 하는 짓은 제레인 제국 때와 똑같아. 아니, 세인트 자체가 제레인의 전철을 그대로 이어가는 판박이라고 할까? 제레인도 초기엔 괜찮은 나라였는데 건국한 지 100년밖에 안 된 나라가 그 정도로 썩었으니… 아마 200년도 못 갈 것 같아, 세인트란 나라. 아, 다 왔다. 저기가 프라파트 왕궁이다."

자우라에게 세인트에 대해 듣는 동안 어느새 프라파트 왕궁이었다.

"자우라 아저씨."

'나는 말괄량이예요' 라는 분위기를 팍팍 풍기며 자우라의 아래턱을 잡고 부벼대는 아이가 있었으니 프라파트의 단 하나뿐인 공주 루이테였다. 아마 전부터 자주 왕래가 있었던 모양이다. 지금의 자우라는 드래곤의 모습 그대로인데 저런 행동이 나올 정도면. 자우라도 기분이 좋은 듯 웃고 있었다.

"그래, 그래. 루이테, 오랜만이구나. 요즘 아저씨가 바빠서 못 왔어. 이젠 자주 올게."

"응. 루이테 심심해. 그러니까 자주 와요."

자우라는 루이테에게서 눈을 떼고 프라파트의 왕을 쳐다보았다.

"세인트가 쳐들어온다고? 그리고 그들이 스켈레톤이라고 들었네만."

“예, 자우라님. 들었으니 아실 테지만 특수하게 만들어진 스켈레톤이 확실합니다. 이걸 보시죠.”

프라파트의 왕이 자리를 비켜섰다. 그리고 그 자리가 부옇게 되더니 하나의 영상이 잡히기 시작했다.

“이건 저희 궁정 마법사인 살리파가 본 것을 일루전 마법으로 나타낸 것입니다.”

왕의 설명이 아니더라도 우린 그 영상이 세인트에서 쳐들어온 스켈레톤이란 것을 알 수 있었다. 정말 붉은빛의 해골들. 붉다 못해 어두워 보이는 스켈레톤들은 정말 섬뜩해 보였다. 아니, 정말 섬뜩한 놈들이었다. 그들이 행진한 자리에 살아 있는 생물이 없다는 스켈레톤. 그들은 아무런 감정도 느낌도 없이 오직 살아 있는 생물을 죽이라는 명령만 수행하는 인형이었다. 그들의 이름은…

“블러드 스켈레톤이군요.”

모두들 날 바라보았다. 그리고 왕은 우릴 보다가 자우라를 쳐다보았다. 자우라에게 신경을 쓰느라 우릴 못 보다가 내 말에 의해 보게 되어서 자우라의 설명을 기다리는 모양이었다.

“흠흠… 그러고 보니 소개를 안 했군. 이쪽은… 아니, 시간이 없으니 다음에 하지. 이름이 중요한 것은 아니니까. 다만 내가 초빙해 온 전문가이네.”

초빙? 무슨 초빙? 그리고 시간이 없다니. 이건 분명히 자우라가 우리 소개를 하기 귀찮아서인 것이 확실했다. 역시 드래곤은 드래곤이야.

“흠흠. 시, 시간이 없다니… 흠흠. 그, 그럼 계속 말하죠. 괜찮겠습니까?”

내가 좀 예의에 어긋난 모양이었다. 왕과 같이 있던 대신들은 화난 얼굴이고 기사들은 칼이 반이나 뽑혔다.

"그만. 계속해 보시오."

왕은 기사들의 행동을 저지하고 나에게 말했다.

"예, 그럼 설명하죠. 저 블러드 스켈레톤은 마법으로 만드는 것입니다. 우선 재료는 돌가루입니다. 돌가루를 강한 온도에 녹여 뼈들의 모양을 만들고 조립한 겁니다. 그때 쓰이는 마법의 시약 때문에 저렇게 붉게 되는 겁니다. 만드는 과정에서 피와는 아무런 상관이 없습니다. 블러드 스켈레톤이란 이름도 붉은색이라 그렇게 부른 것뿐이지요. 그리고 중요한 것은 저 해골 안에 정말 사람의 뼈를 넣는다는 것입니다. 죽은 지 1년 이상 된 사람의 뼈를 한 조각 넣는데 물론 그 뼛조각에는 마법을 걸죠. 저 눈 보이시죠? 붉은 빛이 새어 나오는 것이 보이실 겁니다. 그게 뼛조각에서 나는 빛입니다. 그 뼛조각을 파괴시켜야 스켈레톤도 힘을 잃고 쓰러집니다."

난 설명을 끝냈다. 설명을 끝내고 보니 사람들이 또 자우라를 보고 있었다. 그리고 자우라가 고개를 끄덕이자 다들 날 보며 감탄했다. 그런데 감탄하는 눈빛을 받고 기분 나쁘긴 또 처음이네. 남은 입 아프게 설명했건만 결국 자우라만 인정한다 이건가?

"그런 녀석들이었군. 그리고 다른 일은 없나? 아무리 세인트에서 쳐들어왔다지만 왕성 분위기가 꼭 다른 일도 있는 것 같아. 내 느낌이 틀렸나?"

자우라가 고개를 갸우뚱하더니 왕에게 물었다.

"예. 지금같이 큰일은 아니라… 하아… 아니죠. 큰일이죠. 사람들이 실종이 되니까요."

"무슨 소리지?"

"음… 그게 아무래도 납치인 것 같습니다. 벌써 수십 명의 사람들이 납치되었습니다. 하지만 아직 범인의 윤곽도 못 잡았습니다."

왕은 씁쓸한 미소를 지었다.

"그런가."

자우라도 좋은 기분은 아닌 것 같았다.

"하지만 그건 국내의 문제고 지금은 세인트를 상대하는 것이 급선무이니까 자우라님은 그쪽을 좀 맡아주십시오."

"그럴까? 그런데 그들은 지금 정확히 어디에 있지?"

"유란 평원입니다."

자우라는 왕의 말을 듣더니 다시 우리를 태우고 날아갔다.

"너는 나라 안의 일을 신경 써라. 감히 나 자우라가 있는 곳에 침범한 사악한 것들은 내가 처리하마."

날아가면서 자우라가 한 말이었다. 왕에게 들리기나 했으려나?

유란 평원에 있는 스켈레톤들은 일루전 마법으로 봤을 때보다 더 많았다.

"엄청나군요."

죠세프가 내 옆에서 감탄을 했다.

"그러게요. 저 정도면 인간이 상대할 수가 없겠죠."

다리온도 한마디 거들었다.

"게다가 저 스켈레톤들에게서는 공포와 증오 같은 감정들이 느껴져요."

흠… 블러드 스켈레톤은 그저 인형이라고 들었는데 에나의 말은 의외였다. 감정이라…

"그런가요? 저 블러드 스켈레톤은 스스로 생각도 못하는 인형이나 다름없다고 들었는데… 감정이 있다라… 그렇다면 혹시 그 감정이 저 블러드 스켈레톤을 움직이는 명령이 아닌가 생각이 드는군요. 하아… 내 생각이 맞는다면 저것들이 사람이 사는 곳으로 들어가면 정말 큰일이겠군요."

난 다리온의 말에 에나의 말이 좀 이해가 갔다. 공포와 증오의 감정만 가지고 파괴하고 살육한다? 정말 간단하면서도 효과적인 대단한 명령이 아닐 수 없었다.

"근데 페디, 넌 저것들 상대 못하니? 다른 건 몰라도 너 마법은 강하잖아."

우리가 블러드 스켈레톤을 보며 한마디씩 할 때 이브린이 페디를 보고 말했다.

"마, 말도 안 돼요. 저보고 저것들을 상대하라고요? 우선 체급 차이가 얼마나 나는데."

"마법으로."

"그러니까 안 돼요. 저 블러드 스켈레톤들은 마법이 듣지 않아요."

페디가 이브린의 시선을 피해 에나 뒤로 숨으며 말했다.

"그건 저 페어리 드래곤의 말이 맞다. 저 블러드 스켈레톤의 모든 뼈에는 마법 방지 주문이 새겨져 있어. 저 페어리 드래곤이 나이가 많으면 그래도 이기기는 하겠지만 저 녀석은 아직 어려서 무리다."

자우라의 설명이었다. 그리고 자우라는 말을 계속했다.

"저 녀석들을 없애는 방법은 두 가지다. 첫째는 내가 사람이나 엘프로 폴리모프해서 신나게 육탄전을 벌이는 것. 물론 중간에 스켈레톤에 새겨져 있는 마법 방지 주문의 범위를 넘어선 강한 마법도 쓰고. 하지만 그것도 어느 정도 숫자일 때나 신나고 재미있지 저건 너무 많아서 귀찮고 지겨워. 아무래도 두 번째 방법이 빠르겠지?"

자우라는 말을 하더니 몸을 땅에 납작하게 엎드렸다.

"너희들은 이제 내려라."

우린 자우라의 등에서 내려왔다. 우리가 다 내리자 자우라는 몸을 일으켰다. 그리고 날개를 쫙 폈다.

"그건 아주 간단한 방법이지. 저 녀석들 머리 위에 강한 브레스 한 방이면 끝이야. 빨리 끝내고 오랜만에 귀여운 루이테와 놀아볼까?"

그렇게 말한 자우라는 날아갔다. 아니, 날아가려고 했다. 다리온이 잡기 전에는.

"잠깐 기다리시죠."

"왜 그러지?"

"만일 저 평원에 브레스를 쓰면 저 평원은 오랜 기간 동안 죽은 땅이 될 겁니다. 제가 볼 때 저 평원은 국경 부근에 있어서 그렇지 언제고 개간만 하면 상당히 좋은 밭이 될 수가 있습니다. 그런 것을 볼 때 능력이 되신다면 직접 육탄전을 하시는 것이……."

"훗, 저 평원이 아니라도 지금 프라파트는 식량을 모두 자급자족하고 비축까지 한다."

"그래도 미래를 위해서……."

"싫어. 귀찮아."

역시 드래곤은 드래곤이었다. 귀찮은 일을 절대로 안 하는 드래곤 특유의 성격. 자우라는 자신도 드래곤임을 내보이며 그대로 날아올랐다.

"하아… 이건 정말 아닌데……."

옆에서 다리온이 탄식하는 소리가 들렸다. 그리고 나도 솔직히 뭔가 모르지만 좀 불안했다.

콰아아아아아―

자우라의 브레스가 유란 평원에 뿜어졌다. 마치 드래곤의 입에서 검은 구름이 토해지는 듯한 브레스. 브레스에 닿은 블러드 스켈레톤은 그대로 부스러져 나가기 시작했다. 용독의 강한 독성으로 인해 그대로 먼지로 화하면서 흔적조차 남지 않았다. 유란 평원의 반을 메웠던 블러드 스켈레톤들은 자우라가 내뿜은 단 한 방의 브레스로 인해 전멸하였다.

"어떤가? 잘되지 않았나?"

우리가 멍하니 스켈레톤이 부서지는 광경을 보고 있을 때 어느새 자우라가 다가와 물었다.

"그리고 밭의 일은 걱정 말게. 우선 내 브레스는 저 평원의 반 밖에 피해를 안 주었고 그나마 피해 입은 곳은 내가 독을 중화시켜 주지. 하하하. 용독 중화."

자우라의 용독 중화하는 방법은 대단한 것이 아니었다. 그저 '용독 중화' 하고 외치자 자우라의 몸에서 옅은 흰 빛이 나가면서 유란 평원을 뒤덮었다. 하지만 독을 중화시킨다고 다 해결되는 것은 아니었다. 독은 중화돼도 한번 죽은 땅은 다시 살아나려면 상당한 시간이 흘러야 했다. 게다가 독 기운도 아직 남아 있었다. 음… 브레스 정말 무서워…

"후후후, 역시 자우라님이시군요."

자우라와 우리가 스켈레톤이 사라진 유란 평원을 보고 있을 때 누군가 웃으면서 말을 걸어왔다.

"어느 정도 예상은 했지만 이 정도는 아니었죠. 스켈레톤이 단 몇 놈이라도 남을 줄 알았는데 말입니다."

"메힌드냐?"

자우라는 이를 갈며 물었다.

"예, 접니다. 호오. 절 아직도 기억하시다니 역시 드래곤의 기억력은 좋군요. 절 싫어하는 줄 알았는데 그게 아니었던 모양이죠?"

그렇게 말하며 앞으로 나서는 자는… 제길. 또야. 또 화이트 엘프냐? 아니, 화이트 엘프… 그래, 괜찮아. 하지만 그것도 어쩌다 봐야지 얼마 전에 그렇게 한바탕하고 또 얼마나 지났다고 화이트 엘프냐고. 거기에 이름도 비슷하잖아. 메힌드, 메를드. 대체 둘이 형제 간이라도 돼?

"너 이놈, 네가 세인트를 조종하며 주변 나라들을 못살게 구는 것을 다 알고 있다. 그런 짓 당장 그만둬라!"

"훗, 왜죠? 왜 당신이 인간들 일에 끼어드는 겁니까? 아무리 드래곤이라고 해도 너무하는 것 아닙니까? 인간의 모습으로 인간 세상에서 유희를 하는 것이라면 말이나 안 하지요."

메힌드는 겁을 상실했는지 자우라 앞에서 이죽거렸다. 뭔가 숨겨논 것이라도 있나?

"왜냐고? 그거야 너와 같지."

자우라의 말에 메힌드의 얼굴이 씰룩거렸다.

"나와 같다고?"

"물론. 너도 엘프로서 엘프의 모습을 가지고 인간의 일에 참견을 하고 있지 않나? 설마 넌 네가 좀 이상한 모습으로 태어난 인간이라고 말하지는 않겠지?"

자우라의 매서운 말에 메힌드의 얼굴이 일그러졌다. 화이트 엘프들은 인간과 같이 보여지고 취급당하는 것을 무척 싫어하는데 그 점을 자우라가 파고든 것이었다.

"그건… 세인트의 인간들이 먼저 날 필요로 해서였다."

"그런가? 나도 마찬가지다. 프라파트 사람들이 나에게 도움을 요청했었지. 그럼 같은 처지군. 그나저나 건방지군. 네가 감히 나에게 말을 놓다니."

자우라의 말에 메힌드의 입술이 씰룩거렸다.

"건방지다? 흥, 조금 후면 미쳐 버릴 검정 도마뱀이 우스운 소릴 하는군."

우린 모두 놀라 메힌드를 바라보았다. 메힌드는 우리가 그를 바라보자 어느새 찡그렸던 얼굴을 펴고 얼굴 가득 미소를 머금으며 말했다.

"난 네가 블러드 스켈레톤들을 육탄전이 아닌 브레스로 없앨 것이란 것을 알고 있었다. 그리고 그것이 나의 계획이기도 했지. 아마 육탄전으로 스켈레톤들을 상대했다면 내 계획은 실패했을 거야."

메힌드는 그렇게 말하고 뒤로 빠지면서 허공에 손짓을 했다.

"자, 이제부터 어리석은 드래곤 자우라가 미치는 순간입니다."

메힌드가 뒤로 빠지자마자 공간이 열리면서 사람들이 떨어졌다.

"응? 저들은?"

자우라는 순간 고개를 갸우뚱했다.

"아까 들은 납치되었다던 사람들이 확실합니다."

"앗! 그러면 큰일이다! 저긴 용독을 중화시키긴 했지만 아직 내 브레스의 독 기운이 남아 있어."

그때 멀리서 메힌드의 말소리가 들려왔다.

"맞습니다. 그것이 제 계획입니다. 그리고 더 잘 살펴보시죠, 눈 좋은 드래곤 씨. 정말 큰 선물이 있을 겁니다. 왕실 경비? 그거 별것 아니더군. 하하하."

그때 내 눈에 들어온 사람이 있었다. 어린 소녀. 내 기억이 맞는다면 저 소녀는…

"루이테 공주!"

난 소리를 지르지 않을 수 없었다. 조금 전 메힌드가 한 말. 왕실의 경비가 별것이 아니다? 그것이 저 뜻이었나?

"루이테?"

내 외침을 듣고 자우라는 경악을 하며 두리번거렸다.

"루이테라니, 어디?"

"저기……."

루이테가 있던 곳을 바라보았다. 거기에는 많은 사람들이 쓰러져 있었는데 루이테도 그곳에 같이 쓰러져 있었다. 난 루이테가 쓰러져 있는 곳을 가리키며 말했다.

"저기요."

자우라는 급히 날아갔다. 우리도 급히 뛰어갔다. 다행히 루이테가 쓰러져 있는 곳은 그리 멀지 않은 곳이었기 때문에 빨리 갈 수 있었다. 그리고 우리가 루이테가 쓰러져 있는 곳에 갔을 때 자우라는 망연자실한 듯 움직이지 않고 있었다. 내가 루이테를 보니 벌써 독 기운이 퍼졌는지 온몸이 검게 변색이 되었고 피부도 그냥 보아도 느낄 정도로 거칠어져 있었다. 옆에 쓰러져 있는 다른 사람들도 그 정도는 아니었는데 아직 어린아이라 독 기운이 빨리 퍼진 모양이었다.

"이런. 란셀, 무슨 방법 없어요? 참. 다리온, 그때 무슨 풀로 만든 마법 스크롤 있었죠? 페디, 너 치료 마법 쓸 수 있지?"

죠세프가 루이테를 보더니 빨리 행동을 취하였다. 하지만 소용없는 짓이었다.

"소용없습니다. 용독은 그런 방법으로 제거되지 않습니다. 특히 이런 독 기운은요. 아까 보셨지만 자우라님은 독을 중화시키셨지요. 하지만 마지막 독 기운은 그런 중화로도 어쩔 수 없는 겁니다. 해독 마법이나 치료 마법을 써도 아무런 효과가 없어요."

"그럼 다리온의 말은 방법이 없다는 것입니까?"

"그 방법을 찾기 위해 우리가 자우라님의 레어를 찾은 것이죠."

죠세프는 입을 다물었다. 우리가 자우라를 찾은 이유가 바로 용독으로 인한 독 기운을 치료하기 위해 펫토를 구할 목적이었다는 것을 깨달은 모양이었다.

툭.

"어?"

그때였다. 내 머리로 뭔가가 떨어진 것은.

"물? 비라도 오는 건가……."

난 머리를 올렸다. 하지만 비는 아니었다.

"크흑. 내, 내 잘못이야. 다른 사람 말만 들었어도, 브레스만 쓰지 않았어도… 루이테… 아, 사람들… 내가 죽인 거다. 내가……."

지금 자우라가 울고 있었다. 언제나 자부심이 강하던, 그래서 거만하기까지 한 종족인 드래곤이 울고 있는 것이었다. 드래곤들과 300년 넘게 같이 산 나조차도 못 본 드래곤의 눈물이었다.

"자우라……."

난 무슨 말을 하고 싶었지만 말을 할 수 없었다. 루이테는 드래곤의 입장에서 고작 한 인간의 아이일 뿐일 것이다. 하지만 자우라에게는 특별한 의미인 모양이었다. 드래곤은 철저히 혼자 사는 종족이다. 다른 친한 드래곤끼리 왕래를 하긴 하지만 그건 어디까지나 왕래일 뿐이

었다. 결국 혼자뿐인 존재가 드래곤이었다. 그토록 아끼는 헤츨링조차
도 500살만 되면 따로 독립해서 사는 종족인 것이다. 그래서 외로운
종족이기도 했다.

그런 외로운 종족인 드래곤이기에 진정으로 정을 나누고 외로움을
감싸고 달래주는 존재가 생기면 그 존재는 드래곤에게서 무척 소중한
존재가 되는 것이었다. 카나이드에게 있어 나와 세리아가 그랬고 아르
티닌에게 이브린이 그런 존재이며 자우라에게 루이테가 그런 존재인
것이다. 그리고 그런 존재는 드래곤에게 있어서 강점이 될 수도 있지
만 치명적인 약점이 될 수도 있었다. 지금의 자우라처럼. 난 그저 자우
라가 미쳐 날뛰지만 않으면 바랄 것이 없었다.

"후훗. 그래, 세인트라… 루이테도 프라파트 사람들도 이렇게 된 것
은 내 탓이다. 하지만 세인트의 잘못이 없지는 않겠지? 다신, 다시는
루이테를 괴롭히지 못하게 해주지."

자우라의 검은 눈에 붉은 광채가 어렸다. 내가 생각한 최악의 사태
가 일어날 상황이었다. 난 주위를 돌아보았다. 자우라를 막을 수 있는
존재는 불의 드래곤이라 불리는 아르티닌뿐이었다. 하지만 난 고개를
저을 수밖에 없었다. 아르티닌이 본체로 돌아가면 이브린의 생명은 그
순간에 끝나므로 아르티닌이 그런 선택을 할 리는 없을 것이기 때문이
었다. 더구나 우리를 공격하는 것도 아니고 세인트를 공격할 것이 뻔
한데 아르티닌이 나설 이유는 전혀 없는 것이었다. 그때 내 앞에 누군
가 나섰다. 다리온이었다.

"그렇습니다. 루이테 공주가 이렇게 된 것도 이 사람들이 이렇게 된
것도 모두 자우라 당신이 내 말을 안 들어서입니다."

으악! 다리온, 무, 무슨 말을 하는 거예욧! 그렇잖아도 분노한 드래

곤에게… 우리 제 명대로 살자구요.

"후후훗, 나도 그렇게 생각한다."

휴우… 다행이다. 다행히도 자우라는 다리온의 말에 화를 내지 않았다.

"하지만 그들을 살릴 수 있는 것 또한 자우라 당신입니다."

엥? 그게 무슨 말이지? 난 놀라서 다리온을 쳐다보았다. 아니, 다른 사람들, 자우라까지도 다리온을 바라보았다. 다리온은 그런 우리를 보며 싱긋 웃었다.

"왜들 그러시죠?"

왜냐니요. 아, 글쎄, 뜸 들이지 말고 빨리 말하라니까요.

"무슨… 방법이 있나?"

자우라는 약간 떨리는 목소리로 물었다. 다리온은 땅에서 무언가를 집어 올리며 말했다.

"펫토의 뜻을 아십니까?"

펫토의 뜻? 그건 풀 이름 아닌가? 우리가 자우라의 레어로 찾으러 왔던…

"펫토는 고대 언어로 후회란 뜻입니다."

우린 서로 쳐다보았다. 마치 '넌 아니?' 라고 묻는 듯이.

"옛날에 한 드래곤이 살았다고 합니다. 그 드래곤 이름은 까먹었기 때문에 그냥 드래곤이라고 하겠습니다. 양해 바랍니다."

드래곤 이름이 무슨 상관이라고… 으… 답답하네. 빨리 말하지…….

"그 드래곤은 그린 드래곤으로 독계 드래곤이었습니다."

난 순간 무언가 팍 왔다. 펫토의 유래군.

"그 드래곤은 엘프의 모습으로 엘프의 마을에서 살았다고 합니다. 그러던 어느 날 무슨 일로 브레스를 썼는데 그만 그 피해가 자신이 살던 엘프 마을에까지 미친 거죠. 드래곤은 엘프들을 몹시 사랑하고 아꼈기 때문에 무척 큰 슬픔에 잠겼답니다. 그리고 성질을 조금만 참지 못하고 브레스를 쓴 것에 대해 크게 후회를 했답니다. 슬픔과 후회에 잠긴 드래곤은 신에게 기도를 했다고 합니다. 자신의 생명을 바칠 테니 엘프들을 살려달라고요. 그 간절한 기도를 들은 신은 드래곤의 소원을 들어주기로 했습니다. 자신의 실책을 후회하며 흘린 드래곤의 눈에서 떨어진 눈물은 땅에 스며들어 싹을 틔웠고 드래곤은 그 풀로 치료가 되는 엘프들을 바라보며 죽었다나요? 하하하, 죄송합니다. 저도 간단히 들은 데다 워낙 말주변이 없어서요. 뭐, 그래도 중요한 것은 펫토가 아닙니까?"

다리온은 자신의 들었던 것을 내밀었다. 짙은 녹색의 풀. 네 개의 잎이 한 뼘 정도 길이의 어두운 녹색의 뿌리에 달려 있었다.

"그, 그럼… 다리온, 그게……."

"예. 그렇습니다, 란셀. 이게 바로 펫토입니다."

난 다리온을 다시 보았다. 다리온은 이런 것을 어떻게 알았지? 그리고…

"그런데 왜 펫토가 여기에 있죠? 자란다면 레어 근처에 자라야 하는 것 아닙니까?"

"하하, 그거야 간단하죠. 자우라님이 지금까지 눈물을 흘릴 일이 있었을까요?"

"없었다."

자우라의 간단한 대답이 있었다.

"그렇습니다. 이 펫토는 신의 권능으로 독계 드래곤의 눈물이 떨어져야만 자라는 풀입니다. 그러니 없는 것이 당연하죠. 한데 지금의 경우는 자우라님이 눈물을 흘렸잖습니까?"

하지만 난 그래도 이해가 안 가는 것이 있었다.

"그렇다면 왜 진작에 말을 안 하셨죠? 게다가 자우라님의 레어 근처를 같이 찾기까지 했잖아요?"

"그거야 혹시나 해서죠."

에에잇! 다리온, 이 엉터리 현자! 아니지. 어쩌면 다리온은 이 모든 상황을 예상하고? 서, 설마…….

"그런데 그거 하나로는 저 공주 한 명도 치료가 어렵겠어요."

이브린이 걱정스러운 얼굴로 말했다. 하지만 다리온은 여전히 여유가 있었다.

"괜찮습니다. 이 펫토는 용독의 기운이 있는 곳에서는 엄청난 성장과 번식을 합니다. 뭐, 용독의 기운이 없으면 죽어버리지만요. 여긴 용독의 기운이 많이 퍼져 있지요. 펫토가 자라는 조건으로는 이상적이랄 수 있습니다. 게다가 자우라님도 저렇게 노력하고 있으니까요."

다리온은 자우라를 가리켰다. 자우라는 지금 눈을 자극시켜 가면서까지 열심히 눈물을 흘리고 있었다.

"예전 독계 드래곤의 눈물에는 저런 능력이 없었다고 합니다. 아무리 눈물을 흘려도 잡초 하나 안 자랐죠. 하지만 아까 말한 그 드래곤 이후로 저런 능력이 생겼다고 하죠. 그 드래곤이 신에게 생명을 바쳐서 빈 소원이니까요. 다시는 자신과 같은 후회를 하는 드래곤이 안 생기게 해달라는 것이 그 소원이었으니까요. 그래서 다른 계통의 드래곤은 없지만 오직 독계 드래곤에게만 있는 능력이 생긴 겁니다. 자신의 눈물로 펫토라는 풀을 생기게 하는 능력이 말입니다."

다리온이 자우라를 보면서 한 말이었다.

"더 있지 않겠나?"

자우라와 프라파트의 왕이 한 번 더 권했다. 프라파트에서 머문 지 보름. 그동안 많은 일들이 일어났다. 자우라는 루이테의 후견인, 아니, 휴견룡임을 공식적으로 선포하였다. 그리고 동시에 프라파트의 수호룡임을 선포하였다. 물론 인간들의 일에는 끼어들지 않겠지만. 그리고 프라파트는 템연합국의 맹주국이 되었다. 그렇잖아도 템연합국에서 가장 큰 영향력을 가진 프라파트였지만 국제적으로 공인된 공식적인 맹주국은 그 차원이 달랐다. 만일 템연합국이 한 개의 나라로 병합을 한다면 프라파트란 나라로 뭉치는 것이 되기 때문이었다.

그런 일이 가능했던 이유는 간단했다. 바로 세인트 때문이었다. 프라파트는 자우라 덕분으로 세인트가 감히 건드리지 못하는 나라가 되었다. 밀 한 톨의 공물도 요구할 수 없게 되었고 오히려 프라파트의 눈치를 보아야 할 정도가 되었다. 세인트의 무리한 요구에 시달리던 나라들이 그런 프라파트에게 매달린 것은 당연한 결과였다. 그래서 단 하루 만에 템연합국은 사실상 연방국이나 다름없는 관계가 되고 프라파트가 그 중심국이 되었던 것이다. 당연한 일이지만 세인트는 프라파트 때문에 템연합국의 어떤 나라에도 공물을 요구할 수 없게 되었다.

그런데 재미있는 건 이런 일이 모두 죠세프의 머리에서 나왔다는 것이었다. 자우라의 눈물에서 자라난 펫토로 루이테와 다른 사람들 모두 멀쩡하게 몸이 나았다. 하지만 자우라의 분노는 여전했다. 당장 세인트를 엎어버릴 기세였었다. 그런 자우라에게 죠세프는 무슨 계획인가 쑥덕였고 자우라는 죠세프의 말이 끝나자 껄껄대고 웃었었다. 그리고는 왕과 면담 후 프라파트의 역사에 남을 자우라의 선포가 있었던 것이다.

"라마비스 경, 그대는 우리 프라파트의 재상이 될 마음이 없습니까? 당신 같은 사람만 있어준다면 우리 프라파트는 세계적인 제국이 될 수 있을 거요."

죠세프는 이런 왕의 말에 고개를 저었다.

"전 아직 하고 싶은 일이 많습니다. 게다가 전 카샤니안의 국민입니다."

그런 죠세프의 말에 왕은 고개를 끄덕였다.

"알고 있소. 또 카샤니안 국민들은 애국심이 매우 높다는 것을 알고 있소. 하지만 아쉽군. 아, 그런데 한 가지 묻고 싶은 게 있소. 이건 자우라님께서 가장 듣고 싶어하실 일이지만……."

왕은 자우라를 쳐다보았다. 자우라는 왕에게 고개를 끄덕여 보였다.

"메힌드는 어떻게 할 거요?"

자우라의 선포가 있은 후 프라파트는 세인트와 조약을 맺은 것이 있었다. 세인트를 파괴하려는 자우라를 무마한다는 구실로 한 조약이었는데 물론 그때의 칼자루는 프라파트에게 있었기에 모든 것이 프라파트에게 유리한 조약이었다.

그 조약의 내용에는 프라파트와 템연합국에 대해 세인트가 어떤 공물도 요구할 수 없다는 내용도 있었고 프라파트 사람들의 납치 건 및 전쟁 패전국으로서의 보상도 끼어 있었다. 원래 이 정도의 조약이면 세인트가 프라파트의 속국이 되어도 이상할 것이 없었지만 그러기엔 세인트와 프라파트, 아니, 템연합국과의 차이가 컸기에 그런 일은 발생하지 않았다. 다만 막대한 보상의 요구만 했을 뿐이었다. 그리고 거기에는 메힌드의 인도도 껴 있었다. 세인트도 자우라가 가장 분노하고 있는 대상이 뭔지 알기에 자국의 안전을 위해 몰래 메힌드에게 약을 먹여 넘긴 것이었다.

"메힌드란 화이트 엘프는 세인트 초기부터 있었던 자요. 원래 세인트의 개국 공신이었지만 세인트 2대 황제까지는 메힌드를 신용하지 않았소. 오히려 경계를 했지. 3대 황제도 경계까지는 아니지만 별로 신임하지 않아서 그저 궁정 마법사로만 머물게 했는데 4대 황제부터 무척 신임을 하고 중용해서 오늘에 이르렀다오. 지금의 황제는 메힌드의 꼭두각시일 뿐이지. 이 메힌드란 화이트 엘프, 세인트에서도 엄청나게 많은 범죄와 비리를 저질렀더군. 지금 세인트가 들어선 지 고작 100여 년인데 저렇게 썩어 빠진 것은 메힌드의 공이라고 할 수 있소. 하지만 문제는 아무리 죄가 많은 자라고 해도 세인트의 실세였던 인물인데다 엘프란 말이오. 그러니 어쩌면 좋겠소?"

흠… 그래, 엘프가 걸린다 이거지? 하지만 엘프 중에 화이트 엘프를 좋게 보는 엘프가 있나? 그리고 우린 왕이 말한 것 외에도 한 가지를 더 알고 있었다. 아니, 알았다. 메힌드가 바로 메를드의 형이란 사실. 처음 그 사실을 알았을 때 우린 정말 놀랐었다. 우리가 메힌드를 보고 메를드와 좀 비슷하고 이름이 비슷하다고 느꼈지만 그건 우리가 화이프 엘프를 별로 못 봐서 그런 줄로 알았다. 하지만 그들은 정말 형제였던 것이다. 대체 우리가 저 화이트 엘프 집안과 무슨 원한이 있기에 이런 악연으로 마주치지?

"좋은 방법이 있습니다. 그를 평생 구속하면 됩니다."

다리온이 간단히 답을 내놓았다.

"하지만 그는 강한 마법사요. 지금이야 제압을 하고 있지만……."

"그런 일이라면 걱정을 마십시오. 사실 이런 일이 있었습니다. 전에 모노르란 나라의 근처에서……."

다리온은 우리가 겪었던 일을 설명했다. 그 이야기를 듣는 사람은 놀라기도 하고 묘한 인연에 감탄하기도 했다.

"그럼 그 메를드란 자가 갇힌 곳에 같이 가두면 된다 이건가?"

"예, 자우라님. 리즘 분지 근처에 사는 로뮤란 사람을 찾으면 됩니다."

"그래? 로뮤라… 카나이드님의 아들이라고? 들은 적이 있긴 하지만 만나게 될 줄은 몰랐군. 그럼 메힌드는 내가 그곳으로 데려가지."

자우라의 말이었다. 그리고 우린 다시 길을 떠났다. 우선 처음 프라파트에 오게 된 동기를 준 용독의 기운에 중독된 마을로 행했다.

가는 도중 들은 말인데 유란 평원의 용독의 기운은 모두 사라졌다는 것이다. 그리고 펫토도 모두 죽었다고 한다. 물론 펫토는 자우라가 기른다고 가져가긴 했지만. 또 들려온 말에 의하면 유란 평원을 개간한다는 소문이었다. 그 개간은 프라파트에서 지원하는 것이 아니라 자우라가 직접 지원하는 것이라고 했다. 그래서 사람들이 고민한다는 것이다. 유란 평원을 그대로 유란 평원으로 할지, 아니면 자우라 평원으로 할지를. 일부에서는 펫토 평원으로 하자는 의견도 있다고 했다. 하아… 참 별 희한한 것 가지고 고민을 하는군. 그냥 란셀 평원 하면 안 되나?

"언젠가 여기에 다시 오면 어떤 이름으로 바뀌었을지 알게 되겠죠."

"그렇겠죠. 그런데 란셀 평원도 멋진데… 안 그런가요, 다리온?"

"그것도 그렇군요. 하지만 그것보다는 네르반 평원이 더 낫겠는데요?"

"하하핫."

"하하."

빨리 가자. 용독을 해독시켜 주러.

외전
마도의사 수업

제1화 에레모니카와 나

보통 의사가 되려면 얼마를 공부해야 할까? 생각도 안 해봐서 모르 겠다. 하지만 얼마나 긴 세월을 얼마나 힘들게 공부했을지는 그 누구 라도 짐작할 수 있는 일이다. 오죽하면 '의사가 되느니 마법사가 되 라' 란 말이 있을까. 마법사가 의사보다 더 인정받는 직업임을 생각할 때 시사하는 바가 큰 말이었다. 아무튼 그만큼 어려운 것이 의사였다. 하지만 그 의사들 중에 나보다 더 고생한 사람 있으면 나와보라고 그 래. 나오면 정말 죽음입니다. 내가 얼마나 고생을 했는데. 지금도 그때 생각을 하면 흑흑… 눈물이 눈앞을 가려서… 꺼이꺼이…….

내가 5살 때의 일이었다. 그때가 내 생일 때였는데 에레모니카라는 이름의 무척 아름답고 늘씬 날씬 쫙쫙 빠진 착하고 상냥하고 똑똑하며 현명하고 지적이고 고아하고 품위있고 매력 만점인 마족의 여인―지금 부터 마녀로 통일―이 내 앞에 나타났었다. 그리고 한 가지 소원을 들어 주겠다고 했다. 그때 난 마법사가 되는 것이 소원이라고 했고 그 마녀 는 내가 마법사가 되기에 너무 어려서 10년 후에 다시 오겠다고 말하 며 부드럽고 신비스런 미소를 지으며 사라졌다. 아니, 사라졌다고 한 다. 여기까지는 에레모니카가 해준 말이었다. 왜냐하면 내가 무슨 대 단한 천재적인 기억력을 가진 것도 아닌데 5살 때의 일이 기억날 리가 없었다. 그래서 그때의 상황을 에레모니카가 말해 준 것이었다. 흠… 이름에다 거 뭐시냐 매력에다… 전부 에레모니카가 한 말인데 믿거나 말거나.

　"알겠니? 우리 마족은 약속을 반드시 지키지. 그래서 널 다시 찾아 온 거고."

　"그건 이미 말했잖아요. 귀에 딱지 앉겠네."

　유난히 약속을 강조하는 에레모니카. 그런데 열심히 잘 설명하던 에 레모니카가 내가 5살 때의 일이 기억 안 난다는 말을 하자 낭패한 표정 을 지은 것은 왜일까?

　"그, 그래? 흠흠. 아, 아무튼 우린 약속을 반드시 지키지. 그래서 네 가 5살 때의 일이 기억에 없다면 난 너와 약속을 지킬 이유가 없어. 기 억을 못한 것은 네 잘못이니까. 하지만 난 약속을 지키기 위해 너에게 말을 다 해준 거다. 알.젰.니? 으득!"

　"으, 으응… 아, 아니, 예……."

　어, 어째 내가 알아서 기어야 할 분위기…

"좋아. 안다면 됐고. 그런데 한 가지 묻자. 너, 그때 왜 마법사가 되겠다고 했지? 암만 생각해도 다섯 살 아이가 빌 소원은 아닌데 말야."

하하하, 그거? 나도 기억은 잘 안 나지만 우리 어렸을 때 직업 놀이가 있었다. 내가 일곱 살 때도 한 기억이 난다. 그때 같이 놀던 아이 중에 다섯 살, 아니, 좀 조숙(?)하면 네 살짜리 아이도 같이 논 기억이 있다. 그렇다면 나도 다섯 살 때 같이 놀았을 테고 거기엔 직업 놀이도 있었을 것이다. 그런데 그 직업 놀이에서 가장 좋은 직업이 마법사였었다. 나도 마법사 되려고 무던히도 애를 썼는데 말야, 번번이 가위바위보에서 져서 말야. 쩝. 아무튼 난 그걸 에레모니카에게 말해 주었고 에레모니카는 부들부들 떨다가 내 머리를 쥐어박고는 한마디 했다.

"이 바보야, 황제가 가장 좋은 직업이란 말야!"

누가 모르나? 하지만 그땐 그런 생각 안 했다고. 이씨, 머리 아파.

"그런데 나 정말 마법사 될 수 있어?"

난 에레모니카의 눈치를 보며 조용히 물었고 에레모니카는 휙 하고 날 노려보았다. 무서워~

"너 그러지 말고 다른 소원 빌어라. 그러면 안 때릴게."

"그래도 난 마법사가 좋은데… 솔직히 난 전부터 마법사가 되고 싶긴 했어. 그래서 공부도 많이 했거든. 특히 아버지가 고서상을 하셔서 옛날 서적들도 많이 읽었어. 마법사가 되기 위해서."

아무리 어렸을 때의 놀이였어도 그 영향은 컸나 보다. 어릴 때야 그저 제일 좋은 직업이라 좋아했지만 지금은 정말 마법사가 되고 싶었다. 특히 아버지가 하시던 고서 중 마법사에 관한 책을 읽은 난 더 더욱 그랬다.

"그래? 휴우… 아이고 내 팔자야. 어쩌다 저런 웬수를 만나서… 좋

아. 그럼 여행을 떠나자.”

“여행?”

“그래, 여행. 아니, 모험. 마법사가 되든 뭐가 되든 고생을 해야지. 그래야 성공한단다. 우린 이걸 흔히 고행이라고 하지. 특히 넌 다른 사람과 달라서 보통의 방법으로는 안 되거든.”

난 에레모니카의 말에 마음이 동했다. 사실 기사와 용사, 그리고 마법사들의 모험 이야기. 얼마나 설레는 일인가? 그런데 지금 내가 그것을 할 수 있는 것이다. 이얏호! 응? 그, 그런데…

“좋아. 난 지금 부모님이 돌아가셔서 더 이상 있을 곳이 없는 고아니까. 또

세상을 여행하고 싶었거든. 그런데 경비는 누나가 대는 거지?”

“후훗, 고행이란다, 얘야. 돈 가지고 고행하는 것 봤니?”

흠… 내가 잘못 들었나? 저런 특수한 능력 있는 종족은 보석이 많다고 들었는데… 응? 그런데 또 걸리는 것이 있다?

“저, 저기… 근데 말야. 누나는 마녀잖아. 마녀라면 마족이고 마족은 악마인데 악마랑 여행해도 돼?”

또 한 번 내 머리로 떨어지는 주먹.

“뭐야, 임마? 악마라니! 얘가 나처럼 아름다운 악마… 앗! 악마가 아니라… 마녀가 어디 있다고. 난 마족이지만 악마가 아니거든? 신족이 신이 아니듯이 말야. 우리가 비록 능력이야 많기는 하지만 악마나 신은 우리보다 한참 위야.”

“신족이 왜 신이 아냐?”

“크면 알게 돼.”

아무튼 난 그렇게 해서 마녀 에레모니카와 여행을 떠나게 되었다.

이제부터 고생문에 들어선 거야. 내가 다신 마족에게 소원 비나 봐라.

　내 나이 열다섯에 에레모니카와 여행을 시작했고 벌써 2년째였다. 그동안 우리는 많은 곳을 돌아다니며 많은 모험을 했다라고 말하고 싶지만 전혀 아니었다. 대체 던전이란 것이 어떻게 생겼으며 몬스터의 모습은커녕 털이라도 보았으면 싶다. 나와 에레모니카는 계속 도시로만 돌아다니고 있었다. 덕분에 많은 문물을 보긴 했지만.
　그러던 어느 날 저녁이었다. 우리가 들른 도시에서 축제가 열렸다.
　"야, 멋지겠다. 오늘 밤에 마법으로 밤하늘에 불꽃의 수를 놓는다는데? 에레모니카, 우리 이거 꼭 보자."
　"안 돼. 내일 아침 일찍 갈 곳이 있어."
　난 2년 동안에 나이도 먹고 키도 조금 더 자랐다. 하지만 무엇보다 큰 변화는 에레모니카와의 관계였다. 처음 난 에레모니카를 누나라고 불렀지만 어차피 인간과 마족은 나이 체계가 달랐다. 그래서 어느새 난 에레모니카와 친구로 지내고 있었다. 사이도 무척 좋아졌고.
　다만 내 작은 불만이라면 마족의 기운에 내가 영향을 받지 않았으면 하는 것이었다. 이것도 2년 간의 변화인데 마족과 오래 다녀서일까? 요즘 에레모니카를 볼 때마다 가슴이 철렁하고 그 다음엔 심장이 쿵쾅거리며 뛰고 귀가 멍해지고 정신이 아찔해졌다. 그리고 얼굴도 달아오르고. 물론 나만 그런 것은 아니었다. 그녀도 나와 정면으로 눈을 못 마주쳤다. 아무래도 마족과는 다른 인간의 기운 때문인 모양이었다. 그게 내게는 오히려 더 잘된 일일지도 몰랐다. 나도 에레모니카와 눈이 맞으면 심장이 서는 느낌이 드니까. 빨리 극복해야 할 텐데.
　아무튼 그런 서로 간의 영향에 어느 정도 익숙해져서 좀 편하게 다니던 어느 저녁 무렵 에레모니카가 이상하게 서둘렀다. 보통 지금과 같은 축제는 구경을 하는데 그 구경도 포기하고 서두른 것이다.

"무슨 일인데? 오늘 일도 아니고 내일 일인데 그렇게 서둘러?"

"아무튼 그런 게 있어. 내일은 새벽같이 가야 해. 중요한 일이야."

하지만 난 에레모니카의 말이 이해가 되지 않았다. 언제나 나보다 더 느긋하게 움직였던 에레모니카였으니까.

"그래도 꼭 내일 새벽에 길을 갈 이유가 있어?"

순간 에레모니카가 날 째려보았다.

"너, 마법사 되기 싫어?"

"으응… 응? 뭐? 마법사?"

"그래, 마법사. 정 마법사 되기 싫다면……."

방금 에레모니카가 나보고 마법사란 말을 했다. 마법사가 되기 싫으냐는 말을… 그 말은 이제부터 마법을 배운다는 소리가 확실하지?

"아, 아냐. 마법사 될래. 빨리 자자."

자고로 일찍 자야 일찍 일어나는 법… 은 아니지만 그래도 늦게 자서 피곤이 덜 풀린 채로 걷는 것보다는 낫겠지?

아무튼 난 일찍 자고 그 다음날 새벽같이 에레모니카와 길을 나섰다. 하… 내가 생각해도 대단해, 새벽에 일어나다니. 그나저나 난 궁금했다. 마법을 배우는 것까지는 좋은데 그렇다고 꼭 이렇게 새벽에 길을 갈 이유가 있나? 난 그걸 에레모니카에게 물어보았고…

"누굴 만나야 하기 때문이야. 사실 너와 2년 간 여행한 것도 그가 집으로 돌아올 때까지 기다리는 시간을 때운 것이지."

이렇게 대답했다. 그런데 그가 누구지?

"누굴 만나려는 건데?"

"몰라도 돼. 다만 나중에 기절이나 하지 마."

단지 이 말뿐이었다. 에잉~ 에레모니카, 미워. 쓸데없이 사람 겁이나 주고 있어~

제2화 **카나이드와 나**

"계십니까?"

나와 에레모니카가 사흘을 걸어온 산속. 에레모니카는 그 산속의 어떤 커다란 동굴 앞에서 그렇게 소리쳤다. 그런데 왜 여기서 사람을 부르지? 드래곤이라도 찾아온 건가? 흠흠. 농담이라도 이런 농담은 하면 안 되는데… 드래곤이라니. 쩝. 뭐, 숲 속에 사는 은자겠지. 마법이든 검이든 실력이 엄청나게 뛰어난 사람 중에는 그런 괴짜가 가끔 있다고 하니까. 근데 동굴 입구 참 크다. 여름철에는 시원하겠지만 겨울철에 찬바람 막기는 힘들겠는걸.

"없어요?"

내가 동굴을 보고 잠시 생각에 잠긴 사이 에레모니카는 계속 동굴에 사는 사람을 불렀다.

"정말 없죠? 그럼 안에 들어가 있는 물건 제가 다 가져도 되죠?"

흐음… 에레모니카와 이 동굴에 사는 사람은 매우 친한 모양이었다. 그러니까 저런 말을 서슴없이 하지.

"그만둬. 이 말괄량이에 말썽꾸러기 같으니… 전에는 날 찾아와서 그렇게 지겹도록 이것저것 묻더니 이젠 또 뭘로 날 귀찮게 하려고 하는 거지?"

동굴에서 누군가 에레모니카에게 말을 했다. 역시… 친한지 아닌지는 모르지만 아는 사이인 건 확실하군. 그런데…

쿵! 쿵!

분명 땅이 울리는 소리였다. 무게가 많이 나가는 동물이 걸어가는 소리. 그 소리는 동굴에서 난 소리였다. 그럼… 설마설마… 드… 아, 아니겠지. 세상에 암만 황당한 일이 많다지만…

"어쨌든 오랜만이구나, 에레모니카. 2년 만인가?"

동굴에서 나온 존재는… 우선 어마어마한 덩치, 길다란 목, 긴 꼬리, 몸에 비해 짧은 다리. 대충 보면 덩치 빼고는 도마뱀 비스므리하게 생겼는데 박쥐의 날개 같은 날개가 달려 있었다. 그리고 황금빛으로 빛나는 몸체. 세상에나, 세상에나! 하긴 남들은 평생 만나지도 못한다는 마족과 여행을 다녔으면서 내 인생이 평범하리라 생각한 것은 아니었다. 하지만…

"되게 큰 도마뱀이네."

내 평생에 저렇게 큰 도마뱀을 볼 일은 없을 것이다. 게다가 황금 도마뱀이라니. 저걸 잡아다 팔면 돈 좀 만지겠지?

그때였다. 그 도마뱀이 머리를 나에게 들이대며 말했다.

"그런데 이 녀석은 뭐냐?"

"제가 항상 귀찮게 했던 바로 그 원인 제공자예요."

어? 그러고 보니 도마뱀이 말을? 그리고 에레모니카도 지금까지 저 도마뱀에게 존댓말을 썼잖아. 정말 드래곤이라도 되나? 하지만 내 생각에 드래곤은 절대 아니었다. 드래곤이라면 모름지기 드래곤 피어 팡팡 써서 남들 겁주고 눈앞에 있는 것 마구 파괴해야 제 모습이 아니겠

어? 그래서 사람들이 드래곤을 볼 때마다 공포감이 물씬물씬 피어 오
르게 하는 그런 모습. 게다가 성질은 더럽고 사납고 괴팍하고… 아니,
드래곤 피어를 피우거나 파괴하는 것이 다 뻔한 성격인가? 아무튼 그
래야 드래곤 아냐?

그런 무시무시한 모습으로 대로변에서 길 가는 사람들의 물건을 강
탈하는 존재. 적어도 내 상식 수준에서 드래곤은 그런 모습이어야 했
다. 지금처럼 인자한 듯하고 현명함이 드러나는 그런 모습은 아니었
다. 그런데… 그럼 내 눈앞의 이 생물은 뭐란 말인가? 말도 하고 생각
도 하는 것을 보면 분명 도마뱀은 아니데. 설마 마족? 아니면 신족? 설
마 신은 아니겠지?

"인사해. 골드 드래곤이신 카나이드님이셔. 카나이드님, 이 아이는
제가 그렇게 말을 했던 란셀 네르반입니다. 뭐 해? 카나이드님께 인사
안 드리고."

그때 에레모니카가 나에게 말했다. 그런데 뭐라고?

"드래곤?"

"응. 그것도 고룡이시지."

난 어이가 없었다. 드래곤? 하나도 공포스럽지도 않은데 드래곤?

"왜 그러니?"

"에레모니카, 이 아이가 왜 이러지?"

드래곤이라고 불리운 음음… 도마뱀 비스므리… 아무튼 그런 생물
과 에레모니카는 내게 이상하다는 듯이 물었다. 그래서 난 내가 생각
하는 드래곤 상에 대해 말해 주었다. 내 말이 끝나자 에레모니카는 배
를 잡고 웃기 시작했다. 그리고 카나이드라는 자칭 겸 에레모니카 칭
드래곤은 나를 보며 이상하다는 듯이 고개를 갸웃거리고 물었다.

"우리 드래곤이 악명을 떨치는 건 당연하다. 어떤 이유에서든 우리 성격이 워낙 제멋대로인 면이 많으니까. 하지만 물건을 강탈한다는 말은 이해가 안 가는데? 우리 드래곤이 물건을 강탈하기도 하지만 그건 특정 도시나 마을, 나라로부터 강탈하는 경우가 대부분이다. 그런데 대로변이라니. 그런 짓을 할 정도면 우린 폴리모프로 인간이나 유사 인종으로 변해서 한다. 그런데 어째서 그런 소문이 난 것이지?"

카나이드는 이상하다는 듯이 물었지만 이상할 건 하나도 없었다. 내가 살던 곳은 대륙의 대상들이 지나다니는 길목에 있었다. 대상이 지나다닌 길치곤 발달이 안 되었지만 그건 말 그대로 지나가는 길이지 장사를 하거나 오래 묵는 그런 마을이 아니기에 당연했다. 하지만 대상이 지나는 만큼 소문 하나는 확실하고 신속하게 전달이 되는데 그 소문 중에 대로변에서 드래곤이 물건을 약탈한다는 말도 있었다.

그걸 들은 지 한 3년 지났지만 설마 벌써 철수할 리는 없었다. 상인들의 워낙 상인이나 다른 사람들이 많이 다니는 길이라 수입이 상당할 것이라는 말도 들어서였다. 그 드래곤이… 그리고 보니 이름은 모르겠군. 아무튼 그린 드래곤이라고 들었는데, 이것이 내가 드래곤이란 존재에 대해 상세히 들은 유일한 것이었다. 아무튼 난 그것을 카나이드에게 말해 주었고 카나이드는 하늘을 보며 부들부들 떨었다.

"내 그 녀석을… 그건 분명 데론이야! 그 녀석이 또 말썽을 피웠구나. 어디서 드래곤 명예에 먹칠할 행동을……."

그러더니 순식간에 어디론가 날아갔다. 그 거대한 몸집이 날아가는데 먼지 하나 나지 않다니… 정말 드래곤인가?

카나이드가 돌아오는 것을 기다리는 동안 우린 카나이드의 레어 안에서 보석 구경이나 하고 있었다—이건 에레모니카가 먼저 보자고 꾄 것이다. 정말이다—레어 안에 쌓여 있는 보석을 보니 '카나이드가 정말 드래곤이었구나' 하는 생각이 들었다. 그런데 왜 하나도 안 무서웠지? 음… 아까 내게 얼굴을 디밀 때 보니 머리에 뿔이 여러 개 있고 이빨도 엄청 많고 얼굴도 무섭게 생기긴 했지만… 그래도 안 무서웠다. 설마 내가 드래곤일 리는 없고…….

그렇게 내가 보석을 감상하고 있을 때 이드가 돌아왔다.

"보석 감상하고 있나? 가지고 싶은 것이 있는 모양이군, 에레모니카."

"어? 돌아오셨네요? 헤헤. 예, 정말 대단한데요! 특히 저 루비. 골렘의 핵으로 쓰면 좋겠어요."

역시 마족이었다. 저렇게 큰 루비를 마법 재료로만 보다니… 내 눈에는 돈으로 보이는데.

"가져라."

카나이드는 에레모니카의 말에 가볍게 말했다. 그 말에 나와 에레모니카 모두 놀랐다.

"왜, 놀랐는가? 사실 지금은 기분이 무척 좋군. 모두 저 란셀이란 아이 덕분이지만. 저 아이가 약탈하는 드래곤에 대해 말해 준 덕에 녀석을 현장에서 잡았지. 데론이란 그런 드래곤인데 드래곤 사이에서도 소문이 난 녀석이지. 드래곤의 모습으로 강도 짓을 해서 드래곤 망신 다 시킨다고 말야. 그래서 난 전에 그 녀석을 혼내주면서 한 가지 다짐을 받았거든. 또다시 그런 짓을 하면 데론의 모든 재산을 내가 가지겠다고. 한동안 잠잠하더니 데론이란 녀석, 내가 잠을 자는 줄 알았다나? 난 여지껏 깨어 있었고 다만 신경을 안 쓴 것뿐이었는데. 아무튼… 흐

호호."

카나이드는 음침한 웃음을 흘리더니 짧은 앞발을 공중으로 올렸다.

"열려라."

그리고 카나이드의 한마디에 공간에 검은 구멍이 생기면서 보석이며 칼, 책 등등 많은 물건들이 쏟아졌다.

"데론의 물건은 이제 다 내 것이야. 큭큭큭. 아이야, 다 네 덕이니 네게도 조금 나누어 주마. 큭큭."

…내가 드래곤에 대해서 좋은 생각을 가졌던 것은 아니지만—데론이란 드래곤 소문 때문에—에레모니카와 다닌 2년 간 들은 말은 있었다. 참으로 괜찮은 드래곤에 대해. 나로선 믿을 수 없었지만 그래도 어느 정도 그런 드래곤이 있었으면 하는 환상이 있었는데 이젠 그나마 그런 못 믿을 드래곤들에 대한 환상이 한 조각 깨어진 느낌이었다.

"그래서 내게 바라는 것이 뭐냐?"

"예? 그때 분명 카나이드님께서는……."

지금 카나이드와 에레모니카는 나에 대해 말을 하고 있었다. 그런데 너무 축약된 말들이 많아 무슨 소린지 제대로 알 수가 없었다.

"글쎄… 난 설마 했는데. 하긴 약속은 약속이니까. 하지만 에레모니카, 난 분명 그때 마법사로 키운다는 말은 안 했다."

"예? 그런……."

"단지 제자로만 삼는다고 했어. 약속대로 제자로 삼을 것이다. 하지만 마법사를 만드는 것은 약속 못해. 하지만 이건 약속하지. 마법에 대한 전반적 지식은 전수하겠다. 그리고 다른 지식도 전수해 주지."

"음… 역시 어려운가요? 휴우… 젠장. 그럼 연금술사는 안 돼요? 그것도 마법사의 한 부류인데."

"당연히 안 된다. 네 말대로 마법사의 한 부류. 어느 정도 마법을 쓸 줄 알아야 마법사가 될 수 있지."

그 말에 에레모니카는 한숨을 쉬었다. 참나, 마법사가 되면 내가 되는데 왜 나보다 더 열성이지?

"하지만 방법이 아주 없는 것은 아니지. 저 아이를 마법사로 만들 한 가지 방법이 있기는 하다."

그 말에 에레모니카는 반색을 했다.

"정말요? 뭔데요?"

"악토프케시움."

그 말에 에레모니카는 날 째려보았다. 에구, 무서워…

"차라리 단념하라고 하세요. 저 녀석에게 악토프케시움이라니……."

"그래도 포기는 말아야지. 혹시 아냐?"

그 말을 하고 카나이드는 가볍게 웃었다.

"후훗. 그리고 에레모니카, 너도 걱정은 말아라. 지금 내가 말해 줄 수는 없지만 곧 알게 될 것이다. 모든 것이 네 마음에 달린 것이라는 것을."

그 말에 에레모니카는 어리둥절해하는 표정이었다. 음… 분위기로 보면 나만 문제가 이닌 것 같은데?

"조, 좋아요. 다른 녀석들 말이면 몰라도 카나이드님의 말이니까요. 그럼 란셀을 맡길게요."

에레모니카의 말이었다. 근데 에레모니카, 내가 물건이야? 맡기다니.

아무튼 그런 상황을 거쳐 난 그날로 카나이드의 제자가 되었다. 에레모니카는 카나이드의 레어에서 사흘 정도 더 머물다가 떠나갔다. 그리고 떠나기 전에 내게 말했다.

"그럼 나 가볼게. 그런데 우리 다시 만날 수 있겠지?"

"그럼."

난 자신있게 말했다. 서로 모르는 곳으로 떠나는 것도 아니고 내가 있는 곳을 에레모니카가 알고 있었다. 에레모니카가 마음만 먹으면 얼마든지 만날 수 있었다.

"그래, 그럼 나 갈게. 건강하구 조심해야 해."

"그래, 잘 가. 너도 조심하고."

에레모니카는 그렇게 떠나갔다. 그런데 왜 에레모니카의 표정이 슬퍼 보였지? 어둡기도 하고… 서로 못 만날 사이도 아닌데…

제3화 **일루져니아**

커다란 방. 길이 50길드. 넓이 50길드. 높이 25길드. 이건 방이 아니라 아예 작은 광장이었다. 하지만 카나이드가 방이라니 방인 줄 알아야지 뭐. 자고로 '스승님의 말은 하늘의 해를 보고 달이라고 하면 해인 줄 알아도 달이라고 해야 한다' 가 카나이드의 신념이었다. 일국의 황제보다 작은 촌락에서 아이들 가르치는 스승이 더 높다나 어쨌다나. 나 살던 마을의 학교 선생님은 황제는커녕 제일 낮은 계급의 귀족인 남작에게도 꼼짝 못하더구만. 쩝. 아무튼 제자는 스승을 공경하며 따르고 스승과 같이 되기 위해 노력하여야 한다나? 그럼 나도 스승인 카나이드처럼 다른 드래곤들 물건 빼앗아 와? 재미있겠다. 킥킥.

"란셀, 뭐 하느냐? 너, 당장 일루져니아에 안 들어가면 밥 없다."

에잇, 치사해. 먹는 음식 가지고 협박을 하다니.

"알았어요. 들어가요, 들어가. 그리고 밥 가지고 협박하지 마세요. 내가 다 치사해져요. 차라리 한 끼 굶지."

난 카나이드에게 한마디 하고는 방을 들여다보았다. 그렇잖아도 넓은데 온통 하얀색이어서 더 넓어 보이는 방. 참으로 끔찍한 방이었다. 이 방의 이름은 방금 카나이드가 말한 대로 일루져니아. 이 안에서는 비록 마법에 의한 환상이지만 실제와 같은 체험을 하게 되는 방이었다.

원래 일루져니아는 마도시대 때 만들어진 것이었다. 마도 시대의 사람들이 자신이 사는 세계 외에 다채로운 체험을 하기 위해 만든 것으로 그 시대 사람들이 상상력을 동원해 만든 환상 세계를 체험하게 하는 방이었다. 처음에는 그저 장난 반으로 만들었지만 그 후 기술이 발달하고 각종 상상력이 난무해지자 상업용으로도 활용이 되었다고 한다. 일정한 돈만 지불하면 생각도 못한 세상을 체험하고 상상도 못한 것을 보게 되었으니까. 물론 환상이지만 말이다.

그 사업의 성공 관건은 얼마나 획기적인 상상력을 구현하고 얼마나 많은 세계를 표현하느냐였다고 한다. 그리고 크기가 크면 클수록 값도 비쌌다. 그때 가장 인기있었던 일루져니아가 베로케의 일루져니아였는데 크기가 무려 길이, 넓이, 높이 모두 1,000길드에다가 무척 획기적인 세상을 구현했었다고 한다.

그 내용이 하늘을 나는 탈것에 말도 없고 마법도 없이 사람이 만든 기름을 넣은 기관으로 가는 마차, 지하로 다니는 큰 마차를 여러 대 길게 연결시켜 꼭 쇠로 된 거대한 뱀과 같은 철마차. 거기에 선을 이용해 말을 주고받는 기계와 영상을 전달하는 기계, 유리로 된 건물 등등… 각종 허무맹랑하고 황당한 내용이었다고 한다.

참, 사람들도 별나지. 그런 게 최고 인기있는 환상 세상이었다니. 아무튼 일루져니아는 그렇게 사용되었던 것이다.

물론 교육용으로도 쓰이긴 했다. 3차원 입체 영상 교육 자료로 이보다 좋은 것도 없었으니까. 특히 일루져니아에 들어갈 때는 특수한 옷을 입는데 그 옷은 두 겹으로 된 옷이었다. 안의 옷은 온몸을 완전히 감싸면서 몸에 착 달라붙는 옷이었고 바같의 옷은 평범한 일상복이었는데 안의 옷과는 수없이 많은 가느다란 선으로 연결이 되어 있었다. 그 옷을 입으면 일루져니아의 환상이 그저 눈으로만 보이는 것이 아니라 귀로도 들리고 촉감으로도 느껴졌다. 물론 환상에 물리력이 있는 것은 아니고 안의 옷이 몸에 자극을 주는 것이지만.

그리고 밖의 옷은 환상에 따라 움직였다. 아무리 환상의 존재라도 스치거나 부딪치면 옷이 팔랑거리기라도 해야 하기에 그렇게 만든 것일 것이다. 그리고 옷이 움직이는 이유는 아마 안의 옷과 연결된 선들의 작용이었을 것이다. 한마디로 완전 실제 같은 상황을 체험하게 해주는 그런 장치였다. 비록 마도 시대는 이미 멸망했지만 이런 희한한 장치는 아직 남았던 것이다.

물론 일루져니아는 흔한 것은 아니고 전 세계에 오직 일곱 개밖에 없었다고 한다. 그중 세 개는 동방 대륙에 있었는데 동방 대륙이 멸망할 때 사라진 것으로 추정이 되고 네 개 중 하나는 하이 엘프의 왕에게 있다고 하고 또 하나는 드워프에게 있다고 한다. 나머지 두 개는 드래곤에게 있었는데 하나는 드래곤 로드가 가지고 있고 마지막 하나를 카나이드가 가지고 있는 것이다.

그런 귀한 것으로 난 교육을 받고 있었다. 교육 환경에 있어서는 그 누구도 따르지 못할 질 높은 교육을 받고 있다고 할까? 하지만 으… 역시 끔찍해. 차라리 그림으로 보거나 그냥 듣기만 하면 모르지만 실제와 다름없이 사물을 보니 구역질나는 장면이나 끔찍한 광경이 여과없이 그대로 보였다.

"당장 못 들어가!"

뒤에서 재촉하는 카나이드.

"알았어요. 들어가요, 들어가."

결국 난 일루져니아에 들어갔다. 그리고 생겨나는 환상 세계.

"잘 봐라. 저건 소야슴이란 것이다. 물건이나 건물이 막 없어지지? 자, 이럴 땐 어떻게 해야 한다고?"

일루져니아에 카나이드의 음성이 울렸다. 하지만 나만이 들을 수 있는 음성. 만일 환상 세계의 사람들이 이지가 있고 카나이드의 음성을 들었다면 신이 말이 들린다고 난리가 날 그런 음성이었다.

"음… 그게……."

"몰라? 그럼 다시 설명하야 하나?"

"모르긴 왜 몰라요? 소야슴 방지하려면 마나를 차단해야 하는데 난 마법을 못 쓰잖아요."

"아, 그런가? 그럼 동료들을 붙여주지. 흠… 검사와 신관과 마법사. 좋군."

순간 내 앞에 나타난 내 동료(?)들. 그들은 전부터 날 잘 아는 듯이 말을 걸어왔다. 그들 중 검사의 한마디.

"드디어 정체를 알았군, 란셀. 그러면 어떻게 하지? 우리가 보아온 넌 분명 방법을 알 거야.”

이런 젠장. 다 좋아. 난 처음 보는데 저들은 날 전부터 아는 듯이 행동하고 말하는 것까진. 또 저들의 이름을 모르는 것도 좋아. 하지만 왜? 어째서? 어찌하여 저 우락부락한 검사의 입에서 고운 여자의 음성이 나오냐고. 으… 피부가 닭살 된다……!

“앗! 미안, 란셀. 설정이 잘못되었다. 에잉~ 닭살. 어디 보자, 목소리 바꾸고… 그럼 란셀, 다시 간다. 준비하고… 큐.”

“드디어 정체를 알았군…….”

으악! 카나이드, 저런 얼굴에 대여섯 살 어린애 목소리가 어울려요?

“앗! 또 실수다! 그럼 바꾸고… 좋아, 거기부터 다시 시작…….”

그래, 정말 끔찍한 것은 이것이었다. 으으… 카나이드, 제발 일루져니아 환상 세상 설정 좀 잘해주세요. 저번엔 세 살 먹은 어린애한테서 귀신 목소리 나왔었지? 그것도 할머니 귀신 목소리.

“아, 미안. 그럼 다시 간다…….”

이게 벌써 몇 번째냐. 으… 끔찍.

제4화 **램퍼 달기**

“이것밖에 못 외우겠니?”

지금 카나이드는 날 윽박지르고 있었다. 내가 카나이드가 외우라고 한 것을 다 외우지 못했기 때문이다. 아무리 일루져니아에서 체험 학습을 한다 해도 책을 읽고 그림을 보고 하는 수업도 해야 하기 때문이었다. 그것을 위해 카나이드는 내게 여러 가지 책을 주었고 난 그것을 다 외워야 했다. 물론 다 못 외웠으니 지금 카나이드가 저러는 것이다. 하지만 나도 할 말은 있었다.

"아니, 이 두꺼운 책들을 단 사흘 만에 외우라고요? 사흘이면 읽기에도 부족한 시간이잖아요."

그랬다. 지금 카나이드는 나에게, 아니, 어떤 인간이든 불가능한 일을 하라고 한 것이었다. 한 가지 가능한 경우가 있긴 있다. 그냥 스쳐 본 책의 내용이라도 그대로 기억하고 이해해 버리는 삼류 영웅 소설 속의 주인공. 하지만 내가 그런 인물이라면 여기에 있지도 않았을 것이다.

"그, 그런가?"

"그럼요. 설마 절 드래곤으로 보는 것은 아니죠? 그리고 드래곤이라도 이 정도의 양을 단지 읽으면서 외우지는 못하잖아요."

"무, 물론 그렇지……."

하아~ 내 스승이신 그 현명한 종족인 드래곤 중에서도 현명하기로 이름난 카나이드님께서 드래곤도 못하는 일을 나에게 시킨 것이다. 그리고는 자신의 실수도 모른 채 나만 혼내신 것이다. 에잇. 누가 드래곤을 현명한 종족이라고 과대 광고했냐? 만나면 때려줄 거야!

머칠이 지난 후 카나이드는 어디를 갔다 온다고 나갔다. 얏호! 그동안은 내 세상이다. 내가 카나이드와 지낸 지 어언 10년. 카나이드가 머칠이나 레어를 비우는 것은 처음 보았다. 전에야 유희도 많이 떠났었다지만 요즘은 날 가르치느라 그럴 시간이 없었던 것이다. 그 덕분에 내가 죽어났지만.

그럼 뭘 할까? 보석 구경? 아냐, 보석은 지겹게 구경했어. 그럼 책이나 읽어? 이런이런, 내가 미쳤지. 그렇게 지겹게 읽고 또 읽어? 그나마 공부할 때 읽는 책 이외에 다른 책은 없는데… 응? 뭐야! 그러고 보니 할 게 없잖아, 할 일이! 어떻게 공부 안 하니 할 게 없냐? 내가 이런 열악한 교육 환경에서 공부를 했단 말야? 으아아아아… 정부, 아니, 카나이드는 교육 환경을 개선하라! 개선하라!

며칠 만에 카나이드가 돌아왔다. 그런데 카나이드는 놀란 표정이었다. 왜냐하면 내가 책을 읽고 있어서였다. 하지만 어쩔 수 없었다. 할 게 없는걸.

"그래? 그렇다면 일루져니아에 들어가 놀지 그랬냐?"

카나이드님, 치매시군요. 일루져니아 가동에는 마법이 필요한데 난 마법을 못한다. 그런데 나보고 거기에 들어가? 그 넓기만 하고 온통 하얀 방에서 누구 정신병자 될 일 있나?

"아무튼 기다리느라 고생했다. 하지만 고생의 열매는 단 법이지. 이거 네 거야."

카나이드는 무언가 내놓았다. 좁쌀만한 구슬 두 개.

"이게 뭐죠? 보석인가?"

"그건 램퍼라고 한다."

난 그 말을 듣고 놀랐다. 이렇게 작은 램퍼는 처음 보았기 때문이다. 내 상식으로는 램퍼가 아무리 작아도 콩알만한데 이건 너무 작았다. 대체 램퍼의 기능이나 제대로 쓸 수 있을까? 저 정도 크기의 램퍼면 별로 저장할 수가 없겠는걸.

"후훗, 이상하냐? 작아서? 하지만 저래 봬도 기능 하나는 뛰어나. 다른 램퍼들은 비교가 안 되지."

난 이해가 안 가서 카나이드를 쳐다보았다.

"이렇게 작은 것이요?"

"그래. 원래 기술이 발달하면 부피는 그만큼 줄어드는 것이야. 작으면서도 더 뛰어난 기능. 그것이 첨단 기술이 아니겠느냐. 특히 이건 특별히 주문 생산한 것이다. 그래서 성능이 더 뛰어나지."

난 고개를 끄덕였다. 하긴 전에 달걀만한 램퍼를 보았는데 그건 초기에 나온 램퍼라고 했다. 그런 램퍼가 지금은 콩알이나 그보다 약간 작은 정도의 크기였다. 지금의 기술로는 그것이 최소의 크기였다. 하지만 크기가 크든 작든 나에게 램퍼가 무슨 소용이지? 내 체질로는 램퍼를 못 쓰는데?

"그리고 여기엔 또 하나의 기능이 있다."

또? 난 고개를 갸우뚱했다. 램퍼의 기능은 단 한 가지였다. 기억의 저장. 여러 가지 정보를 저장해서 자신의 지식처럼 빼서 쓰는 것이었다. 그런데 다른 기능이라니⋯ 설마 기억된 내용이 수정 구슬 같은 것을 통해서 나오나? 아니지, 그런 건 다른 램퍼에서도 가능했다. 물론 램퍼의 기능은 아니라 다른 마법에 의한 것이지만.

내가 이런저런 생각을 할 때 카나이드의 설명은 계속되었다.

"이건 특별한 거야. 란셀, 넌 램퍼를 이용할 수가 없지. 내 드래곤 하트로 된 심장 덕분에. 하지만 이 램퍼는 그런 점을 보완해서 너도 쓸 수가 있어."

난 그 말에 정신이 확 들었다.

"내가 램퍼를 쓸 수 있어요?"

"그래. 게다가 이 램퍼는 아까 말했듯이 다른 램퍼에 비해 뛰어난

성능이 있지. 저장 용량도 훨씬 크고 쓰기도 편하다. 완전히 자신의 뇌
처럼 쓸 수가 있어. 한마디로 란셀, 너만을 위한 특수 램퍼지."

난 기뻤다. 나도 램퍼를 쓸 수가 있게 된 것이다. 그렇다면 이제 힘
들여 외울 필요도 없었다. 공부할 필요도 없었다. 저절로 외우질 테니.

"그렇다고 공부 게을리 하면 안 된다."

윽. 이런, 들켰네. 드래곤이 이렇게 눈치 빨라도 되는 거야?

"헤고헤고, 며칠째죠?"

"하루밖에 안 지났어."

하루란다. 난 램퍼를 머리에 이식했다. 그런데 문제는 어떻게 이식
하냐는 것이었다. 램퍼 이식이란 전례조차 없는 일이었다. 전 세계에
서 내가 처음이란 소리다. 그러니 램퍼 이식 마법이란 당연히 없었다.
물론 그런 마법이 있더라도 나에게는 쓸 수가 없었을 테지만. 그래서
하게 된 방법이 수술이었다. 머리를 깎고 머리 피부와 근육을 벗겨내
고 뼈에 구멍을 뚫어 하는 수술은 아니고—다행이지 뭐야. 누구 죽일 일
있냐고—귀를 통해 넣는 것이었다. 하지만 그것도 어느 정도 피부를 절
개하는 작업이 있는데 귀는 그 자체로 중요하지만 뇌와 연결이 되기
때문에 전신 마취를 했다.

난 그 후유증으로 아직 자리보전하고 있었다. 절개한 피부도 나아야
하고. 보통 사람이라면 마법으로 쉽게 치료가 되는 일이었다. 아니, 마
취 자체가 마법으로 가능한 일이었다. 하지만 난 치료 마법이 불가능
하기 때문에 이 고생이었다. 또 몸이 그렇게 마취 등으로 힘든 것만은
아니었다. 마취를 하려면 하루 전에 아무것도 먹지 말라나? 수술 전 하
루 굶고 수술하는 날 굶고 수술 다음날 굶고. 내리 사흘을 굶었다. 옛

말에 사흘 굶어 도둑질 안 하는 사람 없다는데… 여기서 도둑질할 물건이 스승인 카나이드의 물건밖에 없겠지? 그럼 스승님 물건을 도둑질해야 하나? 에고, 어쩌다 이런 생각을… 너무 굶어 정신이 살짝 갔나? 이러면 안 되지.

"저… 카나이드님."

"어허, 그냥 카나이드라고 부르라니까."

"예. 카나이드, 밥 좀 주세요. 죽겠어요."

"안 돼, 방귀 나오기 전까지는."

"흑, 왜 그런 이상한 규칙을 만들어서……."

"이상한 규칙이 아냐. 전신 마취된 상태란 몸속의 내장도 마취되었다는 뜻이야. 소화 기관까지 마취되어 활동이 중지된 상태지. 그런 상태에서 음식을 먹으면 정말 크게 탈나. 하지만 방귀가 나오면 마취가 풀렸다는 뜻이니 밥을 먹어도 되지. 그전에는 물 한 모금도 안 돼. 란셀, 너 아직 방귀 안 뀌었지?"

흑. 전 원래 방귀가 별로 없는 체질이라구요. 에구에구, 내가 다신 램퍼를 이식하나 봐라. 그럼 난 인간이 아니다.

"그나저나 란셀이 빨리 회복이 돼야 할 텐데… 그래야 나머지 하나도 이식하지."

사람이다.

제5화 이름이 뭐길래

란셀 네르반. 얼마나 좋아. 짧고 간단하고. 이름은 란셀이요 성은 네르반이라. 란셀은 대마법사의 이름에서 따왔고 네르반은 동방 대륙 박달민족의 넓은 벌이란 말이 변형이 된 것이고. 뜻도 좋군. 만약 내가 나라를 세우거나 대귀족에 올라가면 아마 네르반 란셀이 되겠지? 하지만 그럴 가능성은 없으니… 쩝. 어쨌든 난 내 이름에 항상 자부심을 느꼈다. 짧으면서도 뜻있는 이름. 그런 이름을 가진 난 쓸데없이 이름이 긴 귀족들이 참 불쌍하다고 할까, 아니면 바보라 비웃어주고 싶은 건가… 아무튼 그랬다. 정말 이름 하나는 귀족이 부럽지 않다니까. 하하핫!

어느 날이었다. 카나이드가 무슨 작은 봉투를 가지고 왔다. 그 봉투를…

"편지다."

라고 하면서 내게 주었는데, 응? 헤르타로드에게? 헤르타로드가 누구지? 그리고 어째서 타나이드는 헤르타로드에게 온 편지를 내게 준 것일까? 나보고 헤르타로드에게 이 편지를 가져다 주라는 소리인가? 하지만 난 그가 누군지 모르는데?

"저… 카나이드, 헤르타로드란 분은 어디에 사시나요?"

"여기에."

카나이드의 짧은 대답. 난 주위를 둘러보았지만 카나이드와 나 둘뿐이었다. 그렇다고 레어 주변에 누가 사는 것도 아니었다. 그럼 카나이드의 레어를 지키는 가디언에게 보낸 것인가? 하지만 생각해 보니 카나이드의 레어에는 가디언이 없었다. 전에는 있었을지 모르지만 지금은 없었다. 그러면 대체 누구에게 보낸 거지?

"저… 카나이드, 이 편지 잘못 온 것 아닌가요? 여기에 카나이드랑 나 빼면 사는 사람은 없잖아요."

그런 나에게 카나이드는 한심하다는 표정으로 말했다.

"너잖아, 헤르타로드. 네가 헤르타로드지 누가 헤르타로드겠어. 넌 네 이름도 모르는 거냐?"

으잉? 그게 뭔 소리여? 내 이름이 언제 바뀌었다냐? 난 분명 란셀 네르반인데. 누가 내 이름을 헤르타로드 네르반이라고… 아니, 어쩌면 란셀 헤르타로드일지도… 어쨌든 누가 내 이름을 그렇게 바꾸어놓는 거야, 내 자랑스런 이름을!

"허허, 그저 장난인 줄 알았는데 아니었군. 그럼 나도 가만히 있을 수는 없지."

내가 황당해하고 있을 때 카나이드는 내 이해 범위를 넘어선 말을 하고 있었다. 뭘 가만히 있지 않아? 흠. 그건 그렇고 대체 누구의 편지지? 난 봉투를 열고 내용물을 꺼냈다. 달랑 한 장의 편지. 하지만 난 반가웠다.

〈안녕, 잘 지냈니. 헤르타로드, 아니, 란셀. 나 에레모니카야.〉

로 시작되는 문구. 에레모니카의 편지였다. 응? 그런데 에레모니카도 날 헤르타로드라고 부르네? 대체 이게 어찌 된 일이지?

"이제부터 네 이름은 카나마시드다."

에레모니카에게 편지를 받은 다음날 카나이드가 내게 뜬금없이 한 말이었다. 내가 어리둥절해하고 있을 때 카나이드는 계속 말을 이었다.

 "카나마시드는 카나이드의 아들이란 소리지. 정확히 하자면 아들이란 뜻 외에 후계자나 제자, 복속된 사람, 손아랫사람 등의 뜻도 모두 포함되지만."

 대체 카나이드가 말하려는 것이 무엇일까? 어제는 에레모니카가 날 이상한 이름으로 부른 편지를 보내오더니.

 "따라서 네 이름은 란셀 카나마시드 헤르타로드 네르반이다."

 "예? 그게 무슨 소리죠?"

 난 놀라서 카나이드에게 물었다.

 "흠, 못 알아들었냐? 네 이름은 이제 란셀 카나마시드 헤르타로드 네르반이란 말이다."

 "아니, 듣기야 잘 들었죠. 그런데 어째서 제 이름이 그렇게 변한 거죠?"

 지금 카나이드가 한 말은 정말 황당한 말이었다. 내 이름이 원래 길었던가? 아니었다. 원래 길었다면 내가 놀랄 이유가 없으니까. 그럼 내가 귀족인가? 그것도 아니었다. 그럼 왜?

 "왜 변했냐고? 그럼 말해 주지."

 카나이드는 내 이름의 유래를 설명하기 시작했다. 내가 에레모니카와 함께 다닐 때 에레모니카는 나에게 자신들 마족의 이름을 하나 선물하고자 했었다. 내게 마족의 이름을 줌으로써 에레모니카와도 그만큼 더 큰 유대감이 생기고 마족과도 더 친근하게 될 수 있다는 이유에서였다.

 사실 자신들 종족의 이름을 준다는 것은 쉬운 일이지만 흔한 일은 아니었다. 그건 다른 이종족을 인정하고 어느 정도까지는 자신들의 종족으로 받아들인다는 뜻이기 때문이다. 물론 그런 인정이야 에레모니카에 한정되겠지만 다른 마족들에게 어느 정도는 영향을 미치는 일이었다. 더구나 마족, 아니, 마족을 포함한 신족 등은 자신들의 이름을 남에게 함부로 주지 않는다. 각 종족 내에서 인간이 가지는 이름의 가치와 그들 종족이 가지는 이름의 가치는 무척 크기 때문이었다.

그런 면에서 볼 때 에레모니카가 나에게 마족의 이름을 주는 것은 더할 나위 없이 큰 선물이라고 할 수 있었다. 그런데 무슨 이유에서인지 에레모니카는 나에게 그런 말을 하지 않았다고 한다. 다만 카나이드에게만 말을 했을 뿐.

"네가 이름 긴 사람을 우습게 보는 것을 알았기 때문에 네게 마족의 이름을 주었다는 말은 안 했다더군. 하지만 마족의 사회에는 마족의 이름을 붙여서 알렸다지? 그게 너와 여행을 다닌 지 1년 후쯤이라고 하더군. 그러니까 넌 그때 이미 란셀 헤르타로드 네르반이었다."

하… 그랬단 말야? 란셀 헤르타로드… 그런데 뭐야. 헤르타로드라니.

"그렇군요. 흠. 내 이름에 또 다른 이름이 덧붙여졌군요. 그런데 정작 본인의 승낙도 없이 준 이름이 인정받을 이름일까요?"

난 은근히 화가 났다. 별명도 아니고 정식 이름이 나 모르게 변경되면 당연한 일이다. 하지만 카나이드는 '흥' 하고 콧방귀를 뀌었다.

"쓸데없는 데 화내지 말고 받아둬라. 인간이 마족의 이름을 받기가 쉬운 줄 아나? 또 마족도 마족 이외의 종족에게 이름 주기가 쉬운 일은 아냐. 인간의 기준으로 보면 안 돼. 에레모니카는 네게 자신이 줄 수 있는 최고의 선물을 준 것이다. 참고로 말하자면 인간 이상 가는 종족의 이름을 받기란 아무것도 하지 않은 거렁뱅이가 일국의 황제에게 이름받기보다 더 힘든 일이다. 그들은 모두 자존심 강한 종족이고 그들의 인정을 받아야만 이름을 받기 때문이지. 에레모니카도 그 인정을 받기 위해 노력했을 것이다. 아마 지금 에레모니카가 네게 헤르타로드란 이름으로 편지를 보낸 건 너와 네게 준 이름을 지금에야 인정받았기 때문일 것이다."

나도 카나이드와 어느 정도 같이 살아서 카나이드의 말이 이해가 갔다. 하지만 기왕에 이름을 줄 거면 좀 좋은 이름을 줄 것이지.

"그런데 헤르타로드란 무슨 뜻이죠? 어째 구질구질한 냄새가 나네."

"쯧쯧, 구질구질이라니. 얼마나 좋은 이름인데. 헤르타란 친구라는 고대어야. 고대어에 친구란 뜻의 말은 여러 개 있는데 각각 그 의미와 무게가 다른 말이지. 헤르타는 상당한 무게를 지닌 말이야. 친구도 보통 친구를 말하는 것이 아냐. 자신의 목숨도 기꺼이 바칠 수 있는 친구를 뜻하지. 거기에 로드란 단어를 붙였다. 로드란 란셀, 너도 알겠지만 최고의 자리를 뜻한다. 간단히 말해 헤르타로드란 자신의 목숨을 바칠 수 있는 친구. 그런 친구 중에 으뜸 가는 친구를 뜻해. 에레모니카도 대단하구나. 어떻게 그런 이름을 인정받았지?"

그, 그런 뜻이… 역시 구질구질하게 오래된 것이 가치가 있다니까. 흠흠.

"그런데 아까 말한 카나마시드란……."

난 헤르타로드 외에 카나이드가 또 지어준 이름이 생각나 카나이드에게 물었다. 카나마시드란 뜻은 아까 들었지만 왜 지어준 것이지?

"아, 그거? 나도 전에 에레모니카에게 들었을 때는 그저 농담인 줄 알았지. 하지만 다시 생각해 보니 과연 이름 가지고 농담을 할까 하는 생각이 들더군. 그래서 긴가민가하고 있었다. 또 에레모니카의 말이 사실이라도 과연 다른 미족들에게 인정을 받을까 하는 생각도 들었지. 그런데 이렇게 편지가 왔더구나."

"그래요? 그런데 그것과 카나마시드란 이름이 어떤……."

카나이드는 내 말을 끊었다.

"생각해 보아라. 에레모니카와 넌 친한 친구 사이지? 하지만 그 이상은 아냐. 설마 너희가 부부냐?"

"아, 아뇨."

"그렇지? 하지만 넌 내 제자이다. 단지 친구 사이에도 이름을 지어주었는데 제자에게 이름을 안 지어주면 말이 되냐? 그래서 어제 머리카락이 빠지도록 고민해서 이름을 지어준 것이지."

흠… 카나이드, 생각보다 질투심 많네. 아니, 샘이 많다고 해야 하나? 그런데 머리카락 빠지도록 고민했다는 말은 못 믿겠다. 우선 드래곤이 머리카락이 있을 리가 없고 카나마시드란 이름은 나에게만 있는 것이 아니었다. 롬이란 카나이드의 아들이 있는데 그 녀석 가운데 이름도 카나마시드였다. 로뮤 카나마시드 요스페르트 코토렌. 이름 중 요스페르트란 뜻은 어둠을 헤치는 사람이란 뜻이었다. 그러고 보니 롬이란 녀석, 엄살이 심한데 카나이드에게 물려받은 건가? 에잇, 롬 녀석 생각하니 갑자기 보고 싶어지네. 응? 그런데…

"카나이드, 한 가지 이상한 것이 있네요?"

난 내 이름에서 좀 이상한 부분이 있는 것을 느꼈다.

"뭔데?"

"카나이드의 말대로 하면 헤르타로드란 이름은 전에 지어진 것이 아닌가요?"

"그렇지. 분명 내가 그렇게 말했지."

"그리고 방금 카나이드도 제 이름을 지어주셨죠?"

"그래. 그래서 네 이름이 란셀 카나마시드 헤르타로드 네르반이다."

"그래서 이상하다는 겁니다."

"응?"

"헤르타로드란 이름은 전에 지어진 것이고 카나마시드란 이름은 방금 지어진 이름이 아닌가요? 그렇다면 당연히 제 이름은 란셀 헤르타로드 카나마시드 네르반이 되어야 정상이 아닌가요?"

그 말에 카나이드는 잠시 침묵했다. 그리고.

"그. 래. 서. 감히 스승님이 준 이름을 홀대하겠다는 생각이냐? 아무래도 내 교육 방법이 틀. 린. 건. 가?"

"아, 아뇨. 말이 그렇다는 거죠. 사실 카나마시드가 앞에 있어야 보기 좋죠. 란셀 헤르타로드 카나마시드 네르반. 이상하지 않아요? 하지만 란셀 카나마시드 헤르타로드 네르반. 얼마나 멋있어요. 전 그걸 이야기하고 싶었던 거라고요."

난 나의 의견을 정확히 카나이드에게 말했다. 비굴? 어허, 어찌 삶의 지혜를 비굴이란 말로 폄하하겠는가? 저 봐. 카나이드도 내 말을 듣고는 미소를 짓잖아. 비록 스승이란 지위를 이용한 비리가 있긴 하지만 말야.

"그럼 이제 오빠 이름은 란셀 카나마시드 헤르타로드 슈만델리오 네르반이야."

난 내 이름이 또 길어질 줄은 몰랐다. 그것도 요 쬐그만 아이 때문에.

"뭐야? 요게 그렇잖아도 이름 길어 귀찮은데."

난 윽박지르려고 했지만 아이는 금세 눈에 눈물을 그렁거렸다.

"흑. 왜에? 오빠 세리아가 싫어? 미워? 난 오빠가 좋아서 이름을 지어준 건데…….”

요 꼬마는 세리아라는 하이 엘프였다. 카나이드가 하이 엘프들이 사는 곳에 갔다가 우연하게 만난 아이. 그 아이는 카나이드와 조금 친해지더니 계속 카나이드의 레어에 놀러 왔다. 카나이드의 레어와 하이 엘프 마을과는 마법진으로 연결이 되어서 가능한 일이었지만. 그런데 어째서 카나이드와 놀겠다고 온 아이 때문에 골치 아픈 사람이 나냐고.

“아, 아니, 그게 아니라… 야, 꼬마야.”

“세리아야.”

“그래, 세리아. 지금도 내 이름 너무 길거든? 그러니까 말야.”

“싫어, 싫어. 오빠 이름은 슈만델리오야!”

슈만델리오란 나쁜 이름은 아니었다. 은혜로운 햇살이란 뜻이니 아주 좋은 의미의 이름이었다. 하지만 문제는 이미 내 이름이 길다는 것이 문제였다. 거기에 하이 엘프의 이름까지 붙으면… 내가 내 이름이나 기억할까? 물론 기억이야 하겠지. 나에게는 램퍼가 있으니. 하지만 귀찮아서 일부러라도 기억을 안 할 것이다. 그 긴 이름을 어떻게 귀찮게 다 말해. 난 세리아를 땀 흘려가며 달래는 한이 있어도 슈만델리오란 이름을 내 이름의 하나로 쓰지 않았다. 적어도 그 일이 있기 전까지는.

“카, 카나이드, 세리아…….”

난 아무 생각도 할 수 없었다. 세리아의 여린 가슴에 칼이 꽂혔다. 난 세리아를 보고 다시 세리아를 찌른 사람을 보았다. 눈이 부시게 잘생긴 검사. 우스웠다. 비록 웃음이 입 밖으로 나오지는 않았지만 그래도 우스웠다. 세리아를 찌른 악인을 보며 고작 한다는 생각이 잘생겼다라니… 난 세리아와 그 남자를 번갈아 볼 수밖에 없었다. 그렇게 번

같아 볼 때 그가 갑자기 몸을 돌려 사라졌다. 하지만 난 그때까지도 다른 생각을 할 수 없었다. 그가 사라진 후 약간의 시간이 지나서야 난 정신을 차릴 수가 있었다. 아니, 이런 생각을 다 하고 기억하는 것을 보면 그때도 정신을 잃은 것은 아니었나? 그런데 어째서 난……

"카, 나이드… 오빠……."

세리아가 나와 카나이드를 불렀다. 난 카나이드를 보았다. 담담한 듯한 얼굴. 하지만 카나이드의 눈동자는 내가 보기에도 심하게 흔들리고 있었다. 카나이드도 충격을 받은 것인가? 맞을 것이다. 세리아를 이렇게 만들었는데 가만히 있을 카나이드는 아니었을 것이다. 그러니 카나이드도 정신을 못 차릴 정도로 놀란 것이 확실할 것이다. 내 생각이 옳을 것이다.

"카, 카나… 오빠……."

다시 세리아가 우릴 불렀다.

"그래, 세리아. 정신 차려."

난 세리아를 불렀다. 카나이드는 아직도 가만히 서서 세리아를 보고 있었다. 그만큼 충격이 큰 건가?

"으응… 슈, 슈만……."

"그래, 나 슈만델리오야. 정신 차려, 세리아."

"아, 아파… 헤헤… 아. 오, 오빠, 그, 그럼 내가 준 이름 받을 거지? 내가 준 이름 좋지?"

지금 이름이 문제가 아니었다.

"그래, 받을게. 정말 좋은 이름이야."

"고, 고마워… 그, 그리고… 카, 카나……."

세리아는 카나이드를 찾았다. 그때였다. 카나이드는 세리아 쪽으로 몸을 굽히더니 나직이 말했다.

"리커버리. 리커버리. 리커버리."

우잉? 리커버리? 그것도 세 번이나? 리커버리면 고급 치료 마법이잖아? 고위 마법사도 마구 쓰지 못하는 마법. 그러고 보니 카나이드는 드래곤. 그것도 고룡 중의 고룡이라 불리는 드래곤. 고급 치료 마법은 우습지도 않은 기술이었다. 이, 이런 일이… 난 세리아를 바라보았다. 세리아는…

"어? 안 아프네? 고마워요, 카나이드. 자, 선물요. 뽀뽀. 쪽."

다시 건강한 모습으로 툭툭 털며 일어섰다. 그리고 날 보았다.

"슈만델리오 오빠도 고마웠어요."

고, 고맙긴… 그런데 이상한걸?

"저 카나이드, 왜 치료 마법을 빨리 안 썼죠? 세리아가 죽을 뻔했잖아요."

"하이 엘프의 생명력은 그렇게 약하지 않아. 물론 일찍 쓸 수도 있었지만 너와 이야기를 해서 좀 늦게 썼다. 아무리 어려도 세리아는 하이 엘프라 그 정도는 버틸 수 있거든."

이런, 그런데 또 이상하다?

"그럼… 혹시 아까 세리아가 칼 맞았을 때 너무 놀라서 사고가 멈추거나 하지는 않았나요?"

"난 드래곤이야. 그럴 일은 없지."

"그럼 어째서 그자를 놔준 거죠?"

난 화가 났다. 난 카나이드가 나와 같이 사고가 일시 정지했었다고 믿었는데 알고 보니 카나이드는 세리아를 찌른 자를 그대로 놔준 것이 아닌가? 하지만 카나이드는 내 얼굴도 보지 않고 그가 사라진 방향을 보며 말했다.

"내 능력으론 그때만 아니라 지금이라도 그를 추적해 없앨 수 있다. 하지만 안 돼. 그럴 수 없어. 아무리 가능한 일이라고 해도 하면 안 되는 일이 있는 법이지. 운명이란 개척을 하는 것이지만 순응해야 할 운명도 있는 법이다. 저자는 죽이면 안 돼."

"카나이드……."

정말 처음 보다시피 한 카나이드의 진지한 얼굴이었다. 하지만 곧 카나이드의 얼굴에 장난기가 어렸다.

"그런데 어쩌냐, 란셀. 네 이름이 이젠 란셀 카나마시드 헤르타로드 슈만델리오 네르반이 되었네? 허, 정말 이름 한번 길군."

윽. 저, 정말. 이럴 수가! 내 그렇게 거부했거늘 스스로 수용하다니. 오오~ 엘렌디아 여신이시여, 이게 제 운명인 것입니까? 만일 제 운명이라면 번개를 쳐주십시오.

콰르릉!

…내 다시는 먹구름 잔뜩 낀 흐린 날에 번개 쳐달라는 기원을 하나 봐라. 그나저나 이름이 가운데 하나 더 붙으니 정말 길어진 느낌이었다. 전에는 슈만델리오란 이름을 붙여도 이 정도로 길게 느껴지진 않았는데 확실히 내 이름이다란 생각을 하니 유난히 길게 느껴지는 것인가? 으아… 난 짧은 이름이 좋단 말아~

〈4권 끝〉